梨花雨韵

来银玲 著

天津出版传媒集团
天津人民出版社

图书在版编目（CIP）数据

梨花雨韵 / 来银玲著. -- 天津 : 天津人民出版社，2020.5（2025.9重印）
ISBN 978-7-201-15813-6

Ⅰ. ①梨… Ⅱ. ①来… Ⅲ. ①长篇小说－中国－当代 Ⅳ. ① I247.5

中国版本图书馆 CIP 数据核字 (2020) 第 036613 号

梨花雨韵
LIHUA YUYUN

出　　版　天津人民出版社
出 版 人　刘　庆
地　　址　天津市和平区西康路 35 号康岳大厦
邮政编码　300051
网　　址　http://www.tjrmcbs.com
电子邮箱　reader@tjrmcbs.com

责任编辑　张　凯

特约编辑　李　路　张逸尘
封面设计　钟文娟
排版设计　刘昌凤

制版印刷　北京欣睿虹彩印刷有限公司
经　　销　新华书店
开　　本　880 毫米 ×1230 毫米　1/32
印　　张　7.5
字　　数　160 千字
版次印次　2020 年 5 月第 1 版　2025 年 9 月第 4 次印刷
定　　价　59.80 元

梨花雨韵

目录

引子

公元7到9世纪，世界上先后出现了四大帝国：大唐帝国、拜占庭帝国、阿拉伯帝国和查理曼帝国。这四大帝国在当时是世界上经济发达、政治强大的国家。它们的首都分别是长安、君士坦丁堡、巴格达和亚琛，这四个城市是当时世界上著名的大城市，其中尤以唐朝的长安城闻名世界。

唐朝的长安城是世界历史上第一个拥有百万人口的大城市。在其发展的极盛阶段，长安一直充当着世界政治、经济、文化的中心，吸引了大批的外国使节与朝拜者。他们个个都是心怀景仰之情，跋涉万里来到闻名世界的长安城。据可靠资料显示：在公元7到9世纪，先后来长安与唐朝通使的国家、地区多达300个。“长安”这两个字，成了东方文明的中心，成了世界闻名的象征。史书上有“西有罗马，东有长安”之说。

长安，这座古老的历史名城，包举宇内，融合中西，政治清明，经济繁荣，是当时世界上的国际大都市；长安，这座古老的文化名城，承载几千年的中华文明，奠定国际文明交流的基础，引领世界文明的发展方向，开拓人类文明的新时代，它在国际上久负盛名。几千年来，世界各国仰望它，膜拜它，朝圣它。今天，我们回头来从小小的梨花世界里领悟我们中国人引以自豪的大唐文化的神韵。我们的故事就从唐宫里的梨花飘香开始……

一　皇孙献艺

中国史书上，记载着一位美丽而睿智的女子。她经过一段特别的行程，最终成为国家的总舵手、一个时代的领航者，这位美丽的女子姓武。圣历二年（公元699 年）至长安元年（公元701 年），姓武的女子年事已高，为了国家的长治久安，她采取了一系列的有力措施，化解当时的社会矛盾。特别是在化解夫家和娘家两大政治集团的矛盾时，她用了一种特别的方式，那就是公元700 年，洛阳上阳宫，一场匠心独运的寿宴，就是一场成功的文艺搭台表演的政治大会。

圣历三年（公元700 年），上阳宫内，豪华壮观的大殿“明堂”，即将举办规模盛大的家庭寿宴。那些分封到全国各地的李姓皇子皇孙和武姓子嗣，从全国各地纷纷赶到洛阳。

这天四更天刚过，天刚刚露出鱼肚白，老妇人就醒了，睁开眼，才感觉浑身都疼，骨头像散了架，僵硬异常，她开始怀疑自己今天能否光彩艳丽地站在众人面前。这是一位倔强的老人，她挣扎着伸了一下懒腰，活动了一下手脚，还好！今天自己还能动弹，于是，她就硬撑着爬起来了。

起床后，照例梳洗穿戴，这位好强的老妇人，她根本不想在别人面前露出半点儿的衰老与沧桑，她开始对着雕有盘龙的青铜镜子，精心地打扮起自己。

这是一位爱美的女人，几十年来，她从未改变爱美的天性，即使已经年过古稀，她依然对美丽充满神往。从十几岁起，她就喜欢奢侈的金银玉器，喜欢铺张的锦衣玉食，喜欢人生的雍容华贵。今天，走过大半辈子富贵人生的她，还是那么喜欢让自己青春永驻。她有一套独特的美容秘方，那是御医张文仲进献的秘方：用有神奇的滋养效果的山泉，配以少许的蜂蜜、玫瑰花瓣、白醋等二十多种原料，将它们按一定的比例调制成一种乳液。老妇人把已经调制好的乳液仔细地涂抹在自己的脸颊、脖颈上，特别是容易产生皱纹的眼角等地方，唯恐忽略了哪里，生怕哪里又长出一道皱痕……大约十分钟，她抹完了脸，又在脖颈抹了一层，这才停下来。

其实，这位老妇人现在有着至高无上的权力，她完全可以让侍女来干这些活，然而，几十年来养成的生活习惯，她自己已经做得得心应手。也许，她是怕丫鬟做不好，非要自己亲自调制比例，亲自涂抹。半炷香后，老妇人洗去了脸上和脖子上的乳液。看着铜镜里的自己，她用手摸摸莹润光滑的脸，终于，她露出了一丝甜甜的微笑。她又开始精心地描妆，企图来掩饰自己的苍老，然而，岁月不饶人，年过古稀的她毕竟不如少女时代的她那么光艳，仔细一看，铜镜子里的鱼尾纹还是一道一道地出现了。

可是，今天，是亲人相聚的时候，那份温馨浪漫的至爱亲情足以让平日里的不快融化，大家一定会心平气和地谈论大周的未来。人常说人逢喜事精神爽，老妇人今天的精神实在不错，所以，皮肤也显得特别光亮，因为今天她的儿女们、孙子们和娘家晚辈们都从大周的各地赶来参加她的寿辰。一想到这里，老妇人灿烂地笑了，她的脸像盛开的桃花一样娇艳。今天，她要穿上最喜欢的龙袍，光彩夺目地站在人们的面前，接受后辈子孙们的祝福。此刻，她忘记了自己早上刚起床时浑身的疼痛，竟然小声地哼起了年少时欢快的小曲……

小阿蛮，老妇人最引以为豪的亲孙子，这时才十来岁，几天前，他已经带着自己的车队赶往东都洛阳参加祖母的宴会。也许是第一次出远门，一路上，这个好奇的孩子简直兴奋到了极点，时不时撩开帘子向外张望。沿途青翠的高山、奔流的溪水、神秘的宝塔和精致的古亭，都激发了他极大的兴趣，他一会儿嫌这儿的山不高峻，达不到他心中的巍峨；一会儿又嫌那儿的水太平静，激不起一丝丝涟漪。他喜欢轰轰烈烈的生活，喜欢吟诵诗句，抑或高歌一曲……

洛阳，上阳宫，这几天既隆重又忙碌。僧人诵经，道长讲道，宫里女子你来我往，灶夫走卒鞍前马后……上阳宫里一派喜气洋洋，蜂拥而来的各路车马都被有序地安顿停当。

五更刚过，老妇人就开始带领一大帮儿孙们，浩浩荡荡地开始了祭拜神灵的仪式。在司仪的带领下，他们祭拜宫中的各路神明，特别是在正殿的主神位。老妇人郑重地亲手点燃蜡烛，焚香三炷迎接神明，祈求大周国泰民安。望着光芒四射的寿金盆，老妇人在心里默默地感谢神灵的庇佑，庇佑大周的风调雨顺，长治久安。

祭拜完各路神明，再行祭拜祖先之礼。拜祖分为饭祭、物祭和果祭三种方式，总之，又是一番庄重的过程。

好不容易才祭拜完神明和祖先，此刻，太阳已经老高了，老妇人来到奉天宫。只见奉天宫的正堂早已挂上金色和红色的寿幛，上面题满了吉语贺词。堂上还点燃着一对对长一尺左右、重约一斤的大红色寿烛，红烛的蜡面上印有烫金的“寿”字和“福如东海”“寿比南山”“日月长明”“松柏长春”“鹤算龟龄”等等吉祥语。寿堂香案上，陈列着春桃和八仙人等。

寿礼开始时，司仪亲自点燃寿烛，宽敞而华贵的奉天宫顿时变得光芒四射。老妇人端坐在奉天宫正中，接受亲友、晚辈和朝中大臣的祝贺、叩拜。按照从长到幼、由亲至疏的顺序，他们一一上前拜寿。这是一个喜庆的日子，前来拜寿的人们都喜气洋洋。然而，今天的至贵——老妇人的儿子李显却是战战兢兢的，甚至都不敢抬眼去看他伟大的母亲。他把装有煮熟的四枚鸡蛋、一碗枣汤的寿盘小心翼翼地跪奉于老妇人面前：“儿臣祝吾皇万岁万岁万万岁！”另一位至贵——老妇人的儿子李旦，也是将一颗琉璃珠和一副碧玉手镯很小心地呈现给老妇人：“儿臣祝吾皇寿比南山，福如东海！”今天，还有另一位贵客——老妇人的女儿太平，她全然不像两位哥哥那样战战兢兢，她一身丝绸华贵飘盈，漫过整个走廊，撩起一阵仙风，宛若神女下凡。这是一位美丽而高贵的女人，她的骨子里透露着天生的冷傲和优雅，她的气场压住周围的所有，仿佛周围的人事都不存在。太平从容地走到老妇人跟前，落落大方地送上鸡、蛋、丝绸、金饰和红包等，她要把自己最好的东西送给伟大而高贵的母亲。随后，武姓子侄也将精心准备的礼物敬献给老妇人。在这些敬献礼品的人群里，有一个小可爱，那就是小阿蛮，他从人群中挤出来，晃动着小脑袋瓜，也像大人一样欢天喜地地送给老妇人一个精致的小礼盒等……

寿礼仪式完毕，下一个环节是寿宴，长安人称作坐席。十点钟左右，坐席开始了，三百多张八仙桌齐齐整整地排列在大厅、偏殿、走廊，每张八仙桌上早已陈列好八盘凉菜，客人们按照尊卑长幼依次入座，等待席满。趁此机会，他们开始畅谈各地的见闻，诉说离别的相思，把几辈子都没说够的话全部说了出来。

美酒喝到酣畅处，凉菜吃到心里头。跑腿的第一个伙计已经扛着大托盘从席桌的缝隙穿梭过来，他轻快地给每张桌子放上一小碗米醋，然后像舞蹈般辗转到了下一桌；跑腿的第二个伙计也扛着托盘挤了过来，熟练地给每张桌子放上一小碗咸豉，做了个请继续的样子就离开了；跑腿的第三个伙计头顶着托盘穿插着过来，自豪地给每张桌子放上一小碟盐，又顶着大托盘像杂技演员一样离开了；跑腿的第四个伙计扛着托盘也穿插着过来，面带微笑地给每张桌子放上一小碟大椒末，又扛着大托盘转到下一桌了。等这些上汤料的伙计全部退下，马上过来了两个送勺的伙计，他们给每张桌子的调料碗里添加白瓷勺子，给每张桌子的盐椒碟里添加小银勺子。

坐席的贵客在相互寒暄中有一筷子没一筷子地夹菜，跑腿的伙计则站在远处，随时侍应着。半烛香后，席桌上有了一些光盘，跑腿的伙计马上上前撤去了凉菜盘子，另几位伙计则用大托盘端来了热气腾腾的哨子长寿面。看那哨子长寿面，嗬！那叫一个恰到好处：豆腐丁、地软丁、黄花菜丁、菠菜丁……全部荟萃在长寿面中，那白玉长带的面条醉卧碗底，潜伏在高汤菜丁里，那鲜绿而齐整的韭菜花叶飘在五颜六色的汤面上，大椒末浮于面碗上的点点滴滴，那叫一个美啊！这真是一碗色香味齐全的长寿面，浓缩了天地间的精华，真让那还没端上碗的人垂涎三尺了。这边已经端上碗的贵客吃着，那边的伙计还不停地添碗，大伙儿热热闹闹地围着八仙桌，一边吃面，一边聊着各地的见闻，真是难得的欢娱。这天，不再有高高在上的威严女皇，有的是说不尽道不完的亲情和温馨。

坐席结束后，贵客们三五成群，七八成簇，分散到殿堂的各个角落，大厅里、走廊边、花园旁……嘘寒问暖、有说有笑。

下午四点钟左右，主寿宴开始摆上桌了。这次席面一共准备了三百六十桌，人们围坐在桌前，把偌大的“明堂”、偏殿、走廊和院落等挤得严严实实。司仪们穿梭其中，敞开喉咙高声喊话：“各位远道而来的贵客，今天，我们欢聚一堂，共祝老寿星福如东海，寿比南山！”

“共祝老寿星福如东海，寿比南山！”那洪钟般的声音回荡在上阳宫的上空，经久不衰……

席桌上，大家谈笑风生，觥筹交错。今天的主寿宴以八仙菜为主：全鸡、韭菜爆肉、莲藕炒肉、笋子肉、猪脚面线等。司仪喊道：“全鸡一盘，祝老寿星终身鸡（吉）祥；韭菜爆肉一盘，韭菜根深，肉有滋味，祝老寿星福寿绵长；莲藕炒肉与笋子肉各一盘，藕象征雪白，笋象征耐寒，祝老寿星老当益壮，再施恩泽；猪脚面线一盘，猪脚象征强健，面线象征长寿，祝福老寿星身体健康、长命百岁！——”

寿宴在司仪煽情的喊声中进行，热闹非凡。酒酣之后，大家纷纷离席。宫人们撤掉席桌上的东西。半个小时后，席桌摆上水果盘和茶水、小点心等。司仪接着又充满豪情地喊道：“各位贵客，现在，我们还特地给大家准备了很多节目，大家一边闲谈，一边欣赏节目。”

不一会儿，声势浩大的“十万宫廷乐舞”就出场了，这 “十万宫廷乐舞”可费尽了老妇人的心血。因为老妇人天生比较喜欢盛大场面。她不喜欢效仿大唐前几代皇帝的节俭，觉得他们有点儿小家子气，不足以张扬大唐的恢宏与博大，等她能够自己主事的时候，她要把自己的大周做大做足，让全天下的人们都羡慕大周的辉煌。

有一次乐队演出，老妇人嫌寒酸，她手头一松，就从自己的脂粉钱里拿出了二十万两白银，其中十万两用来雕刻了至今闻名世界的龙门石窟卢舍那大佛，另外的十万两组建了一支专供皇族贵胄们欣赏的宫廷乐队，并且还取个吉祥的名字“十万宫廷乐舞”。其实，当然不能有十万人了，具体多少，文献中也没找见，总之，这支所谓的“十万宫廷乐舞”确实很恢宏，场面很震撼，他们每天都要在万象神宫演练一次，其寓意当然是指武皇的十万江山稳如磐石。“十万宫廷乐舞”以气势磅礴、雍容华贵著称，把我国音乐舞蹈的灿烂和辉煌呈现给世界。

“十万宫廷乐舞”的乐工很快各就各位，在统一指挥下，管、笙、琵琶、琴、筝和编钟等几十种乐器奏起了完美和谐的《祝寿曲》，在美妙的音乐中，九百多名舞者翩翩起舞，偌大的舞台舞动起来了。那喜庆热烈的气氛，迅速感染了观众的情绪，人们沉醉在喜庆祥和的气氛中……

美妙的音乐传递幸福的情感，迎春的舞曲倾诉游春的喜悦：春日里，那清纯的少女，被楼外娇艳的花朵吸引，忍不住穿上心仪的红裙，疾走户外，掐一朵美丽的鲜花沉醉在春的气息里……远处，那游春的女伴赏花戏水，尽显婀娜，不知是鲜花衬托了美丽的姑娘，还是美丽的姑娘使鲜花更加妩媚，伴着一曲《媚娘游春》的乐舞，老妇人那沉积几十年的天真烂漫更加妩媚动人，那是多么美好的少年时光啊？……

美好时光涤荡着春的情怀，欢快的舞曲变幻成了哀怨的旋律，舞台上那娇若无力的女子面对古寺青灯，缓缓地轻启朱唇，悲情地唱道：“看朱成碧思纷纷，憔悴支离为忆君，不信比来常下泪，开箱验取石榴裙。”

这是为情而痴而盲的少女的低吟，她痴得憔悴支离，盲得看朱成碧，一条心爱的石榴裙上泪迹斑斑。这是一份贬入感业寺后、被迫与古寺青灯做伴的女子思念情郎的感伤，是一份感情无法寄托的茫然心境，是一曲堪比司马相如《长门赋》的感情，是“一寸相思一寸灰”的感情，是“身似浮云，心如飞絮，气若游丝”的感情，是把相思的伤痕割开给自己心爱的人看的感情……

这里倾注了少女的万般情思，思念一个人到了这种程度，实在令人感动。这首曲子的曲名虽然叫作《如意娘》，感情却千般万般不如人意。试想作者在谱曲填词时，是怎样的情绪啊！这首独唱歌曲虽然只有二十八字，却极尽了相思之愁苦，写得情真意切，写得望眼欲穿，写得哀婉惹人怜。其中“看朱成碧”遂成了典故。据说后来的大诗人李白看到之后，也曾自叹诗情不如老妇人。李白还曾模仿该诗作有两首诗，一是《前有樽酒行》：“催弦拂柱与君饮，看朱成碧眼始红。”二是《长相思》：“忆君迢迢隔青天。昔日横波目，今成流泪泉。不信妾肠断，归来看取明镜前。”当李白把《长相思》给夫人看时，夫人说：“相公可曾看过武后的诗？‘不信比来长下泪，开箱验取石榴裙。’”李白承认了这种意境是武后首创的。后世的文人如孟郊、辛弃疾等人的诗文中，也有借鉴《如意娘》的，由此可见《如意娘》的艺术价值之高。人常说人生如戏，疯子演傻子看，此刻，老妇人就是那看戏的傻子，她完全沉浸在《如意娘》里了，不觉眼睛湿润起来。

悲情终将结束，老妇人又听到宫廷《饮酒乐》的法典，看到御宴中那气派奢华的场面，她开始伸展自己的腰身。

腰身既然已经伸展，心灵自然走向广阔的天地。永淳二年（公元683年）秋天，唐高宗李治和武后一同游历号称“天地之中”的嵩山，游幸了奉天宫、少林寺等名胜，唐高宗李治还派人祭祀嵩岳、少室、箕山和具茨山等高山。其中，随行乐队演奏气势磅礴的大曲，那浩浩荡荡的场面在器乐合奏《嵩岳调》中终于得到了情感上的满足和时光里的永恒，这些，真的令老妇人龙颜大悦。

祭天大典，一曲《颂升平》的乐舞，伴着荷花灯舞，将美好的感情表述，那暗含着期盼风调雨顺、五谷丰登的愿望，永远定格在大周的太平盛世里。

音乐缓缓地流动，时光悄悄地转移，一曲《观灯》的器乐合奏奏响了一幅与民同乐的美丽画卷：正月十五“元宵节”，元宵的彩灯把长安城的各个犄角旮旯点亮了，街坊里巷洋溢着节日的气氛。这是参佛的吉日良辰，宫中和寺院都在做“燃灯表佛”的准备工作。那高高在上的女皇一改往日的姿态，身着便装，来到长安的市井百姓之中，和百姓一起张灯、送灯和猜灯谜等，那是怎样的惬意呀！

这就是铿锵热烈的唐大曲《唐韵》。这是一派政通人和、国泰民安的新气象。这支舞曲尽收在十多名舞女的轻歌曼舞中，尽收在外国使臣们朝贺时的赞誉里，尽收在豪华大殿的金碧辉煌里，充分彰显了武皇时期的大国风范。

节目实在精彩极了，以至于让人忘记了时间，不知不觉中，节目进行到最后，人们还津津乐道地欣赏，欣赏《盛世天长久》的歌舞。那前簇后拥的列队排阵、那镇定自若的神采飞扬、那巾帼不让须眉的潇洒挥袖，抒写出了武皇一世的英明；再听那圆润饱满的歌曲，给人更多的是自信与毅力，歌中唱道：“玉砌红花树，香风不敢吹，春光解人意，偏发殿南枝，天长地久万年枝。”它讲述了国家的兴旺发达，充满了对老妇人的颂歌。总之，“十万宫廷乐舞”所演绎的是武周盛世的十全十美，今日长青。

大凡年过四十的人都明白一个简单的道理：社会的进步和创新意识需要很多人来参与。年轻人是最具有创新意识的人群，一个社会的进步与否关键是看年轻人是否能够具有潜在的创新意识。老妇人自然明白这个道理，因此，今天的寿宴还特意安排了一项节目：儿童表演。首先出场的是一个十二岁的男孩，他眉清目秀、清新俊朗。只见他轻快地走上台，饱含感情地表演了歌舞戏《安公子》。此刻，老妇人心中掠过一丝不易察觉的遗憾，她疼爱地看着这个孙子，觉得他还是像他母亲的地方多了点——柔弱和细腻。虽然他表演得很好，可老妇人仍感到有点儿美中不足，她和众人一起仔细地欣赏，看着他下了场。

接着，台上跃出了两个四岁左右的小女孩：李华（后封为代国长公主）和寿昌公主，她们分别身着淡蓝色彩衣和淡黄色彩衣，像刚从仙界下来的童子，落到了背景如画的舞台上。这两个小姑娘，眼睛清澈见底，也许是天生脱尘，她们纯粹得不染一丁点的杂质。面对满堂观众，她们对跳了一曲《西凉舞》。她们童稚的嗓音环绕在大厅里，优美的舞姿跳跃在舞台上，顿时赢得了全场爆满的热烈欢呼。此刻，皇亲国戚、王公大臣们都非常开心，以至于群呼万岁。

再下来，出场的是五岁的小隆范（即后来的岐王），他一改前面几个小演员直面观众的套路，创造出自己的风格——戴着一顶狰狞的大头盔出场。面对如此的创意，全场顿时兴奋起来，老妇人也笑得合不上嘴，身旁的女儿太平更是极尽夸张之态拍手称好。在群起的欢乐声中，只见具有皇家风范的小隆范不慌不忙地站在舞台上，上前深深地鞠躬，响亮地致辞说："卫王入场，祝愿神圣神皇万岁，孙子成行。"

全场响起了鼓掌声，大家都伸长脖子观看小隆范的表演，小隆范一点也不紧张，他戴上早已准备好的大头盔，演了一出歌舞戏《兰陵王》。

可别小瞧了小隆范，小小年纪，表演起来，形象逼真，真的很入角。老妇人看到小隆范把兰陵王表演得活灵活现，乐得前仰后合。大家也都频频点头。

表演继续进行着，最后出场的是小阿蛮。这个小阿蛮，聪明淘气。他可讨老妇人喜欢了，别看他人不大，脾气可不小，完全不像他的父亲李旦。老妇人记得这样一件往事：一次，朝堂举行祭祀时，当时的金吾将军（掌管京城守卫的将军）武懿宗看见一个侍卫没站好，出于职责，上前大声训斥侍从护卫，不料，这事被路过的小阿蛮撞见了，小阿蛮不顾仆人阻拦，马上怒目而视，喝道：

“这里是我李家的朝堂，管你何事？竟敢如此训斥我家骑士护卫！”

可想而知，这位武懿宗武大人当时有多尴尬啊！他目瞪口呆地看着这个小孩儿。罢了，只好自己给自己找台阶下，说：

“哟嗬！这个小不点还这么可爱，竟然管起大人的事情了！”

小阿蛮训斥武懿宗的事情被当笑话一传十、十传百地传开了，很快就传到老妇人的耳朵里了，老妇人听了则开怀大笑，她觉得这才是她的亲孙子，有气魄！她很喜欢这个年小志高的小孙子，觉得他拥有唐太宗李世民的豪迈个性，是一个敢作敢为的人。他不像他父亲李旦那样事不关己，明哲保身，没有一点儿男子汉的气魄，他则敢于表达自己的喜好。老妇人一高兴，就封小阿蛮为临淄郡王，并赠送了很多礼物。

那一年春夏之际，小阿蛮随同父亲进宫面圣。由于年幼，他受不了宫中诸般的规矩，独自跑到御花园里玩。御花园里栽种着各种珍奇古怪的花草，它们争妍斗艳，小阿蛮目不暇接。突然，小阿蛮看见一棵椿树上爬满了一只只椿媳妇。他就找到一个小瓦罐，一追一扑地逮起了椿媳妇。

玩得正起劲的时候，一阵清风吹来，一个小姑娘走进御花园，她看见小阿蛮把逮住的椿媳妇装入瓦罐里，就老大不高兴了，跑过来责问小阿蛮说：

“你干吗要逮椿媳妇呢？”

“好玩。”

“干吗不让椿媳妇在椿树上自由自在地玩呢？”

“我喜欢。”

“可是它们在瓦罐里会死掉的啊！”小姑娘扑闪着大眼睛说。

“皇宫里不好玩，没人和我玩，我自己逮只椿媳妇玩还不行？”小阿蛮白了小姑娘一眼，嘟囔着。

“你放了椿媳妇，咱们一起玩过家家，好吗？我可以给你当媳妇，给你做饭，给你生小孩。”

“那好吧，我会一辈子都对你好的。”

……

多少年后，这个姓武的小姑娘，最后还真的给小阿蛮做了媳妇，生了一大堆的孩子。

今天的皇宫家宴上，小阿蛮可谓英姿飒爽，他精神抖擞地来到舞台中央，清了清嗓音，随着气势雄伟的伴奏声，不慌不忙地放开歌喉开始演唱《长命女》。

幼小的心灵是纯净的，不掺杂质的。小阿蛮怀着至纯的情感，为自己的祖母歌唱，歌唱祖母的长寿康健，歌唱国家的昌盛繁荣……这个小阿蛮，不愧有音乐天赋，他的每一字，都唱得恰到好处，字正腔圆；他的每一步，都踩在音乐的鼓点上，掷地有声。

“好，好！”一阵阵欢呼声回荡在大殿里，震天动地。满场的喝彩声，让小阿蛮自己都不好意思了。要不是小阿蛮这次的表演，老妇人怎么也不会想到，小阿蛮竟然对音乐有如此深刻的领悟，看来这个孙子，在音乐方面很有天赋，不过，男孩子长大后还是得有一番作为，千万可别迷恋于声色之中。

二　梨园始祖

这位姓武的老妇人就是中国历史上唯一的女皇帝武则天，这个小阿蛮就是她的亲孙子李隆基。那么，李隆基到底是怎样一个人呢？我们还是从头说起吧。

我们知道：大凡生长在强势父母羽翼下的孩子，天性受着强势父母的禁锢，一般都会表现得比较软弱。武则天是一位比较强势的母亲，她一生中育有四个儿子：李弘、李贤、李显和李旦。除去死去的李弘和李贤，李显和李旦生性软弱。具有广阔胸襟的武则天，她不太欣赏儿子们的软弱，尤其是对一位即将成为皇帝的儿子而言，软弱在某种意义上就是无能的表现。即使已经做了皇帝的唐中宗李显，仍让武则天耿耿于怀。不得已，武则天只好废除李显的皇帝之位，重新立了另一个亲生儿子李旦为帝，历史上称为唐睿宗。可唐中宗和唐睿宗两兄弟，他们似乎都继承了自己的父亲唐高宗李治优柔寡断的性格，这对需要不断强大的国家来说是有害无益的。

其实，说穿了，武则天压根就没看上自己的这两个儿子，因为她曾亲眼见识过唐太宗李世民的做事风格，那是一种干练洒脱的风格，是一种积极进取、驰骋疆场、征服天下的魄力。然而，令武则天遗憾的是，她从自己这两个儿子的身上，看不到北方男人该有的豪迈勇敢和足智多谋。最后，这位争强好胜、有着统治欲望的母亲干脆废掉了自己的儿子唐睿宗李旦，亲自走上前台称帝。李隆基就是唐睿宗李旦的第三个儿子。

垂拱元年（公元685年）八月，李隆基出生于东都洛阳城，这个容貌酷似李世民的李家子孙在他两岁时就被封为楚王。童年的李隆基，聪明伶俐，言语不凡，特别讨祖母武则天的喜欢。

当时，李隆基的皇叔李显被废为庐陵王，流放到遥远的南方。李显的媳妇韦氏也一同前往。这个韦氏，是京兆万年（今陕西省西安市长安区）人。原名韦莲儿，小时候还算聪慧过人，无奈其貌不扬。韦莲儿的父亲韦玄贞是京城长安郊外的一个连七品都够不上的小官吏，为人迂腐，社交能力不行。眼看着闺女芳龄二八还待字闺中，他心里那个急啊！在媳妇的唠叨下，他终于开了窍，也开始到处托人给韦莲儿说婆家，亲朋好友倒也帮了好多忙，无奈韦莲儿姻缘未到。

看着韦玄贞夫妇着急的样子，那些有人生丰富阅历的村老们劝他们不要着急，等待缘分到来。也有村民说他们家姑娘的命硬，不是随便嫁人的人。一天，从“仙都”终南山（长安人称南山）上下来了一位云游的老道长，他路过韦莲儿所在的村庄求碗水喝，也许是机缘巧合，淳朴的韦莲儿无意间给老道长盛了一瓢水，道长喝完水，要送韦莲儿一卦。韦莲儿怕自己卦象不好，死活不要，然而经不住老道长的劝说，就答应了。

道长根据韦莲儿的生辰进行了一番推算，说道：“姑娘好八字啊！乃大富大贵之人。”不管真假，这话好听，韦莲儿爱听，她开始认真地听道长分析，道长接着说，“姑娘大可不必为眼前琐事而烦恼。我这里有个药方，胜似灵丹妙药，你敢不敢要？”韦莲儿听后大喜，立刻让家人按方子寻药，配齐草药，按方而制。不到半年，奇迹出现了，韦莲儿不仅变得皮肤白嫩，身材修长，最令人意想不到的是她的身上竟然散发出一股淡淡的异香，远在十步之外就能闻出。茶余饭后，村言俚语：“九天一香变平生，巧得庸皇宠芳踪；笑看红尘千古事，惟有壮怀定从容。”不管真假，演绎了唐中宗李显和韦莲儿的浪漫故事。他们的浪漫故事是这样的：这年春夏时节，身为皇太子的李显到长安郊外狩猎回宫，路过韦府，一阵微风吹过来，忽然感觉到一股沁人心脾的香气扑面而来，同时，院内传来阵阵笑声。强烈的好奇心驱使年少的李显叩门而入，当怀春的韦莲儿看到少年英俊潇洒，不觉心存爱意，两人就这么对上眼了。不久，韦莲儿被招进宫中，见惯了浓妆粉抹的武则天初见韦莲儿，感觉她是一个淳朴真诚的姑娘，再想想儿子李显，自己还有什么不满意的呢？武则天抑制不住地连声称好，随即赐名韦香儿，并赐婚他们，韦香儿成为太子妃。

嗣圣元年，李显继承皇位，韦香儿被册封为韦皇后。待到中宗李显被废，韦氏也随着自己男人的荣辱而起伏不定，这次，身怀六甲的她随从唐中宗李显前往房陵。途中，韦氏生了个女孩，因为在途中生产，没有来得及准备，李显和韦氏只好扯下自己的衣服把女孩裹起来，于是，他们便给这个孩子起名叫“裹儿”，因为出生得艰难，再加上悲中逢喜，中宗李显特别宠爱这个女儿。

房陵生活期间，他们一家三口受尽了贫穷和痛苦的折磨，李显每次听到皇上的命令传来，不管好坏，他都惶恐不安。每逢遇到谪贬，就吓得半死，之前所读的圣贤书全抛到脑后了。李显连人生中这点儿宦海浮沉的魄力都没有，武则天怎能放心把皇位交给他？

武则天这个睿智的女人，她具有超乎常人的宽广胸怀，她沉着稳重，善于应付各种事情，她用一个女人的肩膀扛起了大唐的风调雨顺、国泰民安。武则天费劲心思，千方百计把大唐改成了大周。

虽然武则天在文字上和人们做了个小游戏，这也只不过是换汤不换药的障眼法，就算武则天把戏再多，本事再大，她也永远走不出一个圈：她始终是大唐李家的媳妇。也罢！中国人向来盖棺而论，在武则天去世后很多年，唐朝人还对武则天这样评价："天下晏如不让贞观之世。"（《全唐文·狄梁公词碑》）意思是说武则天的统治时代不亚于贞观时代。而武则天自己墓前互相缠绕的八条螭龙无字碑，可以说是她这个女人的聪明举措！

说完了武则天，再回过头来继续说武则天的儿子李显。在房陵这段日子，可以说是李显一生中最苦闷最忧郁的日子，在母亲武则天的监控下，李显随时都会有生命危险。精神和意志被摧毁了的李显，多次都想自杀了之，而从小过惯了穷日子的韦氏这个时候起了非常大的作用，她制止自己的男人说：

"福祸无常，宁失一死，何遽如是！"

在媳妇苦口婆心的劝说下，李显总算想通了，然而要在逆境中存活下来，那是需要勇气的。白天尚且平静，每当夜深人静的时候，李显那颗脆弱的心灵就煎熬起来了，望着替自己担惊受怕的媳妇，望着梦魇里露出笑意的孩子，他心里非常过意不去。他狠狠地发誓说："他日有幸再见天日，当随你心性，你想干什么就干什么，我绝不阻挠你。"发誓，是人们在极端情况下表现出的行为，誓言也往往给自己留下把柄，也许若干年后，李显真的会为自己此刻的誓言付出代价，这当然是后话了，不过从此以后，李显对韦氏母女两人加倍地好，这事倒是真的。

神龙元年（公元705年），中宗李显复位，随同李显历经痛苦、受尽折磨的韦氏，总算扬眉吐气了。现在，她贵为皇后，再也不用提着脑袋过日子了。她可以尽情地舒展自己的筋骨，把自己这么多年来受到的屈辱和艰难加倍地弥补回来。其实，韦氏这种想法也是一个村野百姓生命途中最基本的想法，本来没有什么值得大惊小怪的，然而，作为一位母仪天下的皇后，有了这种朴素的想法就显得不大气了，当然，这也是区分一个女人格局大小的简单标准。

光谈道理，大家也许不爱听。这里只讲两件事情：

第一件事：有一次，安乐公主李裹儿新宅落成，乔迁之喜，李显和韦后前去祝贺。吃饭时，李裹儿八岁的儿子跑过来拜见他们。韦后很喜欢这个小外孙，就把孩子抱在膝上，并下手诏，封他为太常卿，镐国公，食邑五百户。李显见韦后擅自做主下诏，急忙拦住说："且慢下诏！待朕回宫后，再作计较。"韦后一听，不高兴了，冷冷地说："什么计较不计较？陛下在房州时曾经说过'当随妾心性，绝不阻挠妾身'。为何如今又要来干涉妾身呢？陛下这样出言无信！怎么让天下人心服口服。"李显一听，只得赌气走了，韦后依然继续欢乐。第二件事：身为皇后的韦氏不再缺衣少食了，她就有了自己的精神追求。有一次，她在宫中派遣宫女开办集市，让所有的官员放下朝中事情，扮作商人前来参与宫中买卖活动。并要求他们必须像市井小民一样大声叫卖和讨价还价等。期间，大臣和宫女们因买卖不公，就互相辱骂开了，言词极其卑猥。李显和韦后看了却以此为乐。这熟悉的集市叫卖声和相互不尊重的卑猥言词，就是韦皇后心中最高的境界。

唉！一个女人，如果能在家庭中把家里的事情打理得井井有条，让自己的家人能得到安全和温暖，我们会称赞她的贤惠与能干；一个女人，如果在国家政务上，按照自己的喜恶让丈夫听命于自己，我们就会责备她丈夫的无能了。

李显每次临朝时，韦后都要置幔坐在大殿上，参与朝中政事。在韦后的干预下，中宗李显任用上官婉儿主持撰述诏令，任用武三思为宰相。李显执政这一时期，出现了几件奇怪的事情：第一件事情就是天上出现天狗吃月亮的现象，弄得人心惶惶；第二件事情是天上的一颗流星划过天空降落下来，那声音轰轰隆隆如同打雷，直坠入太湖中，吓得地上的飞禽走兽都惊慌失措，百姓称为“木殃”；第三件事情是神龙元年（公元705年）八月，横贯中华大地的黄河决堤，导致南北十七个州发生大水灾，当地百姓四向逃散，民不聊生。这些奇怪的自然现象，弄得皇帝李显紧张兮兮的。

景龙二年（公元708年）的二月二十七，宫中又发生了一件奇怪的事情：人们纷纷传说皇后韦香儿藏衣服的竹箱上面升起了五色祥云，五色祥云围绕着竹箱上面形成一段美丽的弧，祥云大约持续一个小时才消失。在玄学里，五色祥云出现，这不是暗示圣人降生嘛！圣人降生就会五谷丰登、国泰民安。多好的事啊！唐中宗李显那个高兴劲儿就别提了，他连忙派画师画下来五色祥云，拿给朝中的文武百官观看，宰相韦巨源请求将这件事向全国公布，李显同意，并且下诏赦免全国囚徒，内外五品以上官员母妻，各加封邑。

这时，有一位叫迦叶志忠的人，早就看出了韦香儿企图临政的意图，就上奏说："想当初我大唐高祖神尧皇帝尚未受命于天时，天下流行的歌谣是《桃李子》；在太宗文武圣皇帝尚未即位之时，天下流行的乐曲是《秦王破阵乐》；在高宗天皇大帝继位之前，天下流行传唱的歌谣是《堂堂》；在则天大圣皇后登基以前，天下流行的乐曲是《媚娘》；在应天皇帝陛下你继位以前，天下流行传唱的歌曲是《英王石州》；在顺天皇后受命于天以前的永徽末年，就已有人传唱《桑条韦》之歌，大概上天的旨意就是认为顺天皇后应当为国母，主持蚕桑之事。因此，臣谨献上《桑韦歌》共十二篇，恳请陛下允许将这首歌编入乐府诗歌，让皇后在祭祀先蚕神时演奏。"后来，太常卿郑愔又把这事引申说明了，兵部尚书宗楚客、右补阙赵延禧等，也相继上表章，谬说符祥。既然是国运昌盛的好事，李显自然特别高兴，重重地赏赐了他们。

本来就比较相信符瑞之说的李显，听了宰相韦巨源添油加醋地这样一说，他更加相信了皇后韦香儿能给自己带来好运。既然有这么旺夫的皇后，皇上李显对自己的江山还有什么不放心的呢？对于和他同甘共苦的皇后，李显一百个放心，他可以尽情地享乐，就把朝中一些事情交给韦后处理。当时朝廷中，已经形成一个以韦氏为首的武（武三思）、韦（皇后）专政集团，他们把持国家的政治和经济命脉。然而，国家的大事毕竟不是家庭小事，李显错将家事国事混为一谈，也许，他享受惯了在逆境中被韦氏百般呵护和照顾的福气，时刻不忘韦后曾经和他同甘共苦。

李显对媳妇韦后确实很好，这是无可非议的，可是国家的前途毕竟不是儿戏，李显把两个不同性质的事情混淆了，作为皇帝的他没有限制自己的媳妇出入朝堂大殿，那么群臣都视而不见吗？当然没有。

我们知道，在中国古代，由于人们认识水平所限，对自然界的理解比较局限，我们的祖先就表现出了比较迷信的一面，他们会把天地与人事的某种巧合认作是天地与人事的某种显现，所以，他们做什么事情都要讲究个风水气场。风水气场是一种不可信的迷信思想，不可相信。然而，在古代，科技不发达，无法解释自然现象，只能用风水气场来解释，那么，古代人眼里的风水气场到底是什么呢？就是自然环境和社会环境所营造的社会大局面。早在黄河流域发生大水灾时，右卫骑曹参军西河宋务光就上疏，以为："水阴类，臣妾之象，恐后庭有干外朝之政者，宜杜绝其萌。今霖雨不止，乃闭坊门以禳之，至使里巷谓坊门为宰相，言朝廷使之燮理阴阳也。"（引自《资治通鉴》）然而，李显根本没听进去，这更助长了韦后参政的势头。接着，阴谋家武三思又通过韦后及其爱女安乐公主李裹儿，诬陷并迫害拥戴中宗李显复位的张柬之和敬晖等功臣。

没想到中宗李显这位皇帝是个典型的"妻管严"，他什么事都给媳妇说。韦氏听了，这还了得！这不是给自己难堪吗？于是对揭发武、韦丑行的人处以极刑，武三思因而权倾人主，作威作福。

中宗李显的儿子李重俊不是韦氏亲生的，韦氏这人小心眼，对他很不好；安乐公主李裹儿与丈夫武崇训（武三思之子）也仗势欺人，他们经常侮辱李重俊。忍无可忍的李重俊终于发动部分羽林军起事。神龙三年七月，李重俊等杀死了武三思与武崇训，他还想杀韦后、安乐公主李裹儿，谁知，跟随他起义的羽林军临阵倒戈，政变失败，李重俊被杀。武、韦集团权势依旧不减。

面对李重俊的死亡，作为父亲的李显不但什么也不说，反而与韦后依然恣为淫乐，不理朝政，还处死上书告发韦氏乱政的朝臣。据说景龙四年

（公元710年），韦氏唯恐自己的丑行暴露，安乐公主李裹儿也想要韦氏临朝，自立为皇太女，于是母女二人合谋毒死中宗李显。

唉！人生就是这样，在物欲和权力面前，人们总会把当初的美好愿望都忘得一干二净了。韦莲儿自然逃不出人生这条法则，物欲和权力让这个女人疯狂了，她把当初与太子李显一见钟情的美好情愫和几十年里夫妻间的患难与共，都抛到脑后了。

李显死了，他把大唐的美好前程带到哪里了呢？他不但没做好皇帝的本职工作，还把自己的命搭进去了。人啊！倘若真的活到被媳妇和女儿毒死这份上，实在窝囊到极点了。

接着，韦后临朝摄政，立李显的老幺李重茂为帝，史称唐少帝。韦后又任用韦氏子弟统领南北衙军队，并欲效法武则天，自居帝位，然而，韦氏毕竟不是武则天，武则天家境殷实、富有，武家曾资助过唐太宗李世民许多钱粮、衣物，帮助他建立大唐，可算得上大唐的开国功臣，地位可想而知。出身于殷实、富有之家的武则天，从小就见过轰轰烈烈的大世面，入宫后又目睹过唐太宗的做事风格，而韦氏只是长安郊外一个连七品都够不上的小官吏家的女儿，两个人生活的环境有巨大差异，处事风格自然天壤之别。

韦氏，哪里有处理国家大事的能力呢？就连武则天这样的女强人，也是用了三十多年的人生积累才走上了皇帝的宝座。

正当韦后的权力无限膨胀的时候，有一位道士出面了，这位道士叫冯道力，他相比别的道士高明之处在于更会看风水气场，或者更准确地说是善于看清当时的形势罢了。

早在武则天时候，长安城东南五里，有个地方叫隆庆坊，那里曾经是相王李旦的五个儿子（寿春王李成器、衡阳王李成义、临淄王李隆基、巴陵王李隆范、彭城王李隆业）居住的地方。在隆庆坊附近，有一天，民户王纯家的井水漫出井面，四溢横流，很快就积成了一座数十顷的大水池。这可是天大的事情了，神灵在此献瑞呀！周围那些不明原因的百姓一传十，十传一，吵得沸沸扬扬的，纷纷前去观看，大家议论纷纷，这事很快就惊动了朝廷。武则天即颁旨，称其为“隆庆池”。

天赐之物，可谓福地。此后每年，朝廷官员常在“隆庆池”中观云气，常见黄龙出没其中，随之令民众修渠灌溉以分水势，而皇家子弟也常年在池上游船取乐，在“隆庆宫”庆贺。

李显当皇帝时期，有个风水先生担忧地说：“我怎么越来越觉得隆庆坊郁郁有帝王气，比日尤盛。”李显一听当然不高兴了，天底下只能有一个皇帝那就是朕，如果隆庆坊再出现一个皇帝，不是威胁朕的政权吗？李显决定要做一件大事，那就是幸游“隆庆池”。公元710年4月14日，唐中宗李显亲往隆庆池，结彩为楼，宴饮侍臣，泛舟戏象，企图以此来压下这里日益抬头的龙气，以确保自己的皇位。这位冯道士，他当然知道以往这些事儿。

此刻，冯道士不愧为一位洞察世事的高手，他拥有着高瞻远瞩的睿智目光，他结合当时的实际情况，推算出了国家未来的发展趋势。

一天，冯道士来到临淄王李隆基的府中，几杯热酒下肚，舌头就不听使唤了，他对李隆基敞开了自己的心扉，他推心置腹地说：“现在的国家政权很不得人心，百姓怨气很大。幸好天道有常，苍天寻人，无人可躲，你就是被苍天整日追寻的贵人啊！”

“老先生，你喝高了，你就说你的酒话吧！”李隆基根本没有这份心思，满不在乎地应承着。冯道士见憨厚的李隆基不上套，只得把事情挑明了说："你居住之地名叫隆庆，'隆'就是'龙'，现在，韦氏又改'唐隆'，'唐隆'和你的名字正好符合，这正是你成就帝业的时候。"李隆基听了吓了一跳，这种大逆不道的话冯道士也敢说，弄不好可是掉脑袋的事。

要说咱们长安人脑子就是单纯，遇事也不多想，又对人实诚，没有拐弯抹角的心眼。李隆基听完，劝先生注意说话分寸。李隆基根本没当回事，那毕竟是自己的长辈呀，自己怎么能听信他人之言？

然而事实上，堂妹李裹儿的生活豪奢浪费，她强夺民田，在长安开凿了定昆池、在洛州的昭成寺里造百宝香炉、大肆包养情夫等等。如果说这些个人生活作风问题还可容忍，那她开府置官，把国家官爵标定价格公开兜售就不能容忍了：不管是屠夫酒肆之徒，还是为他人当奴婢的人，只要纳钱三十万，便可立降墨敕授官。当时，李裹儿所授官职竟有五六千人，实在让朝野上下看不过眼。难道李家几代人积累的那点儿家底儿，就让这母女俩这般折腾掉？

冯道士多次的思想工作后，李隆基终于有些想法了。可是，他一个二十出头的毛头小伙子除了一身的力气外，他还有什么？望着身边的少年朋友和家中的乐人，李隆基陷入了沉思。不过，李隆基到底是李隆基，他很聪明，他马上想到了自己的姑姑——太平公主，她是祖母最疼爱的女儿。姑姑有着别人无法想象的尊贵地位，有着别人无法想象的智慧和才能，朝廷的很多高级官员都很敬慕她。太平公主是一个敢作敢为的人，她根本不怕韦氏，于是，李隆基去找姑姑商量除掉韦后的办法。

这期间，李隆基府里的乐人也铆足了劲，使足了力气来帮助他。最后，李隆基与姑姑太平公主联手发动禁军攻入宫城，杀韦后、安乐公主李裹儿、上官婉儿及诸韦氏子弟，迫使少帝李重茂让位，立相王李旦为帝，即唐睿宗。

延和元年（公元712年）六月，不知从什么地方传出一股谣言："根据星象，皇帝有灾，皇太子应当即位。"这不是明显在挑拨唐睿宗李旦和太子李隆基之间的关系吗？然而，事与愿违，谁知，唐睿宗李旦听后不但不恼怒，反而轻松地说："听说传德可以避灾，我的主意打定了。"你还别说，唐睿宗李旦说到做到，这年八月，唐睿宗李旦便向全国人民颁布诏令，决定把帝位传给皇太子李隆基。李隆基知道后，赶紧前去拜见唐睿宗李旦，他一边叩头，一边流泪，坚决不同意。唐睿宗李旦却心平气和地对李隆基说：

"为父也是因为你的汗马功劳才能够第二次做皇帝，现在根据星象，既然帝位有灾，为父思前想后还是退位回避为好。古书上说只有圣德和大功大勋，才可以转祸为福。现在为父把帝位传给你，已经感觉有些晚了，你何必拒绝呢？你这个不孝子，难道非要等到在为父的灵柩前即位才算是孝顺吗？"

李隆基听后，强忍眼泪点头答应。

为了李家江山社稷的稳固，唐睿宗李旦把帝位传给了李隆基，自己退位为太上皇。帝位就这样和平过渡了，宫廷相对平静无事。

李隆基即位，改元先天，即为玄宗。李隆基就是历史上的唐玄宗。然而，好景不长，又一场狂飙从天而降，李隆基的姑姑太平公主翻脸了，她想发动宫廷政变废除李隆基，这是一起更大的乱子。原来，太平公主因为协助李隆基政变除掉韦后有功，居功自傲，日益骄奢，不可一世。她的田园面积越来越大，大到几乎包括了京城附近到终南山下所有的肥田沃土。她宫中的器物也是越来越精细、繁多，专门为她采购的人在四川、江南和岭南地区的道路上络绎不绝。她使用的车马仪仗也和皇宫中帝后们用的没有丝毫区别。她陪侍的男子仅少年男子就有数百人，而且都是身披罗绮。至于上了年纪为她服务的老妇，更有几千人之多。各地送给她的狗马等玩物，多得不计其数。

此外，太平公主在个人私生活方面也越来越堕落。她的丈夫武攸暨刚死不久，有个叫惠范的胡僧，因为家中豪富，财宝很多，他巴结太平公主。太平公主和他交情不浅，还专门为惠范和尚在李隆基那里谋得了圣善寺的寺主位置，加三品，封公爵。

不仅如此，太平公主对朝政的过分干涉也使李隆基不能容忍。太平公主不顾自己是长辈，倚老卖老，她内结将相，外连王公，专谋异计。李隆基终于忍无可忍，他与郭元振、王毛仲和高力士等人于先天二年（公元713年）来了个先发制人，赐死太平公主，这是太平公主没有预料到的。太平公主死后，李隆基尽诛其余党，改元“开元”。

任何一位新皇帝都想有一番大作为，以求达到国家长治久安，所以，他们都注重天下黎民的心声。唐玄宗李隆基自然也不例外。

李隆基即位之初，为了当好一个皇帝，生活上，他效仿先辈唐太宗和唐高宗，生活作风朴实，克勤克俭，树立良好的领导形象。他命人烧毁宫内一批珠玉锦绣，表示不再与奢华物品相伴，并且规定三品以下的大臣，以及内宫的嫔妃等遣散多余的宫女，不准佩戴金玉等饰物，以求节省生活开支。这还不够，李隆基又下令全国各地不准开采珠玉、织就锦绣，一改武周以来后宫奢华淫逸的风气。既然领导都这么节俭，底下的官员你就看着办吧！李隆基虽然嘴上不说，但他起了个好头，大家拧成一条心，共唱强局一台戏。只要君臣孜孜求治，何愁社会不好？

当然，一位皇帝，光具备生活节俭的品质显然是不够的，他还得有驾驭国家的能力，领航这个国家向繁荣富强发展。李隆基十分明白这一点，他一上台就开始在如何增强国家综合国力上大做文章，他命令监察御史宇文融清查全国的逃亡户口以及籍外的田地，将那些欺骗和瞒报的一一揪出，全国共查得八十多万户人口和大量田地。这样，就大幅增加了唐朝的税收及兵力来源。正因如此，唐朝的财政从而丰裕，全国的粮仓开始充实，物价也控制得很好。为了更好地管理国家，开元年间，李隆基希望姚崇来当宰相。姚崇这个人在唐睿宗时期曾当过兵部尚书，后因得罪太平公主，被贬到同州（今陕西大荔）做刺史。

一次，姚崇应召来到长安，赶上李隆基要到长安郊外打猎，他便陪同前去。路上，李隆基就问姚崇："你会打猎吗？"姚崇回答："我二十多岁时常常骑马逐兽，后来才读书。现在虽然老了，但还可以骑马射箭。""好啊！陪朕一同出猎。"结果，姚崇果真做到箭无虚发。李隆基非常高兴，就想让他做宰相。天上真的掉馅饼了，这么好的事，摊谁谁都偷着乐，谁知姚崇这个老顽固却推托不干。李隆基惊问原因，姚崇说："臣有十件大事，不知皇上是否采纳，所以不敢受任。"

李隆基一听有戏，赶紧追问哪十件大事。姚崇断然提出："第一件，以仁德治政，不用苛刑；第二件，十年之内，不对外打仗；第三件，不许宦官干预朝政；第四件，皇亲国戚不得占据朝廷要职；第五件，王公犯法与民同罪；第六件，租税之外不得额外加征；第七件，不崇佛，不营造佛寺；第八件，待臣以礼；第九件，允许朝臣有不同声音；第十件，严禁外戚干预政事。”

李隆基听后，大腿一拍立马表示同意，姚崇这才答应做宰相。经过近三十年宫廷动乱之后，李隆基和姚崇君臣之间开始了比较默契的合作，唐朝历史由此进入了充满活力的“开元盛世”时期。这期间，国家政治强盛、人民安居乐业，社会生产稳步向前发展，经济也非常繁荣。随之而来的是社会上出现了很多有闲阶层——文人墨客，他们用饱满的感情，从诗、文、曲、画、雕刻和书法等方面歌咏大唐的江河与山川，歌咏大唐的豪情与壮志、歌咏大唐的恢宏与气魄。大唐的文化事业也进入了历史上无与伦比的鼎盛时期。可是，那曾经让他赢得满堂喝彩的《长命女》去了哪里呢？那传递华夏文明的“十万宫廷乐舞”呢？经过多方打听，终于，李隆基找到了他们，原来，随着几十年的宫廷斗争，随着皇室对音乐文化的淡漠，他们带着他们的特技流落到了民间。

开元二年的一天，在梨花盛开的时节，落日的余晖把金黄的柔光洒入宜春北院，微风轻轻地吹着，片片梨花飞舞，雪浪翻涌，浪漫的李隆基悠闲地踱步其中，享受着这满园梨花的清香，他沉醉在自吟的法曲里了：为什么不能在这里教授宫女们演唱法曲，以求达到领悟法曲的妙处？突然，李隆基萌发了组建皇宫文艺队伍的愿望，他深切地感到文艺的表演不能仅仅停留在单纯的视觉享乐，文艺更深邃的东西是带给人博大的人文内涵。

当时，京城长安，散落在各个犄角旮旯的文艺人员如教坊生员有两千人，太常乐工有上万户，李隆基决定把全国杰出的文艺人才聚集起来，给他们提供一处居住、培训、排练和演出的场所。

公元714年，也就是在李隆基即位的第二年，李隆基就把宜春北院的皇家梨园作为皇家文化演艺中心所在地，创建一座集音乐、舞蹈、戏曲和杂技等综合性艺术的大唐皇家梨园。大唐皇家梨园类似今天我们的中央艺术学院，李隆基亲自担任中央艺术学院的院长。他还亲自选拔坐部伎子弟三百人，直接向他们授课，当时号称“皇帝梨园弟子”，还有宫女数百亦为梨园弟子。

盛唐文化之鼎盛，梨园艺术之繁荣，应该说，除了一些社会原因之外，与李隆基的倡导、参与、支持和推动是分不开的。二十世纪初，德国著名报告文学家基希，在他的名著《秘密的中国》一书中写道：“明皇……他是一个神，一个戏园的神……他亲自训练演员，在一座梨园里举办他的戏园。因为这个缘故，中国的优伶，现在还被称为梨园弟子。而且没有一个戏院（就是梅兰芳的戏院也一样）的后台可以没有李隆基的雕像。”事实正是这样，此后历代，在各地建立的无数梨园会馆里，都敬着老郎神。这个老郎神，不是别人，就是唐玄宗李隆基了。（引自付传利《浅析帝王音乐家李隆基的音乐思想和贡献》）

中央艺术学院的院长有了，教师从哪里来？李隆基又开始在全国挖掘教师了，下面就该说说教师了。

三　梨园魁首

提起“诗圣”，我们都知道是大诗人杜甫；酒圣即杜康；书圣乃王羲之；草圣是张旭；画圣是吴道子……而提起“乐圣”，知道的人可能并不多。那么“乐圣”到底是谁呢？我们都会背大诗人杜甫的一首诗《江南逢李龟年》，诗中“正是江南好风景，落花时节又逢君”中的“君”就是我们今天要提到的“乐圣”，我国唐代著名的乐曲家兼演唱家——李龟年。

李龟年家境还不错，从小不但不缺衣少食，而且还能接受良好的文化教育。李龟年弟兄三人：李龟年、李彭年和李鹤年，他们虽然都有文艺天赋，但是各自的侧重点有所不同：李彭年喜欢歌舞，李龟年和李鹤年则善于唱歌。李龟年的亲叔叔曾经是演奏法曲的宫廷艺人，空闲时间常常教给他们一些曲子。在三个兄弟中，李龟年的悟性最高，学得最快，他不但擅长吹筚篥、奏羯鼓，而且还善于作曲。因为叔叔的缘故，李龟年兄弟三人经常有机会到王侯公卿家里观看歌舞演出，接受音乐高人的指点，音乐才能自然高出常人。

另外，每年正月或者八月的农闲时节，一些村落要举办演唱大会，这可真是一年的好日子：穿新衣、看演出和享受人间美味等。小孩子就是哪里有热闹往哪里钻，李龟年他们自然是落不下来，逢有热闹就去。这样长期的耳濡目染，李龟年从小就知道很多的曲子，还能说出谁的琵琶弹得好，谁的笛子好听，谁的箜篌奏得好，谁的羯鼓敲得好……

李龟年这个人很有抱负，他年纪轻轻的就当过蕲州蕲县（今湖北蕲州镇）的县丞，相当于今天的副县长或副区长。你想想，一个相当不错的社交圈子，再加上李龟年精通多种音乐技能，文艺圈里自然少不了他，因此，李龟年在文艺圈中也就声名远扬了。在一个诗化的国家里，有如此才能，李龟年的声名自然被皇宫里的文艺家注意到了。当朝皇上李隆基有位兄弟李隆范，当时正被皇上封为岐王，岐王府位于东都洛阳的尚善坊。李隆范也是个喜欢文艺的人，他经常和文艺家一起切磋文艺。

有一次，李隆范听命于皇帝的意思搬迁到京城长安城南的新宅居住，他就在洛阳尚善坊的岐王府开了个告别大会，邀请洛阳的社会文化名流参加。这段时间，恰逢李龟年回洛阳探亲，经朋友介绍，李龟年也应邀参加岐王李隆范府中的盛会。令我们后人没想到的是，杜甫也因为诗歌小有名气，被邀到岐王府参加文艺大会。然而，当时的李龟年名气很大，当他和杜甫擦肩而过时，杜甫深深地记住了李龟年这位名人，公元770年，杜甫给我们后人留下了《江南逢李龟年》这样的美丽诗篇。

这天，洛阳城尚善坊这条街车水马龙，文人雅士三五成群、喜气洋洋地聚集而来，街上的百姓听说岐王府有聚会，想见名人的心让他们早早地立在门前，纷纷翘首以待。整条街热闹非凡。

岐王府里更是热闹非常，文艺家都情绪激昂，献诗献艺。府里的下人更是忙里忙外，替主人迎接文化名流。宴会开始了，文人坐定，李龟年挑了个不太显眼的拐角坐下，李隆范讲完话后，出演的第一个节目是一首新曲，这首新曲是由岐王府中的家伎们自创演奏的。李隆范希望在座的说出新曲的出处，先说出新曲出处的人为胜者，会得到一件小小的纪念品。文人的热情很高，当然，这不仅仅是纪念品的事情，而是才华的展露。

太好了！这不是李龟年的强项嘛？当乐声刚起，李龟年一听：这不是秦音的慢板么？简单！他赶紧抢着说："这是秦音的慢板。"岐王李隆范在一旁点头称好，李龟年博得了头彩，得了件纪念品。隔了一会儿，音乐又起来了，大家静心倾听，仔细分辨，李龟年又举手发言了："现在正演奏楚音的流水板。"

哇！这么厉害！在座的文人开始对李龟年报以微笑。音乐结束后，李隆范把李龟年拉到一边，特地赠送了一些"破红绡、蟾酥纱"等珍贵的丝织品给李龟年，我们可能不知道这些东西，以为只是做衣服的布料，其实，它不但能做衣服，还能直接当货币使用，岐王的做法是对李龟年表示敬重。李龟年自然明白其中的含义，他赶紧作揖称谢。李龟年放下这些东西，把陇西秦音乐人沈妍的琵琶拿过来，尽情地拨弄起来，演奏达到忘我的地步。在座的宾客都沉浸在音乐之中，忘记了周围的一切。

西望长安，岐王李隆范感慨万千，他谈起了那大气磅礴的秦宫残骸遗址，那穿越时空的秦直道，那极目南望的上林苑，那蜿蜒曲折、沟壑纵横的坡原，那秦汉文人的古朴遗风，那突兀压神州的神秘大雁塔，还有莽莽秦川、滚滚渭河和悠悠南山……在座的人莫不对长安充满了神往。李龟年自然也不例外，他终于明白了要想领悟中华历史文化的精髓，要想在文艺上取得更大的进步，就必须去文人荟萃的京城长安。

怀揣年轻人的梦想，李龟年和兄弟一起到京城长安寻求发展。一到长安，李龟年发现长安这个地方不但山川秀美、传说众多，而且还集中了全国最有名的诗人、画家、音乐家和书法家等，是一个文化底蕴特别雄厚、文化氛围特别浓烈的地方。长安像一首无言的诗，似一幅绮丽的画，李龟年兄弟被京城长安深深地吸引着、震撼着。

不久，李龟年兄弟三人就一起创作了《渭川曲》，首先在李隆范府上演出。《渭川曲》一经演出，立即得到长安文艺界的认可，李隆范决定把李龟年兄弟推荐给皇帝哥哥李隆基。

一天傍晚，落山的夕阳还在留恋长安的繁华，李龟年兄弟三人来到了富丽堂皇的皇宫，他们正式为皇上李隆基演奏《渭川曲》。皇宫大殿，顷刻间，其歌其曲，像悬崖上一挂飞泻而来的瀑布，是烟、是雾、是雪、是霜，一切变得美丽而缥渺，见者如入画中；其歌其曲，像翠玉飞溅在碎石上碰出的铃声，清脆悦耳，听者如临其境。李隆基坐在皇帝宝座上，一脸认真，欢喜之情溢于言表。演唱结束后，李隆基拍手叫好，说："此曲畅快淋漓，大异于绵绵丝竹之音，可谓'天上清音'呀！"

我们知道做皇帝的都比较有城府，一般不轻易表扬臣子。皇帝倘若一开金口，那可是一言九鼎的事情。精通音乐的皇帝李隆基既然夸赞《渭川曲》是"天上清音"，那自然就是"天上清音"了。李龟年他们听到皇帝的称赞，脸上也泛着幸福的光彩。李隆基赏赐了他们很多丝织品。

从此之后，李龟年兄弟那响当当的名字就在长安传开了，他们的精湛技艺，受到了王公贵族的热烈吹捧。每场演出下来，王公贵族都给他们赏钱成千。李氏兄弟的生活可以说富裕极了，在京城长安买了住房，往来用马车接送，赏钱还是没花完，他们就把大部分赏钱运回洛阳老家，在通远里修建豪华宅第。据史料记载，其奢侈豪华程度，远远超过一般公卿府第。后来，因李龟年音乐天赋特别出众，李隆基又任命李龟年为大唐皇家梨园的总领班。

人常说“艺高人胆大”，音乐造诣颇深的李龟年也开始尝试原创词曲。李龟年制作了《胡渭州》曲，还尝试自填词曲，到处传唱自己的《胡渭州》。没想到被大诗人王维听到，他就笑话李龟年填词不工整。李龟年听说后，这才明白填词不是什么人都能做得了的，就再也不敢随便填词了。此后，李龟年每逢制作新曲，一定要请王维给他填词，从而使梨园的乐曲更加完美。

从梨园建立之初到“安史之乱”爆发的这些年里，在皇帝李隆基的指导下，梨园弟子们完成许多重大的文艺活动，李龟年为之立下了汗马功劳。因此，李龟年成为梨园弟子的代表人物。

四 梨花初绽

宜春北院。

初春的暖阳，睁着好奇的目光，打量着新春的俏丽。每一座雅致的庭院，每一条弯曲的小溪，都静卧在那一树树梨花丛中，沐浴着春日的阳光。那一树树如雪的梨花，莹白高洁。一段醉人的风月，一颗感悟的心灵，就那么静静地凝固在音乐的世界里，万般牵肠。

梨花树下，站着两位男子：一位风流倜傥，气宇轩昂；一位谦谦君子，温润如玉。他们就是唐玄宗李隆基和“乐圣”李龟年。

“朕在做平王时，家中就养有散乐一部，在平定韦后之乱中，这些乐工功绩不小，朕一直想给他们找处怡情养性的地方。”

“这有什么难的呢？皇上，你看这满院的梨花，难道不撩拨艺人的情怀吗？”李龟年建议道。

“这不行，这里是朕的后宫，宫女很多，怎么能让男艺人经常出入呢？再说了，让他们整天在这里排练演唱，会影响朕处理政务的。”李隆基摇头。

“皇上，要是臣没记错的话，大白杨村村西，有一块三千亩的梨园，每当梨花开放时节，那里花香四溢。漫步千亩梨园，细闻梨花芳香，自然能激发艺人们无穷的想象空间，正所谓‘芳春照流雪，深夕映繁星’啊！皇上为何不把艺人们安顿在那里呢？”

“你提的这个建议很好。朕也是这么想的，只可惜朕还得处理国家政务，没时间享受那千亩梨花。”李隆基沉思了一下，遗憾地说。

“皇上，普天之下，莫非王土，皇上难道没有去的理由？” 李龟年反问。

“你说的不错，我也是个爱热闹的人，你在那儿给我立个没多少活的名分，我处理完国家政务，偷闲时也可以去和你们乐和乐和。”

“好吧，闲了皇上就过去乐和乐和。”

……

李隆基提到的府中散乐是怎么一回事呢？散乐和舞乐都是唐朝社会重要的艺术表演形式之一，散乐属于庶民艺能，舞乐属于贵族音乐。说穿了，散乐就是中国的百戏，百戏是古代民间表演艺术的泛称，尤以杂技为主。百戏产生于秦汉时期，汉代称“角抵戏”，至六朝（五世纪）末，一直称为百戏或杂技，隋朝以后才称为散乐。它包括找鼎、寻幢、吞刀和吐火等各种杂技。

当时，唐代皇家梨园的主要职能是教习和培养器乐演奏人员。它的组织机构非常庞大，主要有禁苑梨园、宫内梨园、太常梨园和华清宫四个部分。禁苑梨园，即大白杨村村西的大白杨梨园，里面是梨园男弟子学习生活的场所；宫内梨园，即宜春北院，里面是一百多个能歌善舞的宫女们学习生活的场所；太常梨园，有梨园别教院和梨园新院，包括兴庆宫和华清宫以及洛阳东宫等等离宫，这些也是梨园弟子活动的场所，只不过这里的梨园活动，有时是随皇上一同去的大明宫禁苑的梨园弟子活动，有时是离宫里的梨园弟子活动，或者是随驾梨园弟子和离宫梨园弟子一起的活动罢了。太常寺是宫廷掌管礼乐的最高行政机构，负责对外交流，它内部的分工也特别细致。

皇上李隆基是皇家梨园的名誉院长，皇家梨园魁首李龟年相当于副院长，李龟年负责皇家梨园内部的各种事务。正副院长之下还设置有乐营将。乐营将在今天相当于中央戏剧学院的教练或导演，或者说是中央文艺学院的各科任课教师，他们负责每门学科的编撰、教授和发展等。开元时期，皇家梨园里著名的乐营将有黄幡绰、张野狐、贺怀智、马仙期、雷海青、李谟、公孙大娘和王大娘等。乐营将教授下的梨园弟子也就是学生大概上万人，这些梨园弟子根据演出的需要和演奏者的专业水平，分别属于坐部伎、立部伎、小部伎、亚部伎、掐弹家和内人等各个部门。

坐部伎一般是比较优秀的演员，由乐工和舞者组成，乐工们是坐在堂上用古琴、曲项琵琶、竖箜篌、笙、排箫等丝竹细乐伴奏，舞者舞姿文雅，大抵为三至十二人，随着丝竹细乐声能舞出文雅的舞姿。坐部伎演唱歌曲主要有六部:《燕乐》（包括《景云乐》《承天乐》等）《长寿乐》《天授乐》《鸟歌万岁乐》《龙池乐》《破阵乐》等，内容多以歌颂帝王功德、祝愿帝王千秋万岁为主。今天，我们可从西安市长安区何家营的鼓乐中，依稀感觉到大唐遗存千年的坐部伎古韵的痕迹。

立部伎相对于坐部伎，就是一般的演员，也是由乐工和舞者组成，乐工是立在堂下演奏，伴奏的乐器有鼓和锣（即金钲）等，音域非常宏大。

舞者有六十到八十人不等，舞姿雄壮威武。立部伎演唱歌曲主要有：《安乐》《太平乐》《破阵乐》《庆善乐》《大定乐》《上元乐》《圣寿乐》《光圣乐》等。

有时候，坐部伎和立部伎共同表演一支曲子，他们合作的代表性节目首推大气磅礴、名震中外的《破阵乐》。

小部伎为儿童演出队。李隆基为了能更进一步提高乐工和乐伎的音乐素养与表演技艺，使音乐人才源源不断，他还在宫内梨园法部里专门设立了小部伎。这样，就为唐代音乐艺术的稳步发展提供了必备的人才基础。李隆基这种对于儿童早期的启蒙性音乐教育的尝试，在世界教育史上也是罕见的。

此外，梨园里还设有舞部伎，舞部伎又分为文舞和健舞两大类。文舞是宫廷雅乐的组成部分，用在宫廷典礼仪式和祭祀仪式中，文舞最早来自周代宫廷“六代舞”，“六代舞”包括了《云门》《大章》《大韶》《大夏》《大护》《大武》六个乐舞，主要是歌颂帝王以文德治理天下，故称作文舞。特点是动作徐缓，节奏缓慢，具有礼仪性；健舞，主要流行于宫廷、贵族士大夫家宴及民间的小型表演性舞蹈。特点是节奏明快、矫捷雄健。古籍《教坊记》和《乐府杂录》记录了许多健舞名目：如《柘枝》《胡旋》《胡腾》等。《柘枝》是从西域经丝绸之路传入中原的，为女子独舞，伴奏以鼓为主。舞蹈时女子时而舞袖低垂，时而舞袖飞扬，配以刚健明快的舞步，再加上身上所佩戴的金铃发出有节奏的响声，让人很快融入音乐情感之中；《胡旋》和《胡腾》都是西北及中亚一带的舞蹈，也是经丝绸之路传入中原，前者以急速旋转为特征，后者以多变腾跃为特征。

当时，梨园弟子们演出的节目有三百多个，这些都是由以皇帝为首的许多著名诗人、学者和作曲家创作与编写的，如“四明狂客”贺知章作过《紫青上圣道曲》、“诗佛”王维作过乐曲《郁轮袍》等。王维的许多诗歌如《相思》《凉州词》都被梨园弟子们谱曲演唱，“诗仙”李太白的《清平调词三首》、“天台白云子”司马承祯的《玄贞道曲》、茅山道士李会元的《大罗天曲》等等，都是梨园弟子们经常演唱的节目。

梨园除了对演员的专业要求高外，还有一整套严格的规章制度，如：

严格的排练制度。每天早上，演员们必须先练习嗓音和器乐一个时辰，再和大家集体合练一个时辰。发现错误，及时改正；遇到集体排练，不能抢别人风头，练好自己的音乐；不会者宁可不吹奏，也不能乱吹奏等。

公开的点戏制度。凡是想演出的演员，先由梨园负责人把编排好的曲目呈现给观看者，梨园负责人不能随意附带自己的感情色彩，完全由观看者自己定夺，点名曲目，再用墨勾画出，然后被点的演员开始准备曲目，演唱时认真负责，不能砸了梨园的牌子。而没被点上的演员坚决不准上场演出，只能前去做边围工作。

公平的选拔制度。内廷的梨园，由宫廷派中官（内监）主管，宫外有分属两京太常寺的梨园。长安太常寺属下的“梨园别教院”，洛阳太常寺的“梨园新院”，人数都及千人，它们都是培养和选拔音乐人才的基层机构。别教院和新院为教坊选拔人才；教坊坐部伎为内廷梨园选拔人才。梨园弟子每年都要考核一次，不合格的弟子或年龄大的就会被辞退，这就保证了梨园弟子技艺的质量。（引自百度百科）

森严的接见制度。每年至少有一次，皇帝要抽出时间接见内廷的梨园弟子，掌握梨园的情况，传达文艺的前沿方向，挖掘有艺术潜力的梨园弟子。中官（内监）接见的是两京太常寺的梨园……依次类推，不能越级等。

梨园弟子的主要任务是将当今社会或以前社会诗人创作的美好诗词改造成美妙的乐章传唱推广、认真地研习法曲、制作适合演奏的乐器等，总之，一切活动都是围绕把梨园艺术办好。梨园中也提倡艺人们自己创作新的节目，只要是好曲，不论人物地位尊卑，都可以上演，这样，就为唐代培养了许多艺术专业人才，他们进行着大量的宫廷日常演出活动。

宫中梨园弟子是全国千万艺伎中的佼佼者，他们经过严格的专业培训，得到老师的口传心授，才拥有精湛的技艺。此外，太常寺管辖下还有梨园别教院，这里也有乐工数千人，他们主要演奏法曲，他们的艺术水平和地位虽然低于宫中梨园，但高于东都洛阳的梨园新院。每当皇帝离京到各地巡幸时，也要带上部分梨园弟子，所以像临潼华清宫也有梨园，但叫随驾梨园，其遗址也是最近才被发掘出来的，而梨园弟子总部，仍然还是在长安大明宫西侧的梨园内，这点，著名梨园专家李尤白先生，倾其毕生精力，走南闯北，跋涉千里，严格考证，早已澄清了唐代梨园遗址的迷雾。据《新唐书·礼乐志》上所说："玄宗既知音律，又酷爱法曲，选坐部伎子弟三百，教于梨园，号'皇帝梨园弟子'，宫女数百亦为梨园弟子，居宜春北院。"

从此，宜春北院，无论是风中、雨中，都多了那辛勤排练的白妆、素袖；无论是晨雾里、暮霭中，都多了那蹁跹起舞的素腰、碧裙；无论是梨花飘落时、阶边青草里，都多了那蝶影随风飞……

五　梨园弟子

“梨园弟子”这个词语，最早出自唐代现实主义大诗人“香山居士”白居易的《长恨歌》。其中有一句：“梨园弟子白发新，椒房阿监青蛾老。”这就是“梨园弟子”四个字最初的文字记载了。

提起“梨园弟子”，人们总是瞪大眼睛，啊？唱戏的艺人。梨园弟子是只会唱戏的艺人吗？其实不然，梨园弟子起初并不只是唱戏的艺人，而是集合了音乐、舞蹈和戏曲等各种艺术表演形式的艺人。这点，咱还得从梨园的起源说起。

梨园，顾名思义，就是开满梨花的园子。至于这开满梨花的园子又怎么和唱戏的艺人联系到一起了，且听我慢慢道来。

唐中宗李显执政时期，梨园也不过是皇家禁苑中与枣园、桑园、桃园和樱桃园等并存的一个果木园。既然是皇帝的禁苑，自然要设有别殿、酒亭球场和花园凉亭等娱乐和休息场所，来供帝后、皇戚和贵臣等宴饮游乐和休息之用。如公元709年，也就是在金城公主出嫁那会儿，唐中宗李显特地大摆宴席于大明宫含元殿的御苑之内，隆重接待了吐蕃使臣，并邀请吐蕃使臣尚赞吐和敏悉猎等人前往禁苑梨园马球场观看唐蕃马球大战。瞧！这时的梨园还只是开满梨花的园子呢，只不过是在这开满梨花的园子里修建着马球场罢了。那么，开满梨花的园子又是怎么变成了唱戏等文艺活动的园子呢？梨园又是怎么变成了表演文艺的文艺家的代称呢？这事和唐玄宗李隆基有着直接的关系。

上一章梨花初绽里，咱们讲了李隆基即位第二年（公元714年），决定把散落在全国犄角旮旯的杰出文艺人才聚集起来，给他们提供一处居住、培训、排练和演出的场所，即大白杨村村西的梨园。

《新唐书·礼乐志》上记载：唐玄宗李隆基这个人特别喜欢音乐，他精通音律，尤其欣赏清雅的法曲。所谓法曲，实际上就是今天大型歌舞的雏形。唐代法曲不仅有歌唱，还有舞蹈等，它全是用器乐现场伴奏，而且阵容庞大，多者有几百人。“梨园”就是李隆基亲自培养乐工的地方。

每逢梨花盛开的季节，李隆基就带着由妃子们及众多大臣组成的访问团来到梨花园内，一边欣赏满园的梨花，一边观看乐工们的出色表演。清雅的《法曲》是李隆基的所爱，每年都不能少，今年也不例外，李龟年早早地准备好了。

此刻，几百人的表演开始了，那强大的阵容、悠扬的丝弦、漫飞的梨花，构成了一幅舒展的美丽画卷。李隆基听了法曲，龙颜大悦，当即亲书一匾，称乐工为“梨园弟子”。从此，“梨园”便成为音乐戏曲的代名词，“皇帝梨园弟子”也成为乐工艺人的专称。这就是“梨园弟子”的由来。

后来，大凡唱戏的人都以梨园弟子自诩。其实，这些唱戏者口中所谓的梨园弟子绝非唐代的梨园弟子，唐代的梨园弟子指的是唐代的文艺工作者，范围相当广泛，包括诗人、音乐家、舞蹈家和文学艺术家等，比如诗人杜甫、李白、王维和舞蹈家公孙大娘等，而我们现在所说的梨园弟子，范围已经缩小了很多，仅仅局限于唱戏的了。

当初，李隆基创建的梨园，那可是网罗了全国各行各业的人才，他们至少会一种技能，有的还身兼两三种技艺，如王维，就集中了诗歌、绘画和音乐于一身。“皇帝梨园弟子”，虽然仅仅有三百人，但是他们都是从水平最高的坐部伎和各种表演人员中精选出来的佼佼者。说实话，在唐朝的社会，能被选为梨园弟子，可以说是一种莫大的荣耀。不要说在梨园的鼎盛时期，就是在“安史之乱”后，这些梨园弟子流落四方，有的贫困而死，但他们提起当年的梨园，大家还是留恋、惋惜，都以曾在梨园生活过为一生的荣耀。甚至有的梨园弟子死后还立碑纪念。所以，千百年来，人们都特别看重“梨园弟子”这一称呼。

在漫长的历史长河里，喜欢艺术的人比比皆是，可喜欢艺术的皇帝并不多见，李隆基不但是一位喜欢艺术的皇帝，他还把艺术推向了时代的顶尖，成就中国唐代文化的辉煌，我们不得不对李隆基大加赞赏。

公元714年，李隆基设立“梨园亭”。在那里，有专门供乐工演奏乐曲、宫女习舞演唱的场所，李隆基还在会昌殿里亲自教导他们。梨园里按性别分为两部，男女艺人各几百人。男艺人从坐部伎子弟中选出来，其教练地点是在京城长安的大白杨村西边的梨园；女艺人大多是从宫女中挑选出来的优秀者，其教练地点是在宜春北院。

李隆基自己也擅长击羯鼓、吹玉笛等多种器乐表演，他教习的大多是以演奏器乐为主的男弟子。男、女艺人两拨人马分头练习同一首曲子，等训练得差不多时，再把他们集合起来演奏。

李隆基不但是一位多才的器乐教师，还是一位最具有传奇色彩的指挥大师，他对各种器乐的指挥收缩自如、恰到好处。李隆基不但指挥得好，他的听音能力还很强，每次几百人的大型表演里，他都能分辨出哪位演员演奏出错了。李隆基依赖的就是自己的音乐灵感，他对众多器乐的不同音高发声，对每种器乐的微妙细节，都能用行之有效的精确手势让演奏取得辉煌生动的效果。史书中记载“这丝竹之戏，音响齐发，有一声误，帝必觉而正之”对音乐能达到如此造诣的指挥家，今天都不多见，可是在古代，在我们大唐国度里，李隆基对音乐的领悟已如此之深了。

李隆基真的可以说是一位音乐皇帝，他对音乐的喜爱达到痴迷的程度了。据唐朝杨巨源《吹笛记》中记载，有一天，李隆基在朝堂之上，手指不停地在腹部上下按动，众臣不解其意。退朝后，高力士偷偷地问李隆基:“皇上，你刚才在朝堂之上，总是用手指按腹部，莫非圣体有所不适?”李隆基回答道：“非也。朕昨夜梦游月宫，听到众仙子为我演奏的音乐十分清越可心，令我沉醉其中。后来离别时，她们又送我曲子，音乐非常优美，声声入耳。今天早上赶着上朝议事，朕悄悄地把玉笛揣在怀里，用手指按着指法怕忘记了，并非身体有何不安。”一位皇帝，上朝议政时还不忘练习吹奏，可见他对音乐的痴迷程度有多深！

在唐代的文化艺术中，梨园弟子确实是技艺超群的。如公孙大娘的剑器舞，挥洒着大唐人的恢弘气势；王大娘的戴竿舞，彰显了大唐人的探险精神；黄幡绰的滑稽戏，戏说了大唐人的乐观与豪迈；李龟年的羯鼓，敲响了大唐人的奋进与张扬；李谟的笛声，传递着大唐文化的深远与悠扬；还有董庭兰的胡笳，女高音许永新、念奴、何满子和男高音崔成甫的歌唱等，无不诉说着大唐人的自豪与包容。今天，我们细细地品味大唐文化，才发觉我们的祖先给我们留下的不只是一份文化财富和文化自信，更多的是人格上的完美，精神上的愉悦。

六　小部音声

开元二年（公元714年），李隆基平定了太平公主的叛乱，结束混乱局面。为了稳定政局，他采用姚崇的建议，实行以仁德治政、不对外打仗、不崇佛等措施。

其实，李隆基这个人还是比较有思想的，对什么事情，他都会认真分析。就拿崇佛这件事情来说：公元713年，李隆基还用寝殿材料修建安国寺弥勒殿，开建山西大同普化寺，开凿四川乐山大佛，在福建漳州建南山寺；命吴道子画洛阳天宫寺壁画。公元715年，四川广元千佛崖摩崖造像开凿。公元716年，中天竺僧人善无畏来中国，在长安西明寺翻译佛家经典，译有《大日经》等；日本僧人玄昉来中国求法……这些佛事活动，李隆基还是相当赞成的，无奈，当时百姓盲目信佛，全国各处都能看见佛的痕迹，更有甚者，有人借佛衣的庇护，在社会上抢占民田等，弄得百姓负担过重，怨气很大。再加上各地广建寺庙、大修佛像，众多僧尼霸占许多良田，却不用承担国家的税收，致使国家财政支出赤字。因此有“天下十分之财，而佛有七八”的传言。

李隆基看出其中潜藏的危机，为了节约国家的财政开支，增加税收，李隆基下令削减全国的僧人和尼姑数量，迫使那些不是真心信佛者还俗。李隆基这一招还真管用，还俗人数多达一万两千人。李隆基还禁止再造新的寺庙，禁止铸造佛像，禁止传抄佛经，使佛教走向正常的发展轨迹。

在政治上，李隆基采取了以下措施：

（1）清除太平余党，精简冗员，将宰相集团的十多人减少到二三人。

（2）恩遇胞兄，削弱皇室内部发动政变的政治基础。

（3）对邀功之臣（如刘幽求、钟绍京、王琚等）予以贬斥。

（4）任用良臣，用人不疑。

……

在军事上，李隆基加强军备，开立屯田，充实防务。设立平卢、范阳、河东、朔方、陇右、河西、安西四镇、伊西北庭、剑南等九个节度使和一个岭南五府经略使，统一指挥防御军事。收复辽西十二个州，设营州都督府；漠北重新归顺唐朝；西突厥与唐友好往来；设安西节度经略使，阻止吐蕃的北上；在陇右、河西之西设军事重镇，维护河西走廊的安定，保证大唐和中亚、西亚的交通顺畅，保证往来的各国使者和商人的利益。

在文艺上，李隆基鼓励文人创作诗词，提倡建立音乐旧制，创办雅俗之乐，隶属于太常。梨园就是这时候应运产生的。在梨园里，还专门设置了一个小部音声（简称小部）的部门。

小部音声，其实就是唐代的少年歌舞乐队，相当于今天我们所说的中国儿童剧团，这个儿童剧团由三十名十五岁以下、有特别技艺和音乐天赋的儿童组成，他们是在全国精选出来的。

在小部音声里，有很多专业老师，他们怀着一颗爱心，培养儿童的艺术爱好。在演奏技巧和表演技能上，老师真下了功夫，好让儿童很快适应大型的演出活动。李隆基自己也是一位喜欢儿童的老师，他经常和儿童谈心，非常关心小部音声的发展，并且还把有发展前途的儿童介绍进来，以壮大他们的队伍。

长安人就是喜欢热闹，农闲时节常常你来我往，嘘寒问暖，把寂寞的生活打理得有滋有味，他们不是三朋五友聚在一起谈诗论文，就是七八成群聚在一起谈天说地。所以农闲时节的演戏歌唱，就成了当时社会主要的集体活动了。

隆庆坊是皇帝兴庆宫的所在地，很多演出活动都是在这里举行的。这里，留下了李隆基太多的美好回忆，也留下了他许多美丽的诗篇，如《游兴庆宫作》：

代邸青门右，离宫紫陌陲。
庭如过沛日，水若渡江时。
绮观连鸡岫，朱楼接雁池。
从来敦棣萼，今此茂荆枝。
……

又如李隆基的另外一首诗《春中兴庆宫酺宴》：

九达长安道，三阳别馆春。
还将听朝暇，回作豫游晨。
不战要荒服，无刑礼乐新。

合酺覃土宇，欢宴接群臣。

……

一首诗，再现了长安的繁华；一场戏，绽放了异域的风采。

开元年间，隆庆坊府第（后改为兴庆坊）勤政务本楼前的戏台搭起来了，近村百姓三五成群结队地赶来了；贩夫走卒推着车子赶来了；高官显贵坐着轿子赶来了……他们把戏台围得水泄不通。

小孩们踮着脚还看不见戏台，就爬在树杈上、房顶上、柴垛上、墙头上，或者干脆被大人扛在肩膀上，他们晃动着脑袋左顾右盼，等待唱戏开始。总之唱戏这些天，小贩们的生意相当地兴旺，支起的小摊密密麻麻，他们用鲜美的食物诱惑着百姓，一曲三歇地叫卖，那拖着长长调子的声音，一声赛一声地动听：

“笼饼，地软——笼饼。”

“新摘的临潼火晶柿子，皮薄无核，甜而不腻。止血润便，酿酒做醋。”

“煎白肠，汤鲜肉嫩，滋味浓香。”

“油麻胡饼，又香又煼，娃娃爱吃，老人不厌。”

“槐叶——冷淘，他来吃了你来看，既消暑来又解渴。”

“萧家——馄饨，不肥不腻，色鲜、味嫩。”

“庾家——粽子，青叶芳香，白莹如玉，皇上爷都爱吃。”

……

金吾将军及四名兵士，身披黄金铠甲，短衣绣袍，盛列旗帜，陈仗而立，挥舞白棒（类似现在的警棒），维持戏场秩序。

正当人们喧闹得不可开交的时候，有一队人马吹吹打打地过来了，看热闹的人们总算停止了喧闹，让出一条道。只见这对人马穿红戴绿，边歌边舞，其中有一位蒙着深棕色面纱的女孩，她穿着色调艳丽的大红长裙，戴着褐色的小花帽，一双勾人魂魄的眼睛半藏在面纱内，眼珠子清澈透亮、左顾右盼。她的鼻梁挺起了脸上的面纱，线条分明；她跳着欢快的舞蹈，热烈而有激情；她灵巧的脖颈，一张一伸，挑逗着周围的观众。这是一位魅力十足的女孩。她嘴唇一开，便吐出一段奇特而美妙的歌声，像大自然传来的鸟鸣，瞬间又回到大自然里。

在这队吹吹跳跳的人马中，还有一位皮肤白净的少年，脚上的长筒皮靴，在鼓乐伴奏下，应着节拍，踏着急蹴蹬踏的步子，犹如马蹄踢踏，舞姿刚健，令观众目不暇接。瞬间，他又旋转跳跃，在空中一米高的地方翻了一连串筋斗，宛如蛟龙翻腾，落地后，他面不改色气不喘，稳步前行。观众们齐呼“好！好！好！”原来，这是从西域疏勒（今新疆喀什）经河西走廊过来的乐队，他们在给大家表演具有游牧民族色彩的西域胡腾舞。这对西域来的少年兄妹就是著名的舞蹈家和歌唱家裴承恩和裴大娘，其实人家“裴大娘”还只是一个小姑娘，只是史书上这么叫的。

当时，大唐皇家梨园里还没有筋斗舞伎。千里马来了，伯乐自然高兴。李隆基可乐坏了：西域人不愧是一个善歌善舞的民族，这兄妹俩小小的年纪就有这么好的音乐天赋，如果在皇家梨园里能施以专业的教导，一定会成为国家优秀人才。于是，李隆基就把他们兄妹俩编入了小部音声的散乐里，让他们接受正规的音乐训练。

哥哥裴承恩以擅长筋斗而闻名长安，号称“筋斗裴”，妹妹裴大娘是善歌善舞的梨园女弟子，李隆基常常让梨园的神笛手李谟为她伴奏，由于裴大娘的音量清脆洪亮，常常会压没笛子的清音，害得李谟必须用极大的气息来吹响笛子伴奏，结果，你猜怎么了？裴大娘的歌还没唱完，李谟的笛管却吹得爆裂了。

既然小部音声有如此之魅力，自然受到梨园的关注，他们不仅在梨园表演中享有盛誉，而且在李隆基的爱情生活上，也留下了一段佳话。

开元二十二年七月，李隆基的女儿咸宜公主（又叫咸直公主）在洛阳举行婚礼，当地的达官贵人及家属都应邀参加婚宴。这位咸宜公主，虽说是宠妃武惠妃亲生的，但她完全不像母亲那么妩媚。李隆基一生共有二十九个女儿，他并不是对每个女儿都好，却特别喜欢心性平淡的咸宜公主，还为咸宜公主破例把公主的食封户从五百户增加到一千户。

爱女大婚的这天，在咸宜公主的伴娘队伍中，有一个艳压群芳的女子出现了，她就是一名官职不高的官员家眷——杨玉环。此时的杨玉环，纯洁美丽、举止娴雅。头上的步摇随着轻盈的莲步，踏出了女子气定神闲的姿态，走出女子楚楚动人的风情。那低眉娇羞的眼神，宛如仙子下界，将在场所有男人都迷得神魂颠倒，使在场所有女人都嫉妒得要死。那武惠妃的心底也一直翻腾，她一见杨玉环，仿佛看到年轻的自己，这个女子无论从体态风姿还是从言语表达上，都浓缩了自己年少时的影子，武惠妃对杨玉环喜欢得不得了。

咸宜的胞弟寿王李瑁其时正当年少，见了杨玉环这样的女子，立马一见钟情。他不停地上前搭讪，将爱的电波频频传递。这一切，自然逃不过聪明的母亲武惠妃，她看在眼里，喜上眉梢。后来，在武惠妃母子的请求下，李隆基当年就下诏册立杨玉环为寿王妃。

十七岁的杨玉环与寿王大婚之日，李隆基和武惠妃自然喜欢得合不拢嘴，他们看到儿子娶了个貌美如花的女子，生怕他深陷意乱情迷的爱情生活里，用心良苦的李隆基赠送给杨玉环一只耀州青瓷杯作为见面礼。这只刻花的青瓷杯子做工非常精巧，杯子中央立有一个龙头，体内有一空心瓷管，管下通杯底的小孔，管的上口相当于龙颔位置，头底下与杯体连接处有一孔，如果饮者贪酒过量，斟酒超过高度，则会全部漏光。因此，这只杯子得了一个响亮的名字“公道杯”。

我们知道，在选媳妇上，皇家总要比一般人家讲究，不但要求美貌，还要求智慧。李隆基一见儿媳妇长得这么绝世无比，言行举止还这么贤淑得体，李隆基也打心眼里喜欢。他就想考考儿媳妇的智商，他问杨玉环：“朕送你们这样一只‘公道杯’，你可知用意？”杨玉环略加思索，回答说：“公道杯，注水，浅，则滴水不漏；满，则水流殆尽。父皇赐送此杯给儿臣，是想教导我们，凡事要适度，不可过贪，否则将一无所得。”李隆基那点儿自作聪明的心思被杨玉环一语道破，他含着笑点头。这位美貌聪慧的杨玉环，给李隆基留下了一生都永远难忘的印象。

开元二十五年十二月初七，李隆基的宠妃武惠妃病逝，这位一直陪伴李隆基走过开元盛世的女人，因为朝廷官员的阻挠，终究未能被正名为皇后，李隆基总感觉亏欠于她，虽然她享受的是皇后的待遇。武惠妃是李隆基表叔武攸止的女儿，武攸止死时，武惠妃尚小，武后就把她接进宫中养大。李隆基即位，武惠妃以貌美聪慧得到李隆基的恩宠，李隆基的王皇后不能为他生儿育女，而武惠妃正好弥补了这点，她为李隆基生了一大堆儿女，李隆基对武惠妃别说有多宠爱了。

现在，这位享尽人间荣华富贵的武惠妃离世了，李隆基将其厚葬在敬陵（今天西安市长安区少陵原上大兆乡庞留村的西侧），赐名贞顺皇后。

李隆基痛失爱妃后，才知道什么叫魂不守舍，他整个人都被抽空了，散架了，做什么事情都无精打采，他感到未尝有过的寂寞和无聊，他甚至不过脑子就轻易地决定着官员的荣升与谪贬。这还不够，李隆基还整日沉醉后宫，想出各种点子和妃子们打情骂俏，也不管地位的尊卑，就率性宠幸宫女。甚至做出“蝴蝶选寝”的闹剧。

那是一个草长莺飞的春天，李隆基在后宫举办宴席，他让选寝的嫔妃们根据个人喜好插上不同花朵，然后评选出最美花朵。当大家一致认为粉色花朵最美时，李隆基上前，从提前预备好的匣子里取出粉色蝴蝶，亲自放飞，看粉色的蝴蝶飞往哪位嫔妃头顶的花朵上落脚，那么这天晚上这位嫔妃就该侍寝了。这种不用过脑子，完全放逐自己的方法也只有他李隆基想得出来。由此，我们可以看出李隆基这时期的生活是怎样地落魄啊！

嫔妃们实在太多，侍寝的机会就确实比较渺茫了。慢慢地，嫔妃们对侍寝不再抱多大希望了，她们想出了一种更刺激的侍寝赌博游戏，那就是嫔妃们自己甘愿凑份钱，把份钱交给值得信赖的人保管，然后送给当晚的侍寝赢家。

看着后宫妃嫔赌博成风，再看看皇帝李隆基让人寒心的样子，心腹宦官高力士的心像刀割一样难受，难道一个女人对一个男人真的就那么重要，重要得让这个男人忘记自己？忘记国家？这样下去怎么得了？高力士的心里很不是滋味，他急切地想给李隆基找个能够代替武惠妃位置的女人，哪怕是形似都行。

说到这里，自然想起咱们长安的村言俚语“不是一家人，不进一家门”“媳妇踩着婆婆的脚跟”。寿王妃杨玉环打眼一看，和婆婆武惠妃长得真有几分相像。

看到这里，高力士的歪主意就上来了，为了能让皇上振作起来，为了大唐的江山社稷，他决定冒天下之大不韪，牺牲寿王妃杨玉环，让这个女人顶替婆婆，和李隆基共叙前缘。杨玉环一旦被高力士盯上了，她就逃不脱了。

一次，趁李隆基心情不错，高力士试探性地给李隆基讲了一个“羞花美人”的故事：“有一次，我看到一名貌美的女人在宫苑里赏花，当她走进这种花时，花叶立刻卷起低下了头。宫女们都说这是女人的美貌，使得花草自惭形秽，羞得抬不起头来。”天性浪漫的李隆基一听，来劲了：“这女人到底有多么美？难道能比我的武惠妃美吗？瞧你吹得神乎其神的，你倒是给朕引荐引荐，让朕瞧瞧。”本来是句玩笑话，高力士却当真了，他开始张罗着给李隆基安排这件事情。带着一份渴望，又夹杂着好奇，李隆基迫切地想见这位“羞花美人”。

其实，天地之大，哪里有如此灵性的花草啊？高力士所谓这种花草，也不过只是一种小巧玲珑的花。它的名字叫做含羞草。这种花有个特点：只要人们用手轻触它的羽状小叶，叶片就会很快闭合，叶柄也会慢慢垂下，就像初涉人世的少女，因为纯洁和朴实，才那样忸怩、娇羞，所以人们又叫它“含羞草”。可是，古人并不知道这种花的道数，他们以为这个女人太漂亮了，把花儿都羞得关闭了。从此以后，“羞花”也就成了这个女人的雅称了。

在一个桃花盛开的日子，骊山脚下，高力士安排了一出别出心裁的节目。他挖空心思找出了武惠妃初次被李隆基宠幸时穿的服饰，精心地挑选同色同式的丝绸，依葫芦画瓢地做成了漂亮的衣服，亲自送给杨玉环。

这天，喝了几口热酒的李隆基脑袋真的晕乎了，他被高力士带到小山崖后一条幽静的小路上，这时，山野的微风缓缓地吹来，远处如画的凉亭里，坐着一位超俗的桃花仙子，她正拨弄着手中的琵琶，那幽怨的琵琶声缓缓地缠绵在骊山的山谷，那娇艳惹人的桃花纷纷撩拨着春风的柔肠，那高低起伏的音律夹杂着《高山流水》的些许缺憾……

此情此景，景不醉人人自醉，李隆基回到了美好的梦境，重温自己的年少时光，甚至连和她一起逮“椿媳妇”的言语都听到了，李隆基走进了昔日的花帐锦被，流连于昔日的郎情妹意，流连于卿卿我我的耳鬓厮磨，他嘴里喃喃地呼唤着武惠妃的小名……终于，李隆基如飞般地扑向日思夜想的女人，紧紧地、久久地拥有着自己的女人……

山川屏气，江河无语，大地停止了呼吸，李隆基用自己的全部身心，拥有了整个停止的世界……

唉！世人总是责备桃花多情，却不知桃花也有嘲笑春风的得意。

它们，本无心破坏世间的人伦常理，然而，世间的人伦常理像纸片一样真的太脆弱了，一丁点儿的风吹草动就把它撕裂了。这时，导演这出戏的高力士跪在地上，面带内疚地说：

“皇上，罪臣该死，罪臣该死。你就惩罚罪臣吧！”

望着面前这个忠诚无二的高力士，李隆基无力地低下了头：“这可如何是好？这可如何是好？”

高力士一边抽着自己的脸，一边流着眼泪说：“皇上，我说句不该说的话，不知你爱听不爱听？”

“你说，看你狗嘴能吐出个什么象牙？”李隆基怨怒地说。

看着皇上并没有惩罚自己的意思，高力士的胆子长了点，他抬起头，战战兢兢地说：“皇上，纸终究包不住火，既然事情已经发生了，索性就顺其自然往前走吧。”

一个男人，在别人面前之所以显得那么强大自信，这是因为他没有做错事情，如果这个男人做错事情了，他就会像小孩子一样自卑可怜，让人怨也不成恨也不得了。此刻，做了错事的李隆基，低着头无奈地看着跪在地上的高力士，半天说不出一句话。

可是，高力士实在是给自己出了一道难题，一道他解也不是、不解也不是，让自己里外不是人的难题：自己身为一个父亲，还是一位高高在上的皇帝，怎么能夺了自己儿子的媳妇呢？

男人，有时候被动物欲主宰，倘若环境适宜就会在身体上抛锚，等他清醒过来了，在他的心灵深处，他还是会顾忌人情世故的。李隆基这次确实犯下错误了，纵使他倾尽一生所有，恐怕也弥补不了对亲生儿子瑁儿的伤害，弥补不了对儿媳妇杨玉环的伤害，他本无心去伤害眼前这个女人，然而，刚才的情景，哪里又是儿媳妇杨玉环呢？

造化弄人！造化弄人啊！世间哪里有如此形似的女人？这分明就是武惠妃重生，她的举止神态中，有自己心爱的武惠妃的神韵，唯一不同的只是杨玉环比武惠妃多了一种青春活泼的感觉。

现在，在李隆基的面前，站着一个和武惠妃一样让人疼爱的女人，李隆基如果把她还给瑁儿，这个女人也许会被瑁儿抛弃，而罪魁祸首正是他李隆基，这怎么能让他释怀呢？不行，他要对这个女人负责到底，他决定用他那无上的权力来保护她。

人就是这样，一旦想做某件事，就会给自己找各种借口。李隆基开始找各种借口，他回想起送“公道杯”的情景，他知道杨玉环是个极其聪明的女人，她知音律，能歌善舞，和自己能精神交流，再说杨玉环和瑁儿这几年里并没有生育，不存在血系关系，从某种程度上来说，这个女人还是自由的。面对这样仙气十足的女人，有欲望的男人都想拥有她，更何况他李隆基是高高在上的皇帝。

李隆基想到这里，才从精神上说服了自己接受儿媳妇，然而，朝中的大臣又该如何看待？他该怎样保护她？李隆基皱起了眉头，思考着怎么处理这件事。杨玉环啜泣着，那姿态，像雨后的桃花一样泪盈盈的，让人怜惜。

这个无辜的女人，稀里糊涂地被推到审判台上，她能给寿王解释清楚吗？她不能解释，也解释不了了。

五年里，她因为不能生育而羞愧，虽然寿王表面上不说什么，依然和她恩爱有加，可是，聪明的杨玉环早已看出了寿王的不满，也许，明天或者后天……她都不知道自己的归宿了。杨玉环的这点儿心结一直不能让她释怀，她可以是个风情万种的女人，但永远也成为不了一个让人尊敬的母亲。

也许这次，正是她晋升的阶梯，这个聪明的女人，她很快就权衡出事情的轻重，与其不明不白地被寿王抛弃，倒不如索性站在有能力为她遮风挡雨的男人身旁。想到这里，杨玉环停止了低啜，心里也坦然了许多。

李隆基呢？他也知道高力士是好心的，高力士之所以这么做，就是他熟知李唐祖先的历史，他会举出大量的事实来证明他的观点。是啊！我们的祖先本来就有鲜卑人的血统，注重建功立业，女人只不过是男人的战利品。再说了，长安城，是世界著名的国际大都市，是一座开放包容、吸收外来文化的城市，它接受外族的通婚方式，不同辈分的通婚也是常有的事，辈分并不是太大的问题。

此刻，杨玉环还是觉得很难为情，然而，父皇那高高在上的权力让她不能任性而为，再说了，她被皇上看中，显然是升了辈分，也并不亏待她。聪明的杨玉环很快接受了这个现实。

这里我多提一句，我们知道在西安碑林博物馆中央有块石台孝经碑，它不仅是西安碑林的第一迎客碑，更重要的是此碑集三帝于一身：碑文，文帝孔子所撰《孝经》；唐玄宗李隆基以隶书抄写；唐肃宗李亨题写碑额。此碑雕凿于开元年间，留下了两位帝王的四种字体，记录了大唐时期盛行的“孝治天下”的思想，称得上是西安碑林中形制最气派的一方顶天立地碑。其实，它也是李隆基与杨玉环的爱情记载。怎么说呢？

李隆基对杨玉环日思夜想，茶饭不思，正应了《诗经》里“窈窕淑女，寤寐求之。求之不得，寤寐思服”。聪明的高力士看在眼里，他灵机一动，劝李隆基让各位皇子研读《孝经》，从而启发寿王以孝道为重，献出玉环。

这主意不错啊！李隆基欣然采纳，并对诸皇子解释说：“孝之精义乃在于顺，顺者，以父母之愿为己愿，以父母之想为己想。”希望寿王有所感悟。碑林的这座石台孝经碑，就是李隆基立的。接着，高力士还在继续策划，令杨玉环自荐为道士，免去寿王妃的身份，最后，诏玉环还俗，册封贵妃。这当然是后话了。

开元二十八年十月，京城长安的气候已经接近严冬，与李瑁成亲五年的杨玉环依依不舍地离开萧索的寿王府，离开了郁郁寡欢的李瑁，来到美如锦绣的骊山。

骊山，又名“绣岭”。属秦岭山脉的一个支脉，海拔 1256 米，山势逶迤，树木葱茏，远望宛如一匹苍黛色的骏马。每当夕阳西下，金色的晚霞映照在骊山之中，景色格外绮丽，有“骊山晚照”之美誉。

骊山温泉喷涌，风景秀丽多姿，是个放松心灵、滋养身心的好去处，从3000多年前的西周开始，这里就成为帝王游乐的宝地。

“山蕴玉而生辉，水怀珠而川媚”。骊山之美，美在它的历史文化上。据说神仙曾在这里炼石补天，最后幻化为俊秀美丽的骊马，横卧大地之上；周幽王与爱妾褒姒在这里上演了一场烽火戏诸侯的历史闹剧，葬送了西周王朝；秦始皇在这里亵玩神女，生长了一身的烂疮等。骊山像一个神秘的符号，直至今天都大放异彩。

自古以来，皇帝心中都有两个梦：一个兴邦安民的理想大梦，这关乎江山社稷；还有一个梦，即心灵栖息的精神小梦。李隆基已经实现了第一个梦，他把大唐领到了世界前列，把百姓带向了富足美好。

现在，被政事俗务折腾得头昏脑涨、被脂粉香艳搅和得眼花缭乱的李隆基，又去追逐能使心灵栖息的梦。他渴望像常人一样享受花前月下的美好情爱，他要带着杨玉环到骊山，享受人世间的江山美色。

此时，22岁的杨玉环，正是一个青春迷人的女人，她丰盈洁白，而已经56岁的皇上李隆基，在洞察半辈子人生后，只想把自己的生活打理得简单而满足。

在风景如画、远离尘缘的骊山，李隆基和杨玉环解除了世俗的所有警戒，大胆地亲近自然的山山水水，尽情挥霍甜蜜湿润的空气，畅饮甘醇凛冽的山泉，尽享自然造化的山珍。他们一同沉醉在如黛的山色里，享受暖意柔滑的温泉沐浴，唱和音律歌舞的轻柔飘扬，体味古典诗词的浪漫空灵……

看得出来，是骊山的自然之美融会了人类的理想境界，李隆基那份久旱干漠的苍老情怀终于被阳光绽放的情感包裹，他的寂寞心灵得到了从未有过的温暖和满足，他真的像换了一个人，精神焕发。李隆基兴高采烈地对高力士说：“朕得玉环，如获至宝，实在是平生第一快事。” 说着，李隆基要来羯鼓，演奏他曾经创作的《好时光》：

宝髻偏宜宫样，莲脸嫩，体红香。眉黛不须张敞画，天教入鬓长。

莫倚倾国貌，嫁取个，有情郎。彼此当年少，莫负好时光。

然而，美好的情感终究要有支撑的东西，缺失人伦道德的情感即使再美，终究也会遭到旁人的非议。李隆基、杨玉环自以为有天地之和的情缘，依然经不起人伦道德的考验。后世的文人极尽笔墨对他们的荒谬进行了口诛笔伐。然而，如果我们撇开人伦道德，单单只就艺术而论，可以说，李隆基和杨玉环两位艺术家的结合是凤凰与梧桐的关系。不管怎么说，毕竟在李隆基时代，唐代的文化达到了一个高潮，以至于后来者只要一提起我们大唐的文艺，国人自然生发出一股豪情壮志。从此，在文艺舞台上，李隆基和杨玉环这对老夫少妻开始谱写了他们的长恨之歌。

能歌善舞的杨贵妃，不但琵琶弹得非常好，而且对诗词也略微精通，可惜存留下来的并不多，《全唐诗》中仅留下了一首《赠张云容舞》。诗中云：

罗袖动香香不已，红蕖袅袅秋烟里。

轻云岭上乍摇风，嫩柳池边初拂水。

这是一首描写张云容舞姿的诗：舞动香罗袖，缓缓而来，像秋烟中袅袅晃动的荷花，若隐若现；像轻云岭上摇动的微风，飘忽无定；像细细的柳丝拂动池水，婀娜轻柔。这首诗写得相当温润柔美，很有韵味。

我们知道在唐代，唯一不缺的就是诗人，但是，杨玉环的诗和其他诗人的诗还是有区别的，杨玉环首先是个音乐家，其次，才是诗人。她写的诗不但有对物象的极尽描摹，而且在音律曲调安排上也与众不同，她常常把自己对音律的感悟融进了诗词里，在声音和美学方面独具匠心。我国唐代后妃们写的诗歌，只有杨玉环写的能进《全唐诗》，这也足以显示出她这首诗的高超之处。

天宝四载（公元745年），李隆基把大臣韦昭训的女儿册立为寿王妃后（婚后他们育有5个儿子），就册封杨玉环为贵妃，其实，李隆基自从废掉协助自己完成大业的王皇后之后，就再未立皇后，因此武惠妃、杨贵妃就相当于皇后。

杨玉环晋升贵妃后，岭南地区给唐宫进贡过一只宝贝——白鹦鹉，这只白鹦鹉不但洁白如雪、一尘不染，还能模仿人类说话。这可喜坏了李隆基和杨贵妃。他们把这只白鹦鹉放在金丝笼中，给这只小可爱起名为“雪花女”，宫中左右也叫它 “雪花娘”。

李隆基这个人很懂风雅，和大臣吟诗作乐时，常拿这只白鹦鹉命题作诗，并教白鹦鹉吟诵。几遍过后，这只白鹦鹉竟能尖着嗓门完整地背出诗来，君臣相视而乐。杨贵妃一有空就教它《心经》，白鹦鹉背得滚瓜烂熟，常常诵读《心经》，好像在为杨玉环祈祷一样。白鹦鹉像他们的孩子一样，日夜侍侧。

还有更绝的，这只白鹦鹉特别通灵性，它能给李隆基带来好运。有一天，李隆基和一位亲王下棋，怀抱白鹦鹉的杨玉环站在一旁观看，梨园弟子贺怀智在一边弹琵琶助兴，下着下着，眼看李隆基要输棋，没想到，这只白鹦鹉瞬间飞入棋盘，张翼拍翅，“以乱其行列，使不能争道”。

其实，禽兽毕竟是禽兽，永远不可能有人类的思想。白鹦鹉捣毁棋局只不过是别人引导的，然而贵为皇帝的李隆基当然不知情，他体会不到别人的良苦用心，还真的以为白鹦鹉通灵，能把好运带给他李隆基，能把福佑带给他大唐的子民。李隆基因为不知情，就在那里拍手大笑，杨玉环也娇面如花，贺怀智演奏琵琶曲声更妙，只有被搅局的亲王，一个人郁闷了好久。

当时，一阵清风从窗外吹进，杨玉环身上的“瑞龙脑”香味扑面而来，弥漫了整个屋子，突然，杨玉环头上的丝巾飘落到了贺怀智的幞头巾上，杨玉环缓步前来取走自己的丝巾，微微一笑，那回眸一笑的温柔荡漾了这个男人的情感。他涨红脸，弹奏的曲子也开始一起一伏地震颤，李隆基听着起伏不定的音乐，不由得皱起了眉头。曲子弹奏结束后，贺怀智揣着唐突心事回家后，关起了房门，可浑身依然包裹着杨玉环的味道，他上下检查了一番，原来，那让他情不自禁地味道是从自己头上的幞头巾散发出来的。贺怀智小心地把幞头巾放进一只锦囊，让这种不经意的温柔永远地陪伴着自己。一份温柔，万般回味；一缕香味，万种风情。每当贺怀智回忆起当日的清风，那洁白的鹦鹉就浮现在他的面前。后来，那只可爱的白鹦鹉不小心被老鹰啄死了，李隆基与杨贵妃都十分伤心，将它埋在御苑中，称为“鹦鹉冢”，并作诗怀念。李隆基对宠物白鹦鹉尚且如此珍惜，对爱妃杨玉环的宠爱就更不用说了。

天宝十四载（公元755年），久居长安的李隆基厌倦了温柔富贵的宫廷生活，他是那么渴望回归自然，然而，亲近自然对他来说几乎变成了一种奢望。他的耳根子从过年开始就没清净过：吐蕃苏毗王子悉诺逻降唐，还要仪式才肯受封为怀义王；陇右、河西节度使哥舒翰入朝时，因得风疾，遂留京师，居家不出；宰相韦见素进谏，极言安禄山要反……这些政务闹得深居简出的李隆基脑袋都大了：一位身陷俗务的皇帝有什么好当的？安禄山难道还想自己当皇帝不成？嘴上虽然这么说，可在大臣们的劝说下，李隆基还是找安禄山谈话。李隆基说：

“禄山啊！朕今天找你来，就是想和你聊聊天。”

“皇上有什么指示，臣一定照办。”安禄山不知皇上的意思，急忙说。

“最近，朝廷里有些微词，说你在辽阳招兵买马，朕不相信，朕推心置腹地对待你，想你也明白朕的良苦用心吧！”

“皇上，臣竭忠奉国，绝无二心。”安禄山一听，吓得一头冷汗，连忙跪在地上发毒誓说。

“瞧你，朕只是问问你，没有也就罢了，何必吓成这样？”

“皇上，我说句不该说的话，汉人心眼太多，猜忌多，一向对臣有看法，请皇上相信臣的一片忠心，臣请用三十二个头脑简单的番将代替辽阳的汉将，臣保证给皇上管好辽阳。”

李隆基得了安禄山的保证书，心里安稳了，他不再担忧他的大好江山，笑而默许。

这年六月初一，杨玉环要过生日，李隆基找了个理由，带着杨玉环等梨园弟子巡幸骊山，重温曾经的美好时光。在华清宫的长生殿内，梨园弟子表演了精彩的节目，庆贺杨玉环的生日。

这几日，华清宫中，倾尽奢华。那文瑶宝石雕刻而成的十六口香汤泉，极尽了工匠的精雅与极致，香汤泉里荡漾着嫔妃们的娇嫩玉颜。其中的一口温泉，御浴玉莲，做工和雕刻堪称精美，那文木雕刻、锦绣缝制的凫雁鸳鹭，漂浮在暖暖的泉水之上，李隆基和杨玉环坐着小船游荡而来，嬉戏凫雁鸳鹭。

倾国倾城的杨玉环，因为身体丰满，最耐不了天热，六月刚到，她就上火，为此，她经常口含玉鱼儿，作为凉津润肺的药方。这次来骊山，她迫不及待地钻进华清池滑腻的温泉里，洗下她那红腻的香汗，任凭香汗如桃花般飘荡在泉水之上。

杨玉环生日这天，极具风雅的李隆基送给了她一份惊喜：当小部音声表演正热烈的时候，一匹快马扬尘而来，宫女把岭南鲜红硕大的荔枝捧到杨玉环眼前。哇！太幸福了！望着眼前的荔枝，杨玉环眼睛润润的，她沉醉在鲜荔枝的甘甜里了……侧眼迷离看爱妃，口含荔枝半醉人。李隆基有了灵感，把小部音声正在演唱的新曲命名为《荔枝香》。

看着美人低啖荔枝，那满地盈盈的荔壳，李隆基有了予人幸福的感觉。此后，每逢荔枝季节，他总要委派专人通过每五里、十里的驿站从四川或广东或福建飞马快运带有露水的新鲜荔枝给杨玉环尝鲜。五十年后，“樊川居士”杜牧在《过华清宫绝句》中写道“一骑红尘妃子笑，无人知是荔枝来。” 就是对李隆基当初宠爱杨玉环进行了极大的讽刺。

这次在骊山中举办的生日宴会，小部音声算是赢得了头彩，得到了肯定。然而，史料存留下来的小部音声的诗歌却并不多见，写《游子吟》的“诗因”孟郊倒是给我们留了一首《教坊歌儿》：

十岁小小儿，能歌得朝天。

六十孤老人，能诗独临川。

去年西京寺，众伶集讲筵。

能嘶竹枝词，供奉绳床禅。

能诗不如歌，怅望三百篇。

七　旗亭画壁

边塞诗，顾名思义，是以描写边疆地区军民生活和自然风光为题材的诗。一般认为，边塞诗在汉魏六朝时代初步发展，到了隋朝，边塞诗开始兴盛。唐朝时，边塞诗进入发展的黄金时代。据统计，唐以前的边塞诗比较少见，大概不到二百首，而《全唐诗》中所收的边塞诗就达两千余首，占全唐诗的近5%。（引自百度百科）

唐朝的边塞诗为什么能进入发展的黄金时代呢？这当然和当时社会的各项政策分不开。我们知道大唐的疆域是开拓型的，文武百将向往为大唐建功立业。在诗词创作上，一些有切身边塞生活经历和军旅生活体验的诗人，以亲历的见闻来写作；另一些诗人则用乐府旧题来进行翻新创作。描写的内容多以边塞军旅生活为主：或描写奇异的塞外风光，或反映戍边的艰辛，或抒发将士渴望建功立业的伟大情怀，还有的是写征夫怨妇的两地情思。这些诗人完全摒弃文弱书生的浓情蜜意，写出建功立业的豪迈胸襟。如杨炯的诗歌“宁为百夫长，胜作一书生”；王维的诗歌“忘身辞凤阙，报国取龙城。岂学书生辈，窗间老一经”；岑参的诗歌“功名只向马上取，真是英雄一丈夫”。这些边塞诗思想性深刻、想象力丰富、艺术性强。（参考《中国文学史》）

唐朝时写边塞诗的人很多。“初唐四杰”之一的骆宾王就是写作边塞诗较多的诗人，他的边塞诗题材开阔，内容多样。不仅涵盖了盛唐边塞诗的大多领域，而且格调高亢。此后，其他著名诗人如：杨炯、陈子昂、杜审言等人也创作了许多边塞诗。

有“诗家天子”之称的王昌龄是盛唐时期著名边塞诗人，他的诗歌气势雄浑、格调高昂。王昌龄的诗歌体裁很大一部分是用易于入乐的七言绝句写成，可以说是王昌龄将七言绝句推向顶峰，故时人称其“七绝圣手”。他的七言绝句在内容上，基本选用乐府旧题来抒写战士爱国立功和思念家乡的情怀。他的诗歌语言圆润蕴藉，音调婉转和谐，意境深远，耐人寻味。他的边塞诗《出塞》被推为唐人七绝的压卷之作。（参考《中国古代文学史》）

高适也是唐代著名的边塞诗人，他是渤海郡人，即今天的河北景县人，曾任刑部侍郎、散骑常侍、渤海县侯等，世称“高常侍”。高适的作品主要收录于《高常侍集》，他与岑参并称“高岑”。高适的诗作笔力雄健，气势奔放，处处洋溢着盛唐时期所特有的奋发进取、蓬勃向上的时代精神。如我们学过的《别董大二首》之一：“千里黄云白日曛，北风吹雁雪纷纷，莫愁前路无知己，天下谁人不识君。”读后，一种豪迈之情油然而生。

王之涣也是唐代著名的边塞诗人，他出身于太原王家，太原王家是当时社会的望族。王之涣比起高适更是豪放不羁。王之涣从小就聪颖好学，不到二十岁便能精研文章。他身上有一种少年豪气，常常击剑悲歌。到了中年，王之涣一改旧习，开始虚心学习别人的长处，诗歌未到酣畅处便已穷经典之奥。王之涣的许多诗歌都被当时乐工制曲歌唱。因此，王之涣可以说在当时社会名动一时了，他经常与高适、王昌龄等文人聚会，相互唱和，他们是无所不谈的好朋友。连幼儿园小朋友都会背诵的“白日依山尽，黄河入海流。欲穷千里目，更上一层楼”，就是咱们这位王之涣大诗人的诗歌。这首诗被称为“千古绝唱”是当之无愧的。

王之涣的代表作有《登鹳雀楼》《凉州词》等。唐靳能在《唐故文安郡文安县尉太原王府君墓志铭（并序）》中称王之涣“孝闻于家，义闻于友，慷慨有大略，倜傥有异才”，靳能对王之涣一生概括得比较到位，有一段佳话是这么说的：王之涣婚后育子，一家人虽不是锦衣玉食，倒也其乐融融，然而世事难料，他的老婆生病去世，王之涣只能又当爹又当娘的，一个人忙里忙外，工作还干得没得说，这些，被他的老上司衡水县县令李涤看在眼里，李县令很爱惜王之涣这个人才，主动托人提出将自己的三女儿嫁给他。

多好的事情呀！这是多少人梦寐以求的事情，能给县令当上门女婿，从此可以平步青云了。然而，王之涣听了，却坚决摇头，为什么呢？人家李县令家的千金当时才十八岁，大气、秀丽，优雅、高贵，又能诗会文，堪称才女，而他王之涣算什么？而立之年的已婚男人，还带着个孩子，家境贫寒，自己何德何能，怎么能有如此奢望呢？可是，这位李小姐说什么也不干，她就认准了比自己大十多岁的王之涣，非要嫁给王之涣。

咱们大唐的这位李小姐，找家境不好的王之涣，她到底图什么呢？其实，她看重的是王之涣的才华，希望成为其得力助手，可见，像现代的汽车房子这些物质的东西，在唐代并不是人生的重要追求，人们追求更多的是感情上的共鸣、精神上的愉悦。

开元十年（公元722 年），王之涣再婚，娶的就是这位有思想有品位的李小姐。果然，婚后他们两人恩爱有加，不离不弃，中途王之涣赋闲了十五年，经济极度困顿，李氏依然安贫乐道，甘愿跟他过清苦的生活。

开元年间，王之涣、王昌龄与高适三位好朋友有幸相遇在一起了。这天，天气寒冷，白雾蒙蒙，天空还飘着零星的雪花，他们三个人相约到旗亭小饮，旗亭是什么呢？旗亭就是咱们今天所说的酒楼，古代酒家筑亭道旁，挑旗门前，故称旗亭。据好事者考证，他们三人相会的旗亭在今天大唐芙蓉园与巍峨壮丽的紫云楼之间，然而历经千年沧桑变幻，早已荡然无存了，我们也没有必要前去考证。

围炉海聊，三个人聊得热乎。这时，对面的桌子来了十多位男女客人，看得出来，他们是多才多艺的梨园弟子，他们挑拣着花样联欢、歌舞和奏乐，甚是热闹。看见漂亮的歌伎，王之涣他们三人有了新的话题。

“听对面桌子上的言语，他们肯定是李龟年的学生。” 王之涣小声说。

“是啊！他们说的都是今年比较流行的艺术，这些都是宫里新谱写的曲子。” 高适点头同意。

王昌龄私下提议说：

“在当今社会上，咱们哥几个也算浪得虚名，可是究竟谁的诗歌写得更好，咱们自己也不知道。今天，咱们就给自己找个参考，看那一桌子梨园弟子唱谁的诗多，就认可谁的诗歌写得更好。怎么样？”

“好！好！” 高适、王之涣两个人也想知道自己的诗歌究竟怎样，他们立刻附和。

“从现在开始，如果他们演唱的是自己的诗歌，自己就在墙壁上划一道，最后看唱谁的诗最多，谁便为胜者。” 王昌龄补充说。

“好咧！”

炉火静静地燃着，火苗扑扑地跳着，桌上散发着一缕缕沁人心脾的幽幽茶香……一会儿，第一个歌伎唱道：

“寒雨连江夜入吴，平明送客楚山孤。洛阳亲友如相问，一片冰心在玉壶。”

这不是王昌龄的《芙蓉楼送辛渐》吗？王昌龄心中立刻升起了一种美好的感觉，他冲高适、王之涣挤挤眼，在墙壁上为自己画了一道，小声说“一首绝句”。然后，美滋滋地坐好，等待梨园弟子唱下一首歌。没想到第二个歌伎却唱道：

“开箧泪沾臆，见君前日书，夜台今寂寞，独是子云居。”

王昌龄没有刚才美滋滋的表情了，因为这首诗是高适的《哭单父梁九少府》，高适心里一乐：“嘿！这不是我的诗吗？看来我的诗也被抬爱了！”他也在墙壁上为自己画了一道，说：

“一首绝句。”

看着哥俩的诗都被传唱，王之涣心里不太舒服了，轮到第三个歌伎唱时，王之涣在心里念叨着：

“保佑保佑，给点儿面子吧！”

然而，他并没有感动神灵，第三个歌伎没有接收到王之涣的祈祷，她唱道：

“奉帚平明金殿开，且将团扇共徘徊。玉颜不及寒鸦色，犹带昭阳日影来。”

这是王昌龄的《长信秋词》，看来美妙的诗歌总是欣赏的人多。王昌龄在墙壁上又添一道，得意地说：

“两首绝句。”

显然，王之涣有点儿定力不够了，他瞥了他们两人一眼，私下里想：“我的诗名已久，老婆还不是看中我的诗文才和我喜结连理。这几位歌伎真不识好诗，连一首我的诗都不唱，再这样比下去，我非落后不可，不行，得换个游戏规则。”脑袋瓜子机灵一转，王之涣就对二人说：

“就算她们演唱你俩的诗歌，也说明不了什么问题，没什么了不起的，这几个都是普通的歌伎，她们唱的都是失意落魄之情，属于下里巴型的，咱们来点儿阳春白雪型的，好诗配佳人，要看就看那位头上梳着两个环形发髻，气质高雅的美丽歌伎，看她唱的是谁的诗。如果她也不唱我的诗，我罚酒三杯，甘拜下风，终身不敢与你们二位争高下。”

王昌龄和高适两个人相视而笑，静下心来等待那个美丽的歌伎唱歌。过了好一会儿，那美丽的歌伎就是不见唱歌，王之涣心里那个急呀！难道今天她真不唱了？

王之涣的额头上开始渗出微微冷汗，然而话已经说出，就犹如泼出去的水，想收都收不回来了，只能硬着头皮等待。

看着王之涣此时的尴尬，王昌龄和高适心里那个乐呀！热酒一点儿一点儿地变冷，热情一点儿一点儿地变少，正当王之涣颓然之际，只听那个美丽女子高音横空而出：

“黄河远上白云间，一片孤城万仞山。羌笛何须怨杨柳，春风不度玉门关。”

真是王之涣的《凉州词》！多么豁达广阔的胸怀啊！多么高亢震撼的感情啊！王之涣感动地说：

“知音啊！”

这次赛诗大会，王之涣笑到了最后。其他两人也开怀大笑起来，也许并非仅仅为诗。对面那桌梨园弟子对他们三位的大笑感到莫名其妙，还以为自己什么地方没有做好，就凑过来问为什么笑话他们。王之涣就把刚才打赌的事这么一说。啊？眼前这三人就是唱词的作者？梨园弟子们敬佩之情油然而生，立刻拜请他们一同入席探讨。

王之涣等三位诗人入席后，和梨园弟子饮酒弹唱了一天，才各自散去。

旗亭画壁，遂成典故。

由这段佚事可知，梨园弟子，特别是皇家梨园弟子，代表着唐朝的先进文化，当时的诗人认为自己的诗，如果能被梨园弟子配曲演唱，就是相当荣耀的事。因此，在唐朝，许多诗人虽然并不在梨园编制，但都可称为梨园词作家或曲作者。梨园弟子的节目也就取之不尽，用之不竭了。

八 皇帝献丑

中国戏曲界的祖师爷是谁？估计很多人一时半会回答不上来，其实，他就是唐玄宗李隆基。为什么这么说呢？这还得从头说起。

戏剧，是在舞台上，由演员通过语言、动作、舞蹈、音乐和木偶等形式扮演角色，当众表演故事情节的一种综合艺术。从表演形式上，戏剧可以分为话剧、歌剧、舞剧、音乐剧和木偶剧等。戏剧的角色分生、旦、净和丑，其中丑角在戏剧中的地位较为显著。

丑角是中国戏剧里一种程序化的角色行当，一般扮演插科打诨比较滑稽的角色。其实，这里的“插科打诨”也并非贬义词，根据“辞典”上解释，“指戏曲演员在演出中穿插些滑稽的谈话和动作来引人发笑。”李隆基就是一位很不错的丑角演员。

李隆基爱好文艺的事迹，史书有不少的记载。一千多年后的今天，我们仍然尊他为中国戏曲界的祖师爷，为他建立庙宇供奉，中国的梨园艺术可以说是世界东方艺术的发源地。

皇家梨园成立后，李隆基起初任命宁王李宪为太常卿，组织各王府乐队和太常寺乐队进行比赛，宣传大唐的文化艺术。这位李宪，就是唐睿宗李旦的长子，李隆基的长兄，原名李成器。李成器少年时就才气过人，精通音律，尤其对西域龟兹乐章有独到的见解，他善击羯鼓、好吹玉笛，还曾做过杨玉环的音乐教师。唐人张祜有“梨花深院无人见，闲把宁王玉笛吹”的诗句，说的就是杨玉环偷吹宁王玉笛的事情。

《开元天宝遗事》记载了李宪有名的两件事：一是护花使者；二是蜡人助宴。咱先说第一件事，据说天宝初年，因为爱花成癖，李宪怕小鸟来吃花，他想了一招绝活：让园吏在园子里每朵花的花梢上都系上小金铃，当小鸟来食花时，园吏拉动铃铛的丝线以驱之。大家想想，在花梢上系上小金铃，那是怎样的精致之举，又要怎样的闲情逸致？你可别说，这种惜花之举还真引领了当时贵族阶层的时尚，许多人争相仿效。李宪的第二件事更具风雅：蜡人助宴。集音乐和美术于一身的李宪，他对声色把握得相当到位。据说曾经有人给他进献百炬蜡烛，那蜡烛，可不是普通的蜡烛，其质感似腊似脂，也不知道是由什么东西制造的，这蜡烛成了李宪府中一道亮丽的风景。每当夜幕降临，李宪大摆筵席与宾客们饮酒作乐，总是在酒酣人醉的时候，那些蜡烛就仿佛明白主人的意思，昏暗得像是有东西挡住光线，好让人情痴神迷，但是在筵席结束时，又会恢复先前的光明，这件宝物令当时的许多人感到惊奇与疑惑。

李宪就是这么一位极具风雅的人物，整日沉醉在自己的艺术世界里，对政治从不过问。李隆基的这位大哥为人很厚道，又很自守，干什么事都比较循规蹈矩。李隆基为了稳固李唐江山，避免兄弟们为皇位互相残杀，就下令不让兄弟几人和朝臣拉帮结派，大哥李宪首先带头以身作则，他常常告诫兄弟几个："既然老三主持国家大事，咱们就得拥护他。把自己的杂事情刨干净，别给他添乱添堵。"

因为在唐睿宗的几个儿子中，李隆基排行老三。李宪真的不愧是位好大哥，他真正做到了不妄交结，不涉朝政，心安理得地享受他的富贵人生。因此，他深为李隆基所信重，李隆基很敬佩自己的大哥，给予他们兄弟几位该有的一切荣华富贵。

这次的王府乐队和太常寺乐队比赛，李宪特别重视，每件事都认真负责。当然了，这次比赛各王府和太常寺的乐队都有压力，他们唯恐自己的曲子流于俗套，唯恐自己的乐队落后其他乐队，所以，他们时刻有创作新曲的要求，乐队都在认真地排练。连身为皇帝的李隆基都不敢轻敌，他也常抽空到皇家梨园检查，发现有错误的地方，就让乐队停下来，然后，提出改正的意见。李隆基很有发展眼光，他认为希望在后来者，他把不太熟悉的乐工、舞女编排在队伍中间，鼓励他们说："你们要好好做，不要给三郎我丢脸"。这里的三郎，就是李隆基自己，因为他是李旦的第三个儿子，所以自称三郎。

每当皇家梨园比赛演出前，李隆基都要把节目单亲自过目一遍，比他做皇帝还精心，只有获得他批准的节目才能演出。李隆基这个人，对演节目和做皇帝同样认真了。

李隆基不但皇帝做得好，还精通音乐。他能作曲、能填词、还能吹笛、能打羯鼓，可以说样样能行。皇宫里举行盛大的宫廷宴会，为了调节气氛，在雅歌与鼙舞之间，总会特意安排一曲活泼、健美的百戏演出，李隆基尤其喜爱。

为了举办盛典，梨园加紧排演祭神戏节目。这天，李龟年正在排演祭神戏节目，不巧，唱花脸的丑角得了绞肠痧，肚子疼得直打滚。眼看这场戏唱不下去了，李龟年安排了几位演员表演，可是，演员们都扭扭捏捏地不愿演丑角，怕被大家取笑，从而玷污了自己的一世名声。李龟年当时很生气，气急败坏地大声呵斥：

“瞧瞧，演个戏又不是去寻死，这都不愿意，怕把名声给糟蹋了？实话给你们说，咱们就是干这一行的，什么角色都有可能演，谁也别取笑谁。”

正在这时，李隆基来到梨园，看到演员们你推我让，他什么也没说，悄悄地走到后台，脱掉龙袍，亲自穿上丑角的戏装，粉墨登场。演员们一看：我的妈呀！皇帝竟然穿上了丑角的戏服。

然而，皇帝毕竟是皇帝，即使他穿上丑角的衣服，也改变不了他是皇帝的事实。李龟年当时就惊得直喊：

“皇上，你这是——”

许多演员也傻愣愣地看着眼前这一幕，目瞪口呆，欲呼万岁，李隆基急忙摆手制止，反而从容地说：

“这是演戏，又不是生活，干吗那么认真呢？难道演了丑角就永远丑了吗？看来你们对丑角还是了解不够，要知道，丑角外表虽丑，内心却是美的。丑角是用自己夸张的外表丑把生活中真善美的东西告知大家，把欢乐带给大家。”

梨园弟子听后，赶紧下跪直呼万岁，李隆基反倒大不咧咧地对演员说：

“演戏嘛！就是图了个热闹，何必当真。记住：在咱们梨园里，永远没有皇帝。在这里，按照我在家里的排行，你们以后就我叫三郎或老郎好了。”

“皇上，你还是赶紧脱了丑角戏服吧！不然，我们哪里敢和你同台演出呀！”李龟年坚决地说，梨园弟子也长跪不起。

“说过不要叫皇帝了，皇帝得干正经事的，我是来玩的，叫我三郎。”李隆基嗔怒地说。

“是。”众人齐声答应着。

“怎么还跪着不起来？真是少见多怪了，你们不陪我演戏还有谁陪我演戏？我给你们讲一段真事：有一次在宫中，我和贵妃排一出戏，为了把生气的贵妃逗笑，我亲自扮演丑角，把个丑角表演得活灵活现，贵妃至今记忆犹新，一直夸我演得惟妙惟肖，我很自豪呀！你瞧，皇帝都演丑角，可见丑角的地位有多高，叫你们演，你们还不愿演，我看明天让你们当皇帝，你们没有不愿意当的吧！”

一听这话，众人心里明白皇上这话的轻重，个个吓得噤若寒蝉，跪在地上不敢起来。看到众人这副模样，李隆基悻悻地走下戏台，他看见旁边的白粉，就顺手用白粉在自己的鼻梁上涂了一个方块，把自己涂抹得认不出来，这下，皇帝的面目一下子改变了。

“这下行了吧！我说过这里没有皇帝，开始演戏。”李隆基没好气地看着跪地不起的梨园弟子说。

李龟年乐了，大家都抿嘴笑了，李龟年招呼大家赶紧起来排练。戏很快就开始了，李隆基一撩布幕出了台，在台上取笑逗乐，活灵活现，逗得杨贵妃笑出了眼泪，乐得大臣们捂住了肚子。

由于皇帝李隆基带头演丑角，所以至今，生旦净末丑，丑角排在最后，而实际上在这五个行当中，丑角的地位最高，别的演员不准坐的地方，丑角都可以坐。所以，此后传统剧团的团长都是由丑角担任，中国戏曲学院的第一任院长就是名丑萧长华先生。

九　霓裳故事

农历八月十五，是中国传统的中秋佳节。古历法云：八月是秋季的第二个月，称“仲秋”，八月十五又在仲秋之中，所以叫“中秋”。中秋节时月亮圆满，表示团圆。从时令上说，中秋时节，是谷物收获的季节，人们在这个季节饮酒起舞，喜气洋洋地庆祝丰收。

我国自古就有中秋祭月的习俗。《礼记》中就记载有“秋暮夕月”，就是在中秋之夜要举行迎寒和祭月仪式：在大厅的大香案上，人们会摆上柑橘、大枣、番石榴和葡萄等祭品来祭奠月神。

既然要祭奠月神，就要知道为什么要祭月，这就得了解关于月亮的有关传说。在我国，关于月亮的美丽传说很多，如《山海经·大荒西经》记载“生月十有二”的常羲。古音读羲为娥，逐渐演变为奔月之常羲。又如《淮南子·外八篇》，更是详细地记载了嫦娥奔月的故事：嫦娥偷吃了丈夫从西王母那儿讨来的不死之药后，身子变轻，飞上月宫。月宫里虽然琼楼玉宇，但高处不胜寒，她寂寞孤独，于是向丈夫倾诉说：“平时我没法下来，等明天月圆时候，你用面粉作丸，团团如圆月形状，放在屋子的西北方向，然后连续呼唤我的名字。到三更时分，我就可以回家来了。”第二天，丈夫照妻子的吩咐去做，三更时分，嫦娥果真从月宫飞下来，夫妻重圆。所以中秋节做胡饼的风俗，由此形成。

唐朝初年，中秋赏月、玩月颇为盛行，中秋节被正式定为节日。在这天晚上，等月亮出来了，市民百姓就会将月亮神像朝月亮方向放好，并在月亮神像前供奉好献果和胡饼等，然后点燃红烛，全家人依次拜祭月亮，最后，由当家主妇切开团圆胡饼，切角块数要按全家人数，且大小要一样，即使身在异乡的家人也要一直给留着。

百姓尚且注重团聚，文人更是如此，除了吟咏团聚外，他们更是在月明之夜相聚在一起，喝茶品酒，赏月作诗。“诗仙”李白的《月下独酌》“花间一壶酒，独酌无相亲。举杯邀明月，对影成三人。月既不解饮，影徒随我身……”就是很好的赏月诗歌，可惜诗里只有他一人，难免寂寥了些。其他的赏月诗歌，如：王建的《十五夜望月》中云“今夜月明人尽望，不知秋思落谁家。”皮日休的《天竺寺八月十五日夜桂子》：“玉颗珊珊下月轮，殿前拾得露华新。至今不会天中事，应是嫦娥掷与人。”李朴的《中秋》：“皓魄当空宝镜升，云间仙籁寂无声。平分秋色一轮满，长伴云衢千里明。”等等，也都是赏月之佳作。出自唐代诗人张九龄的五律诗歌《望月怀远》中的“海上生明月，天涯共此时”，我们且不管这首诗是不是中秋写的，反正这首诗最终成了望月怀思的名篇。“吴中四士”之一的张若虚，抒写真挚动人的离情别绪及富有哲理意味的《春江花月夜》，更无愧为一篇脍炙人口的名作。其中名句“江畔何人初见月？江月何年初照人？人生代代无穷已，江月年年望相似。不知江月待何人，但见长江送流水。”令人百读不厌，堪称千古绝唱。

唐朝的民间百姓和文人雅士重视中秋佳节，唐宫里自然也不例外，赏月成为一种生活时尚。唐朝《开元天宝遗事》中记载：“中秋夕上与贵妃临太液池望月”。这是记载唐宫里皇帝李隆基和贵妃杨玉环赏月的文字，虽然寥寥几字，却也道尽了唐宫里皇帝赏月的情景。据考证那太液池，又名蓬莱池，位于唐长安城大明宫含元殿的北部，它是唐代最重要的皇家池苑。传说这里曾出现一朵娇艳动人的莲花，当它的青叶散开时，犹如撩开乌发，显露出娇艳的容貌，造就了一幕诡异的飞天……面对如此神化的地方，皇帝李隆基和贵妃杨玉环曾在此赏月。虽然他们当时的规模一定非常盛大，但是却没有产生一定的轰动效应。而皇帝李隆基和一位叫罗公远的方士，他们中秋赏月，却促成了唐朝大曲《霓裳羽衣曲》的产生，成就了一段千古流传的佳话。《霓裳羽衣曲》成了中国音乐舞蹈史上不朽的杰作，它像一颗璀璨的明珠，照耀着世界的音乐舞蹈史。那么，《霓裳羽衣曲》到底是怎么产生的呢？这里有一种神秘而传奇的说法：

有一年八月十五夜晚，皎皎空中，孤月一轮。大明宫的庭院，八仙桌上早已摆满了祭月的供果。李隆基一改往年的雅兴，邀请了有名的方士罗公远一起赏月。这位罗公远方士，以隐遁术远近闻名，李隆基曾想跟他学习，罗公远却以“皇上是金书玉格之身，可以上列九清了。真人降化，本应保国安民”的理由把李隆基婉言拒绝了。李隆基挨了个软刀子，当然不愿意了，威胁罗公远说：“你再不教朕，信不信朕会斩了你的头。”后来迫于压力，罗公远才勉强答应教李隆基一点点儿隐遁法术。不久，李隆基还真学会了点儿法术，就开始显摆起来，只是每逢做法时，李隆基不是露出衣带，就是露出脚趾头，最后还是被别人逮了个正着。

这年中秋，李隆基和罗公远一起赏月，谈论嫦娥奔月的传说，说着说着，李隆基不免伤感起来，唏嘘起广寒宫的凄冷。他愣愣地望着月亮，借着几分酒力，突然说：

“你也算半个神仙，朕这一辈子荣华富贵也享用了，江山美人，什么都不缺了，可是朕也有遗憾的事啊！今生，朕如果能上月宫一游，也不枉活一世啊！”

李隆基不说话时，你看他还是高高在上无比威严的皇帝，然而这会儿一说酒话，就可以见到十足的文人神经质了。罗公远万万没有想到皇上竟然有此遗憾，还说得情真意切的。唉！这好好的皇帝宝座不知珍惜，却整天闹得要成仙成道的。当罗公远知道了皇帝的心思后就老躲着他，谁让皇帝只要和他罗公远在一起，就时时不忘学道之事，还整天打听道家的内丹术，讨教清斋修炼，他总在幻想隐遁成仙，言语中抒发着与仙人漫游的渴望，这皇上是不是中邪了？唉！也罢，我虽不能教他道术，但还是可以满足他登上月宫一游这个小小心愿的。想到这里，罗公远诡秘地一笑，说：

“这有何难。”

李隆基本来是借着几口热酒，想让罗公远教他道术，没想到说者无意，听者有心。李隆基一听罗公远把登上月宫说得这么轻巧，自己都吓了一跳，那广袤寂寞的广寒宫可不是说上去就能上去的，想那成仙的嫦娥不是也偷吃了那么多的仙药，才拥有了飞行的本领，经过十万八千里的路程才到达月宫的吗？难道罗公远真有那登月的本领不成？李隆基自嘲地摇了摇头。

没想到罗公远这回认真了，他来到庭院的桂树旁，摘了一支桂枝，使劲地抛向空中。没想到，那桂枝向着月亮的方向，一点儿一点儿地延伸了，顷刻间化作一座洒满银辉的长桥，一直延伸到月宫里。罗公远挥动手臂，做了个请的姿势，拉着李隆基的袖子踏上那洒满银辉的长桥。

李隆基喜出望外，一阵轻风吹来，徐徐地渗入李隆基的身体，李隆基开始觉得自己身轻如燕，竟有飘飘欲仙的感觉。他们轻轻掠过那洒满银辉的长桥，不多一会儿，李隆基感到月光夺目，寒气侵人，香味扑鼻。顺着香味，他走向寒气深处，抬头望见一座宫殿，宫门前有一棵又高又大的桂花树，树下有只可爱的白兔不知停歇地捣药，抬头看宫殿上写着“广寒清虚之府”几个大字，李隆基知道自己到了广寒宫。只见“广寒清虚之府”的阶前，一只五彩缤纷、阔口大鼻的独角兽友好地对着他，做滚球姿态，李隆基明白这兽没有恶意，就想进门。

罗公远说：“此月宫也！”

李隆基一看，这里果然不同凡间，清冷而空旷，处处散发着寒气。

他们推门而入，眼前是琼楼玉宇，奇葩异草。悠扬的乐声从远处传来，数百名仙女身着素练霓衣，在庭廊下轻歌曼舞：那身影轻柔似风，曼妙无比；那歌声悠远绵长，像纱似雾，若隐若现。把精通音律的李隆基招惹得如痴如醉。

一曲舞乐下来，李隆基问仙女们舞曲的名字，其中一名仙女调皮地回答：

“此乃《霓裳羽衣》也，看你也是个懂音律的人，你既然喜欢，就送给你曲谱，可以拿去听听。”

李隆基接过仙女的绢帛，自然是感谢一番，及至归来，恋恋不舍地回望那随着他们的离去而消失的长桥。李隆基好生遗憾，不忍心看着月光下那洒满银辉的长桥消失在自己的脚下。

犹如人仙两界，那边的世界虽然美好，却也只可远观而不得牵挂，李隆基只能低头看着手中的绢帛，突然，他发现绢帛上的曲谱音符十分陌生，自己怎么一个音符也不认识？

这下可急坏了李隆基，他连忙召集梨园弟子前来辨认。李龟年不认识，杨玉环也摇头了，很多梨园弟子都不吱声。这时，有位叫雷海青的琵琶手上前说：

“皇上，我来看看。”

人常说“三年不鸣，一鸣惊人”。福建莆田籍乐工雷海青，四五岁了都不会说话，却对琵琶感兴趣，学会了弹琵琶，越弹越好，后来勉强能说话，但还是没有他的琵琶弹得流利，现在，雷海青既然开了口，估计他能识得仙女的曲谱。果不其然，雷海青说认识此曲。他拿起自己的六孔玉箫，当殿吹起悠扬悦耳的曲子，每个音符都像跳跃的水花，随着箫音缓缓地流淌出来，清脆而甘甜，李隆基赶紧示意其他乐工写出。

雷海青演奏完了，李隆基赐给他三大杯御酒，雷海青不胜酒力，当场喝醉，醉醺醺地被宫女们扶下去了，大家都笑他“十八年后开口笑，醉倒金阶玉女扶”。

就在这时，河西节度使杨敬述前来献曲，这位杨敬述，开元四年当了河西节度使。开元九年，杨敬述在凉州时被突厥人击败了。一位河西节度使却不能保证河西走廊上商旅往来的安全，这不是有辱大唐的颜面吗？李隆基为这事还窝了一肚子气呢，就不想见他，但听说他是前来献曲的就勉强接见了他。没想到杨敬述这次进献的是从天竺传来的舞曲《婆罗门曲》。李隆基听了非常高兴，觉得和自己刚才在月宫里听到的曲子有许多神似的地方，也不再过分指责杨敬述了，还是让他仍然检校凉州都督，负责凉州地区的安全。当晚，李隆基就让梨园弟子们将这两首曲子合编在一起。

李龟年、杨玉环等众多的梨园弟子得到命令，他们连夜对这两首曲子反复修改试奏，去除了曲子中艰涩古怪的旋律，增添许多柔滑清雅的音声。后来又经过几个月的修改、润色、演奏，十二遍后，终于将一曲完美的曲谱献给了皇上李隆基。

李隆基一听，太好了，这不正是他梦寐以求的音律吗？随即奖励了这些加班加点排练的梨园弟子。

著名的《霓裳羽衣》曲子完成后，李龟年组织梨园弟子进行排练，李隆基知道李龟年忙不过来，就让爱妃杨玉环也参与演出。你可别小瞧了杨玉环这个人，虽身为贵妃，可干起活来还真没得说，她和演员们共同探讨其中的奥秘，达到废寝忘食的地步。总之，在改编乐曲和排练舞蹈的过程中，杨玉环简直成了中坚力量，她夜以继日地参与弹奏琵琶和表演舞蹈，完全置身于艺术之中，从这首曲子的结构、内容和特点上，多次提出了修改意见。

一个多月后，《霓裳羽衣》演奏起来，身着霓裳的杨玉环在众多宫女的陪同下，飘然来到李隆基的面前，含着微笑，杨玉环轻轻地旋转着身体，霓裳旋转出了美丽的幻境，犹如一缕轻烟袅袅上升；众宫女似仙女移步而来，从旁相伴起舞，她们犹如散碎的桂花，纷纷散落下来，铺就一地芬芳。那似仙如花的碎步，轻移腾挪；那划出一道道波痕的仙袂，随风飘动；那云雾缭绕的烟雾，盘旋上扬……此情此景，似一幅画，细密精致；像一首诗，沁人心脾；如一曲乐，酣畅淋漓。简直到了出神入化的境界。

李隆基仿佛闻到了月宫里桂花的清香芬芳，看见了月宫里嫦娥的广袖舒展。她轻挪玉步，在众仙女的拥簇环绕下，倍觉妩媚动人。李隆基观赏着、陶醉着、感悟着，精神领域升华到另一个层次，他恍若又回到神仙的世界。

《霓裳羽衣》是李隆基最为得意、也最为钟爱的作品，仅限在宫廷内表演，并且是由李隆基亲自选拔梨园弟子调教演出，因此，就显得更加高品位了。

此后，每当《霓裳羽衣》演出时，李隆基都要前去观看，并且总是百看不厌，杨玉环随音乐翩翩起舞，那轻盈柔曼的舞姿，那飘逸敏捷的旋转，将此舞的精髓演绎得淋漓尽致，也完全将自己融入舞蹈之中，达到了舞我合一的地步。李隆基也在飘逸的羽衣霓裳中慢慢陶醉，完全忘记了外面的世界。演出结束时，李隆基兴奋地对高力士说：

“朕看了玉环演的《霓裳羽衣》，今生才知道什么叫舞姿优美，那就是既可以回天转地，也可以撼人心魄啊……”

《霓裳羽衣》真的实在太完美了，从浪漫的起源到最后传奇的生成，处处弥漫神秘色彩，它美得自然，美得无可挑剔。杨玉环也完全被《霓裳羽衣》那种变幻莫测的境界所感染，也曾自夸“霓裳羽衣一曲，足淹前古”。

天宝十三载(公元754年），李隆基将这首《霓裳羽衣》曲子命名为《霓裳羽衣曲》，即《霓裳羽衣舞》。《霓裳羽衣舞》犹如世间的奇宝，在唐宫梨园里绽放光辉。后来，我们的大唐“诗魔”白居易有幸看到了《霓裳羽衣舞》，也曾在《霓裳羽衣舞歌》中叹道：

我昔元和侍宪皇，曾陪内宴宴昭阳。
千歌万舞不可数，就中最爱霓裳舞。
舞时寒食春风天，玉钩栏下香案前。
案前舞者颜如玉，不著人间俗衣服。
虹裳霞帔步摇冠，钿璎累累佩珊珊。
娉婷似不任罗绮，顾听乐悬行复止。
磬箫筝笛递相搀，击恹弹吹声逦迤。
……

白居易的《霓裳羽衣舞歌》，文辞优美，比喻精妙，用典贴切，韵脚转换流畅自然，极富音乐美，使这首长诗具有很高的艺术价值，也把《霓裳羽衣舞》诗化到一种艺术的高度。直到千年后的今天，《霓裳羽衣舞》仍无愧于音乐舞蹈史上的一颗璀璨明珠，成为中华音乐舞蹈史上的千古绝唱。

唐朝的许多诗人都在笔下描绘过《霓裳羽衣舞》，杨玉环写过，刘禹锡写过、元稹写过、王建写过……当然，他们中最有代表性的还是白居易的《霓裳羽衣舞歌》。其中生动传神地描述了表演这种舞蹈的服饰、乐器伴奏和具体表演的细节。除了具有很高的文学价值外，其音乐史料价值也是极其重要的。

世间美好的事物总是被人们演绎、传唱，《霓裳羽衣舞》的产生，其实还有另外两种传说：

《霓裳羽衣舞》产生的第一种说法是：沟通长安、洛阳两京古道的咽喉之地——河南福昌县（今宜阳县）境内三乡驿的陈市上，有一位以美丽著称的酒店老板娘女儿，她心地善良，酿造的酒也很醇美。有一天，一位白胡子老人在她的酒店饮酒，不料口袋里没钱。看着老人一把年纪，女儿没再追究，可老人还是用五卷书抵押了酒钱。待老人离开后，女儿打开五卷书一看，见书里写的是养性长生的仙方，于是她依法修炼。几年后，老人又来到她的酒店，责怪女儿说："偷仙术不用教师，有了翅膀为何不飞？"听闻此话，女儿醒悟了，原来老人是一位仙人，于是她就随仙人飞升而去，归隐山中，此山称为女几山。

若干年后，皇帝李隆基来到了三乡驿，看到这里山峦起伏，烟云缭绕，登临眺望，三乡古驿笼罩在一片苍茫之中。当地还流传着另一则曲折传奇的故事：有渔翁在湘江边听见小孩的哭声，一看原来是一个三岁女孩，渔翁把她带回家养到十几岁，她长得非常聪慧美丽。一天，有仙童从空中下来，带着她升天而去。临走姑娘说：

"我是仙女杜兰香，因有过失被罚下人间，今已期满，应回天界。"今河南宜阳县洛河南岸仍有一座女几山，山上有兰香女神庙。

美丽的传说往往能激发文人的灵感。此刻，面对女几山的两则传说，李隆基闭目养神，神游女几，眼前涌现出许多美丽的景象，因此创作了一部适合在宫廷演奏的大曲《霓裳羽衣舞》。

此种说法，有刘禹锡诗《三乡驿楼伏睹玄宗望女几山诗，小臣斐然有感》为证：

开元天子万事足，唯惜当时光景促。

三乡陌上望仙山，归作霓裳羽衣曲。

仙心从此在瑶池，三清八景相追随。

天上忽乘白云去，世间空有秋风词。

《霓裳羽衣舞》产生的第二种说法，是根据北宋王溥编撰的、记载唐代典章制度的专书《唐会要》中所说：天宝十三载，唐玄宗李隆基以太常刻石方式，更改了一些西域传入的乐曲，此曲就是根据《婆罗门曲》改编。

我们姑且不管这些说法可靠与否，毕竟传说的东西往往带有很大的杜撰成分，根本无从考证。然而，单从李隆基的音乐才能来看，李隆基真的很了不起，一个封建社会的皇帝，能组织人马创作出《霓裳羽衣舞》这样的传世之作，让今天的艺术创作者都汗颜呀！

在开元、天宝年间，《霓裳羽衣舞》曾盛行一时，甚至连边疆的各藩镇都纷纷排演。遗憾的是，这首美丽的舞曲最终还是被战祸摧毁，随着杨玉环的香消玉殒而失传了。

十　大娘戴竿

天宝十载（公元751年）秋天，烈日依旧当空，花果到处飘香，五谷充满丰登迎瑞气，社稷安宁国泰亨。兴庆宫的御园，树木花草更是葱茏繁茂，绽放争艳。那移植多年、久不结果的淮南柑橘上，竟然结了近二百颗柑橘果子，红彤彤的果子像灯笼般高高地缀挂在枝头上。微风吹来，累累果子宛若一个个绣球漂浮在碧绿的波涛之中，那么喜庆，那么令人流连忘返。真乃天遂人愿，神灵献瑞，这下，可把太平盛世的皇帝李隆基乐坏了，他以为这是吉祥之兆。

在这里，更有灵异的事情：在这些柑橘果子中，其中有两个果子结成了合欢果，这象征美好爱情的合欢果，似乎就是上苍感念李隆基和杨玉环的真挚情感。他们遥望着善果，啧啧称赞，沉浸在天赐的良缘中。李隆基对杨玉环说：

“此果好像也会揣摩人意，集天地之灵气，汇阴阳之精华，仿佛朕与卿，你中有我，我中有你，本来就是同一身体长出来的，所以叫合欢。”

面对这样的锦绣王国，李隆基终于按捺不住自己的喜悦，他逢人就夸当今大唐的太平盛世、政通人和。是啊！能把国家治理得井井有条，百姓安居乐业，他李隆基还有什么不满足的呢？他沉醉在自己所创造的太平世界里，心中充满了对天地万物的感激。

这天，李隆基还特意挑选了一些又红又大的柑橘，派人送到亲仁坊东南处，给自己视若儿子的爱将安禄山。

李隆基对安禄山恩宠到了极点，许多大臣们就担心了。他们私下对李隆基说："皇上，你对安禄山这么好，给他这么多的关怀和待遇，你就不怕有一天他和你反目为仇吗？"

李隆基微微一笑，自信地说：

"你说朕不了解别人还不了解安禄山？安禄山这小子，朕太了解了，他嘴甜人和，性子又不暴虐，会做人。他纯粹就是一个爱玩的人，他走到哪里就把热闹带到哪里。有他在朕这里，朕感到生活充满乐趣。再说了，朕以自己宽厚仁德的帝王真诚之心来对待安禄山，安禄山就算是块石头，捂到胸口，时间长了也能捂热。"

李隆基说这话的时候，见左右官员们都不说话了，他摇摇头，心里想：朕还真不信这个邪！朕真心对待安禄山，他安禄山怎么也会被感化了。

李隆基为什么对安禄山这么好呢？这还得从安禄山的贡献说起，从安禄山这个人的发家史讲起。

阿史德氏，这个名字估计知道的人并不多，虽然她不出名，但她是一个让中国震撼的女人，所以，我们很有必要介绍。阿史德氏是突厥的女巫师。她漂亮、神秘、魅力十足，是一位只可远观不可亵玩的女人。

阿史德氏做女巫师时，不好好干巫师的工作，却动了思凡之心，她喜欢上了营州柳城一个姓康的胡人小伙子，两人眉来眼去就勾搭上了。后来，阿史德氏干脆扔掉了巫师工作，和康姓小伙子生活在一起了，然而，多年后，她却依然不能生育。阿史德氏就独自跑到扎荦山上，在这个被突厥尊为战斗之神的山上，她真诚地祈祷，希望得到一个儿子。

巧的是回去后不久，阿史德氏就怀孕了，长安三年（公元703年）正月初一晚，她产下一子。正月初一是新年的开始，民间流传这天出生的人今后大贵。正月初一产子已经稀奇，更奇怪的是传说这个孩子出生时，有一道红色的光芒从天空斜冲下来，直射到阿史德氏的帐篷上。在寂静的夜晚，红色的光芒是那么光耀，惊得周围山上的野兽嗷嗷嚎叫。还有更不可思议的事情，那就是这个孩子的小脚心，带有一颗大大的黑痣。俗话说“脚踏一星，能统万兵”。哎呀！如果一切征兆真如民间传说，那可太了不起了，这个新生孩子将来一定会是个统率千军万马的将才。这个孩子可得好好养着，阿史德氏怀揣着伟大的梦想。

阿史德氏给孩子起名扎荦山。扎荦山是什么意思呢？扎荦山就是所谓的战斗之神，即亚历山大大帝。瞧把阿史德氏美的！

然而，不幸的是轧荦山年少时就没了父亲，孤儿寡母的，母子俩只好相依为命。后来，有一位名叫安延偃的突厥军官，迷恋上了美丽的阿史德氏。聪明的阿史德氏带着年幼的轧荦山，顺势嫁给了安延偃。这样，懵懂的轧荦山就稀里糊涂地叫成安禄山了。

安禄山的少年时期，简直可以说是任凭天性自由生长。他的母亲很少约束他，继父又是一介武夫，管得更少。安禄山就整日地钻进民族大杂居群里，他见惯了各式各样人的嘴脸，熟悉了各族部落的风俗习惯，精通了八九种的民族语言，体验了酸甜苦辣的生活，学会了察言观色的特殊本领，练就了甜言蜜语的口舌。

开元初年，安延偃带着安禄山与将军安道买的儿子逃出突厥，投归了唐朝。

开元二十年（公元732 年），张守珪任幽州节度使，因安禄山骁勇过人，又熟谙山川形势，因功擢为偏将，并收为养子，后升安禄山为左骑卫将军。

开元二十八年（公元740 年），安禄山任平卢将军，管兵三万七千五百人，马五千五百匹。兼柳城太守、押两蕃、渤海、黑水四府经略使。唐朝的御史中丞张利贞为河南道采访处置使时，安禄山好生接待，并用很多金钱贿赂他，请其为他在皇上面前美言。张利贞拿人家的手短，果然在皇上跟前大赞安禄山。除此之外，安禄山还对过往的使者暗中贿赂，使者回朝后一再称赞他，慢慢地，安禄山得到了李隆基的青睐。

天宝二年正月，安禄山来见皇上。为了讨得李隆基的欢心，他用他那抹足了蜂蜜的三寸不烂之舌，极尽忽悠之能事，绘声绘色地说：

“去年七月，营州境内出现了许多蝗虫，它们专吃禾苗，臣就焚香对天说：‘臣如果居心不良，事君不忠，就让这些蝗虫吃了臣的心；如果臣没有辜负神祇，就请求神祇把这些蝗虫赶走。’结果怎么着？臣刚刚祷告完，天边就飞来了一大群红头黑鸟，霎时把蝗虫吃个精光。”

多么美丽的故事啊！多么真诚的祷告啊！多么忠心的大臣啊！这么传奇的故事发生在天人合一的大唐盛世，也许，咱们大唐真有神灵的庇佑，要不灵异的事情怎么会层出不穷呢？被盛世的虚荣冲昏了头的李隆基，他沉醉在自己的盛世梦幻中，犹如镜中观花，越看越觉得鲜花娇艳无比。

李隆基不但自己沉醉在盛世的赞誉中，而且希望他的官员和百姓也和他一同享受镜中花的美艳。还有一件事让李隆基对安禄山信任有加，那就是由吏部侍郎宋遥和苗晋卿主持的大型候补官员考试，考试结果是一个目不识丁的纨绔子弟张奭名列榜首，舆论大哗。安禄山找了个机会将此事奏知李隆基。李隆基起初不信，后在花萼楼亲自主持复试，让录取的六十四人全部参加考试。结果，合格者不到十分之一二，而排名第一的张奭手握试卷，一字未答，时人称为“曳白”。李隆基大怒，立刻将宋遥和苗晋卿贬为武当太守和安康太守。

这都是安禄山的功劳，面对这样忠诚的安禄山，李隆基怎么能怀疑他呢？天宝三年三月，安禄山代替裴宽兼任范阳节度使。当时的范阳节度使管兵九万一千人，马六千五百匹，布匹八十万段，军粮五十万石。这还不够，安禄山还兼任平卢、范阳、河东三镇节度使，那里拥兵二十四万。

现在，咱们算算安禄山管有的兵力24万，那可是大唐一半的兵力（当时大唐兵力才49万），并且衣粮马匹充足，战斗力极强。也难怪呀，谁让安禄山是李隆基的干儿子呢？

由于权高位重，再加上安禄山又自甘为儿，他真的被李隆基当儿子看待了，李隆基还准许他出入宫中。安禄山这个人体重大概有三百多斤吧，肚子大到甚至越过膝盖。每次走路，他都由左右抬挽其身才能迈步。他乘驿马入朝，驿站中还专门修筑换马台为他换马用，否则，驿站的马都要被累死。为此，驿站还专门为他选用能驮得五石土袋的骏马供他使用。并且在鞍前还特别装有一个小鞍，来接住他的肚子。

春末夏初的一天，天气暖洋洋的。昭庆宫里，李隆基闲坐无事，就搬了个凳子，在门外晒太阳。安禄山陪坐在旁。

看着安禄山过膝的大肚子耷拉着，李隆基上前揣着安禄山的肚子，说道：

“瞧你的肚子，腹大如抱瓮，怎么吃成这样了，朕就是好奇，你的肚子里到底装有什么？”

安禄山拱着手，嘻嘻哈哈地说：“此中并无他物，唯有赤心耳；臣愿尽此赤心，以事陛下。”

这么中听的话，李隆基当然爱听。他们闲坐了半晌，又东拉西扯地有一句没一句地聊了许多事情。太阳在天上走了老半天，地上的影子阴了一叠又一叠了，李隆基突然想起了什么，回头问左右：

“贵妃在哪儿呢？”

此时，杨玉环正在后宫洗浴，左右回报李隆基：

“贵妃刚刚洗浴完，正准备前来见驾。”

李隆基微微笑一笑，对安禄山说道：

“美人新浴，犹如出水芙蓉，可谓人间美景。宣贵妃前来，不必梳妆。”

一会儿，杨玉环来了，她一身懒妆便服，翩翩而至。李隆基一看，眼前一亮，更觉杨玉环天然去雕饰，风艳万般，真应了“皎皎如玉，光嫩如莹。体愈香，云鬓慵整偏娇样。罗裙厌长，轻衫取凉，临风小立神骀宕。细端详，芙蓉出水，不及美人妆。”（选自鲁迅《中国小说史略》）

李隆基侧过头，欣赏着出浴后的杨玉环。安禄山恍惚中如见仙风幻女飘过，不由得眼睛直了，也看着杨玉环。当时，李隆基手头上正有外国进贡来的异香花露膏，就顺手赐予杨玉环，叫她对着镜子使用。李隆基走到梳妆台旁看杨玉环敷脸。异香花露膏的香气散发出来了，弥漫着整个昭庆宫，宫女们发出啧啧的赞叹。那股如膏似脂，浓稠无比的白浆异香从屋内飘散到门外来了，安禄山也眯着眼睛用鼻子吮吸着香气。杨玉环敷完脸，将余下的异香花露膏涂抹在自己的臂上，不觉间，自己的衣服滑落，露出酥软的胸脯。李隆基见了，说道：“妙哉！软温好似鸡头肉。”

安禄山在门外，不觉失口说道：“美矣！润滑犹如塞上酥。”

杨玉环的美胸，李隆基从视觉效果上吟咏，安禄山从味觉效果上和对，真可谓诗之精辟，然而，杨玉环却吓了一跳：这个安禄山平时私下和自己戏谑惯了也就罢了，今天当着皇上的面，说出了如此不敬重的话。杨玉环愕然变色，心里担心李隆基对她和安禄山相处起疑心，心里捏了一把冷汗。她悄然地侧过头偷看了一眼安禄山，只见安禄山依然闭着眼睛半睡着，她就装作什么也不知道。李隆基听了安禄山的话，全然心里没多想，倒乐呵呵地指着安禄山说道：

“瞧这个胡儿就认得酥，简直就是一只饕餮。”说罢哈哈大笑。

于是，杨玉环也笑起来了，众宫女们也都含着笑。一场尴尬在李隆基的宽宏大度中就这样过去了。

瞧！就是这么一个嘻嘻哈哈的人，又有谁会把心思放在他的身上呢？他来了，大家自然乐上一番；他走了，谁也不留恋他。

也许人们过惯了平淡的日子，总希望日子过得精彩点，为了精彩，人们总会留住制造精彩的人，并且给他特别的恩惠。作为皇帝的李隆基当然也不例外，他给安禄山在京城长安的亲仁坊建造府第，就是为了让生活精彩。

寂寞是现实的，热闹是暂时的。为了庆祝柑橘的丰收，为了感恩神灵的献瑞，在兴庆宫的勤政务本楼和花萼楼前，李隆基“设酺”（即摆宴）

庆贺，命令乐队演出乐舞和百戏。这种盛大的活动史称“大酺”。乐舞，大家都知道了，那么百戏是什么呢？它是古代民间的一种表演艺术。

“百戏”一词产生于汉代。《汉文帝纂要》载：“百戏起于秦汉曼衍之戏，技后乃有高絙、吞刀、履火、寻橦等也。”百戏是对民间各种技艺的通俗叫法，它尤其以杂技为主。到了唐朝，杂技的种类最多，内容更加丰富，演出规模更为宏大。诗人陆龟蒙的七绝《杂技》诗中“拜象驯犀角抵豪，星丸霜剑出花高。六宫争近乘舆望，珠翠三千拥赭袍。”就是描写了拜象、驯犀、角抵、星丸和霜剑五种动物的杂技表演。

这次，李隆基邀请诸王前来兴庆宫的花萼楼赴宴。宴席之上，自然少不了诗词应和，李隆基作诗《首夏花萼楼观群臣宴，宁王山亭回楼下又申之》云：

今年通闰月，入夏展春晖。
楼下风光晚，城隅宴赏归。
九歌扬政要，六舞散朝衣。
天喜时相合，人和事不违。
礼中推意厚，乐处感心微。
别赏阳台乐，前旬暮雨飞。

诸王自然是称赞备至了。席间专门安排了节目表演，不但有杨玉环的节目，而且也有诸王的节目。申王李成义献上的节目比较惊险：一位身着丝绢的女子，随着音乐声起，将一根丈八长的竹竿顶在头上，而竹竿上还吊着像瀛洲、方丈、蓬莱等仙山楼阁的小木山，小木山之上还立着一个小孩子，那小孩手执彩旗，在木山上唱歌，更为惊奇的是底下的女子却丝毫不觉得费力，还轻盈地旋舞，节奏与小孩的歌声相和。这种惊险的绝技由一个女子来表演，当然是奇迹了，全场报以雷鸣的掌声。李隆基询问申王那女子的情况，从中得知，她是教坊中的伎女，名叫王大娘，王大娘的戴竿表演得非常好，很得诸王的喜欢。

诸王们正在谈论王大娘的戴竿技艺，这时，走来了一个叫刘晏的人，李隆基把他叫到了楼上帘子内问话。李隆基板着脸问刘晏说：

“朕听说你做正字有一阵子了，说说你做正字官，你纠正了几个字了？”

刘晏认真地说：

“天下的字都正了，只有‘朋’字还没正过。”

刘晏为什么只说‘朋’字还没正过呢？因为朋比为奸，自然不正。刘晏意在说明朝廷中有人朋比为奸。然而，李隆基并没意识到，继续说道：

“是吗？怎么还没正呢？那么你现在针对王大娘的戴竿作一首诗。”

刘晏思考了一下，应声道：

“楼前百戏竞争新，惟有长竿妙入神。谁为绮罗翻有力，犹自嫌轻更著人。”

李隆基与杨贵妃听了非常高兴，就赏赐给了刘晏一只象牙笏和一领黄纹袍。是啊，刘晏这首诗把王大娘戴竿表演的神韵描写得淋漓尽致，成为历代咏颂杂技诗篇的千古绝唱。

王大娘那高超的表演，也在中华梨园学研究史上涂画了重重的一笔。

十一 王维听曲

太平公主是唐高宗李治和武则天的女儿。她，方额头，大脸盘，大眼睛，长得很像自己的母亲武则天。武则天十分喜欢太平公主，唐高宗李治也十分宠爱她，他们把所有的宠爱都给了太平公主。

过分的宠爱往往会变成溺爱，尤其是对于一位做皇帝的父亲。太平出生时，父皇李治给她过了个奢华的满月，那奢华程度真是无人可比：李治赏赐长安、洛阳两京每户白银五两作为太平的满月礼物。

太平公主在父母的溺爱中长大了，到了适婚年龄，心满意足地挑选到了英俊的小伙子薛绍，这位薛绍，出身河东大族薛氏家族。太平和薛绍成婚当月，皇帝李治又赏赐给长安、洛阳两京每户白银十两，作为喜庆之资。当时，长安、洛阳两京的居民家家都要披红挂彩，贴红对联、红喜字；两京的居民甚至在街道两边的槐树上，都挂满了写有大红喜字的灯笼。永隆二年（公元681 年）的一个傍晚，太平和薛绍举行了婚礼，从长安城最东北的大明宫一直到城东南的万年县衙，火炬点成了一条火龙，烤焦了街旁的槐树，极尽了豪华与排场。当时长安城有歌谣曰：“小小太平女，搅乱两京城。万民膏脂泪，换得一笑声。”

过分溺爱的环境，太平公主自然养成了骄横跋扈的性格，在长安城东南、曲江池边的乐游原上，太平强占了大量的良田沃土用来修建别墅。

其实，按照唐律规定，亲王食邑封800户，公主出降300户。这已经很了不起了，到太平公主这儿却要增加50户，据统计，太平实际上占有1150户食邑。北起柳絮飘舞的霸川，南到巍峨挺拔的终南山，绵延几十公里，全归太平公主所有，其豪华档次可与皇宫媲美。太平的苑囿内花木繁盛，台榭辉映，曲折幽邃，石拱相连；池中水泛涟漪，天鹅嬉戏，舟楫相逐；林中麋鹿跳跃，黄羊奔卧，如同仙境一般。韩愈《游太平公主山庄》写道：“公主当年欲占春，故将台榭压城闉。欲知前面花多少，直到南山不属人。”表面是惊叹夸耀，骨子里却深寓褒贬。

公元710年，太平公主参与李隆基发动的宫廷政变，拥立李隆基的父亲李旦当皇帝，这就是唐睿宗。太平公主仗着自己立了大功，从此把持朝政，为所欲为，连当朝宰相都要听从她的话，京城里的百官更是对她敬若神明，竭力奉承。

太平公主府上有的是钱，但她并不满足，她还到处搜刮钱财，侵夺土地。她有一座别墅，在长安城南充满诗情画意的潏河边上（即今天的西安市长安区的樊川），这座别墅与长安八大佛教寺院之一的兴教寺是邻居。当时，兴教寺里的和尚广施善事，在潏河边上安装水利碾磨，为樊川百姓碾米磨面，寺内香火一直很旺。唐中宗神龙二年（公元706年）的冬十一月，太平公主前往自己的别墅，在潏河边上看到了一盘水磨，相当兴奋。这一切，被太平公主的管家看见了，认为水磨有利可图就强抢过来。兴教寺的和尚不服气，虽然不敢当面阻拦，就告到官府，要求主持公道。

自古云：天下衙门朝南开，有理没钱你别进来。兴教寺的和尚们却不通晓其中的利害，为了当地百姓的利益，硬是和皇家较上劲了，他们非要告太平公主。

那时的太平公主，不可一世，不少官员稀里糊涂地把水磨磨坊判给公主。和尚们当然不服气了，到处上告，在长安城闹得沸沸扬扬的。后来，这个案子到了雍州（即长安城）负责地方民政等的司户参军李元铉（司户参军相当于今天的市中级人民法院院长，专管民事纠纷）那里。

这位李元铉李大人一生为官清正，审案公正。他经过明察暗访，终于查明那个磨坊确系寺院所有，就将水磨磨坊判还兴教寺。

李元铉的上司雍州长史（相当于今天的市长秘书）窦怀贞得知这个事后，非常惧怕有权有势的太平公主会怪罪下来，影响到自己的前程。他马上召见李元铉，催促他赶紧改判。不料，李元铉不听窦怀贞的话，当场在判决书上写了两句话：

“南山可移，判不可摇也。”

什么意思呢？就是终南山也许还能够移动，这个判决绝对不可改动。李元铉写罢，把笔丢下，愤然离去。这就是有名的“南山铁案”。

“南山铁案”虽然太平公主失败了，但这并不影响太平公主的势力。曾经被人尊称为“诗佛”的王维，他不但以“行到水穷处，坐看云起时”这样的诗句被人称颂，而且还以精通音律，善弹琵琶，喜欢绘画。王维 9 岁时便能写诗，15 岁写《过秦王墓行》，16 岁写《洛阳女儿行》，17 岁写出了著名的《九月九日忆山东兄弟》七言绝句：“独在异乡为异客，每逢佳节倍思亲。遥知兄弟登高处，遍插茱萸少一人。”王维不但诗歌写得好，还是盛唐画坛的南山之宗，真可谓当世少有的全才。

俗话说诗画不分家，能把一幅画写成一首诗歌的人很多，但能把一首诗歌画成一幅画的人并不多，而王维就是一位能把一首诗画成一幅画的人。

王维的青少年时期，虽才华出众，但在当时贵族世袭的社会中，要跻身政坛并不是件容易的事，必须得有人把你引入贵族阶层才行。

李隆范对王维特别器重，得知王维打算应举考试的事情后，李隆范对王维说：

“这事也不难办，把你旧诗中比较优秀的诗歌抄录几首，再把琵琶曲里表达哀怨之情的曲子准备一曲，我约好了人后，你再到我这里来。”

过了几天，王维带了十几首诗稿和一首琵琶曲来见李隆范。李隆范给王维拿出一套锦绣华丽的衣服让他穿上，并说：

“你随本王一同到公主府去。”

李隆范和王维乘着马车来到了太平公主府。李隆范对太平公主说：

“听说你刚从宫里出来，所以，我们带来美酒和音乐献给你。”

说完便命人摆宴，宴饮之间，演唱的伶人一齐进来，王维也夹杂在其中。太平公主觉得这个少年怪怪的，他不像其他伶人一样，倒有几分风绰文雅。太平公主好奇地问李隆范：“这个小伙子是谁？”

李隆范回答：“他是我的一位知音。”

“那就请他独奏一曲吧！”

王维一看，太平公主注意到自己了，好！我今天好好表现一番，也算对得起岐王的推荐。他随即抱起琵琶开始演奏。

只见王维应手挥弦，潇潇洒洒，那一曲楚汉大战中霸王败北的大套武曲，尽诉了一位末路英雄项羽的那种无奈与怅恨，而虞姬感念那相知相惜的情分，毅然舞剑自刎，断了项羽的愁恨。听那曲子，大弦小弦叮咚作响，乐声哀婉凄切，动人心魄。王维高超卓绝的精湛技艺和酣畅淋漓的传神情感，深深地拨动了聆听者的心弦，那相爱深沉的男女却不得不分开，这不正好迎合了太平公主对爱情的观点吗？一曲终了，太平公主问王维：

“此曲何名？”

王维起身回答：“《郁轮袍》。”

公主听罢，惊叹不已。李隆范紧接着又介绍：“这位少年不但懂音律，词学还在音律之上，绘画也非常好。”

太平公主听李隆范这么一说，更觉得好奇了，就转过身问王维：“你有自己平常做的诗吗？”王维连忙献上怀中诗卷，太平公主展开诗卷，第一首是《少年行》：

新丰美酒斗十千，咸阳游侠多少年。
相逢意气为君饮，系马高楼垂柳边。

这首诗写尽了长安城里游侠少年的豪迈气概和少年意气，寄托了自己积极上进的情怀。太平公主读完后惊讶地说：“这诗是我平时吟诵的，我原本以为是古贤的佳作，没想到是你的诗歌呀？”

看见太平公主对王维的好奇，李隆范便让王维换掉乐工的衣服再来相见。王维换完衣服出来，太平公主见他俊朗洒脱，不卑不亢，眉宇中流露着高贵的气质，欣赏之情洋溢脸上。别看太平公主平时虽然处处盛气凌人，但对有才能的人，她还是有一种特别的敬重，自然以礼相待。

他们从屈原谈到司马相如，从建安诗人谈到唐代名家，后来，太平公主听出了王维也是来京城赴考的举子，就兴奋地说："此等才华横溢之士不登榜首，更待何人？"

有了太平公主的介绍信，犹如一张通关的文书到手。京兆的主考官自然心领神会，殿试之上，王维终于"大魁天下"，从此踏上为官之路。

另有一种说法，王维遇到的公主不是太平公主，而是唐朝的另一位公主，有兴趣的读者自己去考证，这里不多赘述。但王维和李隆范的交往确有其事，有《从岐王夜宴卫家山池应教》诗为证：

座客香貂满，宫娃绮幔张。
涧花轻粉色，山月少灯光。
积翠纱窗暗，飞泉绣户凉。
还将歌舞出，归路莫愁长。

可惜啊！王维这个人从小受他母亲礼佛的影响，喜欢亲近自然，再加上他平时闲散惯了，受不得官场的那份约束，他对官场的应酬常常感到疲惫不堪。王维空闲时间，就在长安城东南的蓝田山麓一栋别墅——辋川别墅修身养心。

其实这栋别墅是初唐诗人宋之问的，王维中年后购买了。名字虽然叫作别墅，只不过是一间茅庐，不能和今天的别墅相提并论。辋川别墅山清水秀，有郁郁葱葱的树林，有缓缓流过的深溪清泉，有青褐色的碎石，有月光倾浴的茅舍。王维常常生活在那里，常和知心好友在那里聚会。

有一次，王维应邀到长安城南昭国坊（今曲江附近）的庾敬休家中做客，一进门，王维就看见他家墙上挂着一幅《按乐图》，上面画着众多伶人正在奏乐的情景。王维凑上前去，仔细看一会儿，便笑了。庾敬休不解地问：

“你笑什么？”

王维说：“这幅画上的乐工，正在演奏《霓裳羽衣曲》第三叠第一拍。”

“胡吹吧！接着胡吹。”

同来的客人们让庾敬休叫来乐工演奏检验。不一会儿，乐工们开始演奏了，大家全神贯注地看着乐工们的演奏，等演奏到《霓裳羽衣曲》第三叠第一拍时，结果与王维所说一致，乐工的手指起落，指法毫无差错。

大家纷纷称赞王维品画的高明。这样一来，王维更是受到当时上层社会达官贵人的欢迎。王维后来官至太乐丞，在朝廷负责礼乐方面的事宜，相当于现在的文化部长。

十二　羯鼓解秽

羯鼓也叫两杖鼓，是我国西北少数民族的一种打击乐器，盛行于龟兹、高昌、疏勒和天竺等地区。有人说羯鼓来源于羯族，也有人说来源于印度，南北朝时经西域传入内地。羯鼓盛行于唐开元、天宝年间。

羯鼓制作要求相当高，首先，在木材的选择上，主要用黄檀、狗骨和花椒等木材，当然也有用山桑木的。不管哪种木材，都要求绝对的干燥，这样才不至于变形，从而柔韧滑腻。只有木料干燥，敲出的鼓声才会清脆响亮，而滑腻能使羯鼓奏出如同战马奔跑的蹄声。其次，对箍圈的要求也很高。箍圈一定要用经过精炼的硬铁，如果铁的硬度不够，则鼓边上下不齐，松紧不一，击打时就走音。箍圈时，手劲还应该均匀。如果手劲不均匀，则鼓皮有紧有松，敲击时受力不均衡，声音也就不准了，这自然不符合音律要求。最后，制作羯鼓时，还要注意羯鼓的腰部。羯鼓要求腰部稍细，两头稍粗，便于击打。羯鼓的下面一般要用床架承放，两头用公羊皮蒙上，所以，羯鼓两头都可以敲击。只有做到以上要求，一个好羯鼓就制成了。

击打羯鼓需要力量，需要击鼓者的力度。例如“咚咚嚷，咚咚嚷，咚咚咚咚嚷嚷嚷。咚咚，嚷嚷，咚嚷咚嚷咚咚嚷。”如此通透、空阔、劲道的明快节奏，包含了演奏者的激昂情怀，真的让人震撼不已。

被晚唐皮日休称赞“贞姿劲质，刚态毅状，疑其铁肠石心，不解吐婉媚辞”的宋璟，不但是开创“开元盛世”的政治宰相，而且还是一位著名的文艺家。他非但写出了令后世的乾隆皇帝推崇之至的《梅花赋》，也深爱声乐，尤其擅长敲击羯鼓，还亲自创作几十首羯鼓曲子。宋璟曾给李隆基传授他击鼓的经验，说：“击鼓时，如果能够做到‘头如青山峰，手如白雨点’，便是击羯鼓的能手。”意思是说击鼓时头不能动，且下手要像急雨一样急促。李隆基按照宋璟的说法去做，最后，自己也成为击羯鼓的能手。

初春二月，雨过天晴，李隆基盥洗完毕，漫步于宫中庭院，看着满院更新的万象，觉得神清气爽，精神饱满。他走到院子里那棵栽种多年的柳树旁边，只见那嫩绿的柳芽时隐时现，像少女含娇带羞的模样，透射着一派浪漫的诗意。面对这样的情景，李隆基乐了：莫非花草也有了人一样的感情不成？他转头再瞧旁边那一棵杏树上，杏苞已经突出，像怀春的少女刚刚把自己的感情表白一样，坦诚又率真。李隆基触景生情地说：

“如此的良辰美景，怎么可以无乐呢？”

李隆基今天的心情特别好，便让高力士取来羯鼓，放在殿前檐下的平台上，望着眼前的杏苞，沉思片刻，亲自御制了一支曲子，名为《好时光》：“宝髻偏宜宫样，莲脸嫩，体红香。眉黛不须张敞画，天教入鬓长。莫倚倾国貌，嫁取个，有情郎。彼此当年少，莫负好时光。”

羯鼓的大气磅礴陶醉着满园的春色，当《好时光》奏完时，奇迹发生了：那待放的杏苞也感受到了一股磅礴的力量，忽然蓬勃地展露自己的全部感情，一下子满怀激情地绽放了，那柳芽也吐出了翠玉般的小芽，含着露珠，在阳光下一闪一闪的。谁说草木本无情？此时绽放又为谁？何人解得花草意，唯有李隆基是也！

凭着与花草的默契与相知，李隆基的高兴劲甭提了，他转身对众嫔妃笑道：

“瞧今天早上，就此惬意一事，也得叫我天公啊！” 众嫔妃只知道随李隆基乐而乐，不知李隆基因何而乐。

南卓《羯鼓录》云：“上（玄宗）洞晓音律，由于天纵。凡是丝管，必造其妙。若制作曲调，随意而成，不立章度。取适短长，应指散声，皆中点拍。至于清浊变转，律吕呼召，君臣事物，迭相制使，虽古之夔旷，不能过也。”顾梧芳《尊前集序》亦云：“音婉旨远，妙绝千古。”这些，都是对李隆基音乐才华的赞誉。

除了对春天的明媚灿烂进行赞美外，李隆基更喜欢秋天。秋天沉稳而不失风韵、妩媚而不显妖冶，尤其是那一树树五彩斑斓的色彩，更是让人体会到生命的成熟、稳重与包容。面对秋天这样说不清的魅力、挡不住的诱惑，超凡脱俗的李隆基总是灵感迸发，亲自创作羯鼓曲《秋风高》。

每当天高地远、清风徐来时，李隆基喜欢演奏他创作的《秋风高》。羯鼓的厚重苍远附和着自然界的精气灵华，在偌大的皇宫庭院中，那满树黄叶一定也感受了羯鼓的韵律，缓缓飘落着，犹如舞女，在羯鼓声中翩翩起舞，煞是令人沉醉！

其实我们明白，世上哪有什么人花两相知？是羯鼓的力量震颤了花瓣和树叶，花瓣和树叶支撑不住了，才纷纷绽放和飘落下来，可见，羯鼓的力量是何等的震撼啊！

闲暇之际，畅饮之时，李隆基还经常对周围人说：“羯鼓是八音的领袖，其他乐器不可与之相比。”是啊，在唐朝，由于皇帝李隆基的提倡，羯鼓的确有很高的地位。唐代诸乐中多用羯鼓，朝野上下爱好打击羯鼓的人特别多，正所谓“羯鼓声高众乐停”（李商隐《龙池》）。

李隆基的羯鼓击得不错，李龟年也是个善于击羯鼓的高手。一次，李隆基问李龟年一共打断了多少根鼓杖，李龟年凭借着自己的坚持，满怀自信地说：

“臣已打折了五十根鼓杖。”

五十根鼓杖，放在地上可是一大堆了。岂料，李隆基却说：

“你没朕打折的鼓杖多，朕已经打折了三立柜鼓杖了。”

一位皇帝，整日被政务缠身，却在羯鼓这一项器乐练习上，打折了三立柜的鼓杖。这不得不令人佩服，真所谓一分耕耘一分收获，李隆基之所以羯鼓打得好，这和他的勤学苦练是分不开的。

也许天生就带着北方人的豪迈俊逸，在音乐上，李隆基喜欢铿锵的打击乐，不喜欢纤弱的琴声。有一次，宫里琴师弹琴，那婉转哀怨的曲子使得一段伤心的往事浮上李隆基的心头。琴师一曲还没有弹完，李隆基的脸色阴郁得十分难看，琴师更是担惊受怕，不停地走调，越弹越难听了。李隆基终于忍耐不住了，就斥退琴师说：

“别弹啦！出去，出去。”

琴师悻悻地离开了，李隆基随即对身边的宦官说：

“快叫玉奴拿羯鼓来，为朕解除刚才的秽气！”

这位玉奴（又名花奴），是宁王李成器之子汝南王李琎，亦精通音乐。李隆基曾亲自教侄子玉奴击打羯鼓。据说李琎演奏《舞山香》一曲时，李隆基故意把一朵红槿花放在李琎平滑的帽檐上。李琎击完一曲，红槿花没有跌落，李隆基高兴之至，夸奖李琎："花奴姿质明莹，肌发光细，非人间人，必神仙谪堕也。"是"真花奴"，并赐给李琎一柜子金器作为奖赏。不一会儿，玉奴取来羯鼓，被琴师搅了兴致的李隆基使足了劲，狠狠地敲打着羯鼓。一曲完成后，铿锵的羯鼓声将刚才的坏情绪全部排解出去了，李隆基的心情也好多了。

此后，每当羯鼓响起，李隆基总是命梨园弟子取来鲜花，相互传递，击羯鼓以行令，鼓声停时花在谁手谁就挨罚，这便是后世"击鼓传花"的由来。

李隆基不但教授玉奴击打羯鼓，他还亲自传授梨园弟子如邠娘、冬儿和贞贞等击打羯鼓。有"海内名士"之誉的诗人张祜写作《邠娘羯鼓》一诗为证：

"新教邠娘羯鼓成，大酺初日最先呈。冬儿指向贞贞说，一曲乾鸣两杖轻。"

据说开元、天宝年间，有一位从蜀郡双流县调到长安的县官李琬，也是一个羯鼓高手。一晚，他月夜散步，忽然听到一阵美妙的羯鼓曲传来，那鼓声如震谷惊雷，划破了月夜的寂静；似细雨淋铃，增添了月夜的情韵。李琬寻声追踪，七拐八弯、过街穿巷之后，终于找到羯鼓的声音是从一个破旧不堪的小院里面传出来的。来到小院，李琬不由得驻足而立，没想到鼓声却戛然而止。之后又起，没敲几下又停下，反复数次仍没有结尾。看来，敲鼓人遇到滞音了。李琬径直入门，开门见山地问道："你刚才打的曲子可是古曲《耶婆色鸡》？怎么没打完就结束呢？”

击鼓人抬头，原来是一个年轻的后生，紫黑色的脸庞上泛着青春的光芒。他看着眼前官员模样的李琬，知道来者可能是个击鼓里手，就叹了口气说：“唉！我爷爷是个羯鼓高手，他打《耶婆色鸡》是盖世无双的，我为了给爷爷整理鼓谱已经三天三夜没合眼了。可惜因战乱，全家离散，父亲死在河西，至此全曲失传。我对这首曲子十分喜爱，偶然从旧乐谱中找到它，谁知却缺少结尾部分，我想把它连上，怎么也连不下去。”

李琬问道：“你觉得这首曲子的曲意已表达完了吗？”

年轻人说：“曲意已尽。”

李琬说：“既然意已尽，曲子就可结束，又何必再去寻找结尾呢？这不是画蛇添足吗？”

年轻人说：“可是，我总感觉声音如果不能自然结束，就显得太突兀，很不自然。”

李琬说：“你既然找不到原曲结尾，为何不用近似曲子作解。譬如《曲柘急遍》。”说罢，李琬拿起鼓杖接着刚才中断的地方打了下去。时急时缓、时重时轻的鼓声，终于将结尾表现得淋漓尽致。年轻人惊叹不已，他接过鼓杖，试了几遍，十分满意。从那天以后两人便结成知音，经常一起切磋击鼓技艺，乐工还把自己精心做好的一箱鼓杖赠送给李琬。

晚唐诗人“江陵才子”崔道融在《羯鼓》中写道：

“华清宫里打撩声，供奉丝簧束手听。寂寞銮舆斜谷里，是谁翻得雨淋铃。”

在所有音乐活动中，李隆基“尤爱羯鼓、玉笛，常云八音之领袖，不可无也。”

我们知道羯鼓是器乐的八音领袖，它起着定音的作用；贺老却是乐工的八音领袖，他起着定场屋的作用。

元稹的《连昌宫词》中有这么一句“夜半月高弦索鸣，贺老琵琶定场屋”；辛弃疾的《贺新郎•赋琵琶》中也有这么一句“推手含情还却手，一抹《梁州》哀彻。千古事，云飞烟灭。贺老定场无消息，想沉香亭北繁华歇，弹到此，为呜咽。”两句中都提到“贺老定场”这么个事，这里的“贺老”指的是谁？究竟怎么回事呢？

“贺老”指唐朝李隆基时，以善弹琵琶闻名的一位老艺人，他的名字叫贺怀智。他在梨园中有较高的声誉，常处于主宰的地位，受到李隆基的赏识和偏爱。“定场”即压场屋，唐朝人常把戏场叫场屋。说白了就是今天 “压场”的意思。

北宋大科学家沈括在其巨著《梦溪笔谈》中，讲到自己曾在王丞相家中得到过贺怀智编撰的琵琶谱一册。

除了贺怀智，马仙期也是唐朝皇家梨园里一位优秀的教师，他不但方响（古代打击乐器）击打得很好，而且还一门心思钻研乐曲乐器，创作出许多有名的乐曲。马仙期演奏的音谱，有余音绕梁三日不绝的效果。马仙期的琴也弹奏得不错，杨玉环想学习弹琴，李隆基就让马仙期教授杨玉环练琴。

一天，杨玉环不知从哪里找来李隆基以前写了一半的乐谱，对马仙期说：

“马师傅，你看看这首乐曲怎么样？能不能续完？”

马仙期接过这半首乐谱看完，觉得曲子确实不错，沉思了一下，他对杨玉环说：

“贵妃娘娘，这是一首不可多得的舞曲，小臣一人能力有限，不能续写完成，得和贺怀智、张野狐等几位乐师一起讨论，同时还要找到擅舞之人，才能更好地探求此曲的精妙。”

杨玉环说道：“我从小就练习舞蹈，再说宫中也不乏擅舞者啊？”

马仙期摇了摇头，说：“这是一首以天竺祀神的婆罗门大乐章改编的乐谱，要想把它续写完成，就得要有一个懂得该国历史、地理和风情的人才行。”

杨玉环感到很遗憾，说道：“这么说没办法了。”

马仙期微微一笑，说：“也未必，我有两位知己，一位是阿拉伯的乐师，一位是西域的康居国乐师，让他们帮忙，或许能完成这篇乐章。”

杨玉环听了，高兴地说：“好啊！那劳烦你赶紧请他们，我负责从民间选艺人，等曲子写成后就能表演了。”

经过马仙期等人的努力，很快，乐曲谱出来了，他们把这首曲谱命名为《凌波曲》。

一个来自临潼新丰、年仅十三岁的女孩谢阿蛮出场了，她是从外梨园特选来的，她长得眉清目秀，全身柔若无骨。马仙期一看，这个谢阿蛮好身段，有种自己前世见过面的熟悉感，不错，就是她了。

为了把握《凌波曲》的精髓，马仙期和张野狐两位乐师可谓尽心尽力了，他们对谢阿蛮精心调教。真不愧是名师出高徒，短短几年时间，谢阿蛮的舞技已在宫中独领风骚，无人可及。那柔中带刚的舞艺，在长安城相当闻名，大家都以目睹谢阿蛮的舞艺为荣。

在一次宫中小饮中，谢阿蛮第一次正式亮相，表演她准备已久的《凌波曲》。梨园很重视这次表演，高手全部上阵，李隆基亲自组织了一个规格很高的乐队，来为谢阿蛮表演《凌波曲》伴奏：对西域龟兹乐曲有独到见解的宁王李成器横吹玉笛，贵妃杨玉环弹奏琵琶，梨园乐师马仙期击打方响，梨园魁首李龟年吹奏觱篥，梨园乐师张野狐弹奏箜篌，定场的贺怀智拍板，皇帝李隆基亲自击打羯鼓。瞧！全是梨园名将亲自上阵。

一时间，美妙的乐曲缠绕在长生殿的波浪里，二十八个舞女从波浪中登场，翩翩起舞。那凌波而来的仙子出现在舞女中间，犹如一只欢乐活泼的小鹿，是那么清纯自然、干净利落。谢阿蛮那柔软的身体，轻盈的舞姿，像空中的浮云飘荡，像水上的蜻蜓一点，似护驾龙女守护在凌波池里……真可谓“凌波微步袜生尘，谁见当时窈窕身？”（元朝倪瓒语）。

《凌波曲》结束了，李隆基沉醉了。杨贵妃赞叹不已，她撩起袖子，褪下手臂上金粟装臂环，赏赐给谢阿蛮。接着，梨园弟子又将最近新编的乐曲挨个演奏了一番，从早上到中午，大家情绪欢洽异常。

这就是皇家梨园的乐队，这就是乐队演奏的曲目，这就是皇家梨园演奏的技艺，简直是古今少有的超一流水平啊。

总之，羯鼓由西北地区传入中原后，由于皇帝李隆基的喜爱与倡导，从而在社会上形成“洛阳家家学胡乐”（王建《凉州行》语）的风气。

十三　李谟破笛

“李白街上走，提壶去买酒。遇店加一倍，见花喝一斗。三遇店和花，喝光壶中酒。借问此壶中，原有多少酒？”

这是我国唐代僧一行以“李白喝酒”为题材编的一道算术题。有兴趣的不妨算算，此题答案是7/8 斗。

僧一行，原名张遂（公元673—公元727 年），唐朝魏州昌乐（今河北魏县南）人，唐代杰出天文学家、数学家。他的祖父张公谨是唐代开国功臣，被封为郯国公。父亲张擅为陕西武功县令。

张遂从小特别聪敏，勤奋好学，博览经史，尤精于天文、历法和阴阳五行之学。因为在京城生长的缘故，他常到藏书丰富的长安城南玄都观去看书，颇受观主——京都著名道人尹崇赏识。一次，张遂从尹崇处借得西汉扬雄的道书《太玄经》。此书意旨深奥，尹崇研读数年尚不能晓，没想到张遂仅数日就通达其旨，并写出了道教经书《大衍玄图》《义诀》各一卷，阐释晦涩难懂的《太玄经》。尹崇大惊，对人说：“此后生颜子也。”年轻的张遂成了长安城里的知名学者。

武则天当皇帝时，她的侄子武三思身居显位，沽名钓誉，到处拉拢文人名士抬高自己，几次想结交张遂。然而，正直的张遂知其为人，不愿和他结交。21岁时，张遂愤然离京，一下子跑到河南嵩山当了和尚，僧名一行。他先后在嵩山、天台山学习佛经和天文历法，后成为中国佛教密宗之祖。

开元九年（公元712年），太史频频上奏“日蚀不效、历法不准。”宰相张说说：“臣闻僧一行精诸家历法，应令造新历。”于是，李隆基召僧一行进京。李隆基问：“禅师有什么特殊本领？”一行谦虚地说：“只是善于记忆。”李隆基想试试他的记忆力，就让人取来宫中的户籍册。一行看后，随后就能一一背诵，一个字也不差。李隆基直呼：“圣人再世。”就这样，僧一行做了朝廷的天文学顾问，主持修订新历法。

开元年间，京城久旱无雨，李隆基让僧一行祈雨。僧一行说：“求雨不难，只是要一样东西，上有龙状者，方可致雨。”李隆基就让人在内库找，找了半天，都说没有这样的法器。几天后，僧一行指着一面刻有鼻盘龙的古镜，高兴地说：“此不是有真龙矣？”于是，做道场，当晚就下雨了。

据传说，张遂少年时曾得到过一位老婆婆救济，后来，那老婆婆的儿子杀人入狱，婆婆听说僧一行就是张遂，现在可是长安城里的名人，就来求僧一行帮忙。僧一行很为难，老婆婆虽有恩于他，可国家法律岂是儿戏？僧一行拒绝了。老婆婆大怒，回家的路上大骂张遂忘恩负义。僧一行很苦恼，只好借助于上苍来拯救。

僧一行叫人在房里置放一口大瓮，用布包住大瓮，对两个手下人说：

“某大街有一处废弃的园子，中午时分，你俩潜伏其中，到黄昏时，一定有东西进来。你们就把它捉住，等捉到第七只时，就把袋子系上。要是跑了一只，拿你们是问！”两手下同声说：“记住了。”于是潜入废园。黄昏前，果有一群东西冲来，仔细一看，原来是一群猪。他们就按照僧一行说的，捉了七只装入袋子里，背来给僧一行。僧一行很高兴，让他们把猪装进大瓮，加盖糊泥，题梵字于其上。

没想到第二天，李隆基着急了，赶紧召见通晓天文地理的僧一行。李隆基问：“据太史奏报，昨夜北斗星不见，此为何兆？”僧一行说：“北魏时，火星于夜空中失其位，天下大乱，现在北斗星消失，自古以来还没有过，可能要出乱子了！” 李隆基问：“这可怎么办？有什么办法弥补呢？” 僧一行说：“这是一个奇异天象，唯有大赦天下，释放一切犯人，看看行不行。” 李隆基赶紧照办。当夜，北斗七星即出现一颗，随后每天多一颗，七日后全部出现，恢复正常。僧一行就是通过法术，间接地救了老婆婆的儿子。当然，从这里，我们也知道了北斗七星原来都是猪神。

僧一行不但擅长风水知识，他还是一位很了不起的天文学家。他和机械专家梁令瓒等人一起制作了黄道游仪、水运浑天仪等大型天文观测仪器和演示仪器，为修订新历提供了物质技术条件。此后，僧一行修订《大衍历》，这可是当时世界上比较先进的历法。日本留学生吉备真备曾来大唐学习中国先进文化，回国时，他还带走了一卷《大衍历》。《大衍历》便在日本广泛流传起来，影响甚大。另外，《大衍历》还流传到印度，极大地影响了印度的历法。

开元十二年（公元724 年），僧一行还组织了一次大规模的天文测量活动。这是世界上第一次用科学方法进行子午线实测，在科学发展史上具有划时代的意义。英国科学技术史专家李约瑟评价僧一行组织的子午线长度测量活动，说它是“科学史上划时代的创举”。总之，在中国历史上，僧一行与祖冲之、张衡、李时珍等人齐名。

僧一行不但是一位著名的天文学家，而且还是一位佛教密宗的领袖。他曾协助善无畏翻译了《大日经》，撰写了阐释密宗理论的权威著作《大日经疏》，对中国密宗教的影响和成立贡献非常大。

僧一行就是这样一位天文家、数学家、佛学家、道学家和风水家，给大唐历史写下了辉煌的一笔，难怪皇帝李隆基赏识他，佩服他，敬他如敬神仙。当然，我们知道李隆基本身就喜好神仙方术，他制作的曲子大多是受梦中神仙的启示，或是神仙直接传授。

开元年间的一个冬天，李隆基和杨贵妃住在东都洛阳的上阳宫。他们和一帮梨园弟子以歌舞庆祝新年。正月十四日，李隆基与僧一行等道士谈论起玄元皇帝老子李耳的东游传奇，心有所感。当夜在寝宫中，他刚入梦，就被一阵轻风裹起，带入天空，飞落到了一个陌生的地方，他抬头发现有一扇门，门内月光皎洁，门上横批：知音之门。

李隆基高兴了，心想：“不是朕夸海口，朕若不算知音之人，天下还有几人算？看来此门是专门为朕开的。”他得意扬扬地走了进去，门内，廊檐林立，亭台交错，池水碧波荡漾，池边小路曲径通幽。小路尽头，花亭之下，月色朦胧，一群姑娘，白衣似纱，容貌艳异，轻歌曼舞。在舞蹈进行中，从天而降一名红衣女子，她头梳交心髻，身穿大袖宽衣，舒展长袖，扭动腰身，划出一道红痕。待歌声结束时，红衣女子拨开人群，飘然来到李隆基面前，娇羞含媚，似有话语。李隆基一看这么清丽的女子，惊问：

“你们是什么人？”

“我们就是喜欢跳舞的女子。”该女子落落大方地回答，“姐妹们，舞一曲给三郎看看。”

众多的白衣女子得了命令，站好了姿势，准备起舞。红衣女子伸手从空中取来一支长笛，吹起了曲子。那曲子，悠远哀婉，缠绵悱恻。李隆基听了，触动情感，相知恨晚，他泪眼婆娑，赶忙用心记下了该曲。曲罢，李隆基问她们此曲何名，红衣女子说叫《紫云回》。紫云回，好听！李隆基正想借过女子的笛子吹奏一番，那红衣女子有点儿不愿意，李隆基上前就抢，不料，自己却被翻身的杨玉环惊醒，李隆基愣在床上，睁大眼睛回味着梦中的事情。

唉！梦中总是童子嬉耍，无拘无束；醒来却是皇帝一场，循规蹈矩。李隆基脸上不经意的感慨还是被睡眼蒙胧的杨玉环看见了，聪明的杨玉环心里一寻思：这大半夜的不睡觉，愣在那儿发什么呆？不会又是想谁了不成？就故意开玩笑说：

“三更半夜的，三郎怎么不睡觉了，想什么呢？该不会是被哪个狐狸精迷住了？”

玩笑虽然说着，杨玉环还是披衣起床。她体贴地给李隆基倒了一杯热水。待热水入肚暖心后，李隆基活泛了许多。他喃喃地自语，同时拽着杨玉环的手抚摸着。

窗外，一股冷风轻轻地吹来，李隆基顿了一会儿，说：

“刚才，朕在梦中得到了一首很好听的新曲子，要不要朕唱给你听？”

“三郎，唱给玉环吧。”

杨贵妃听了李隆基这么一说，就半靠在李隆基身上，娇滴滴地说。

李隆基看着娇媚的杨玉环，笑了笑，一把把她揽在怀里，轻声地哼起来了，刚哼了两句，觉得不对，就推开杨玉环说：

“不行，朕得把它写出来，不然，一会儿就忘了。”说着，李隆基走到案几前。

看见李隆基这么认真，杨玉环知道肯定是好曲子，就披上粉色外衣，立在李隆基旁边，给他研墨。红红的灯烛在夜深人静时是那么温暖，暖和了宫内的一切。新曲很快谱完了，两个人相视而笑……

夜，像泼在地上的浓墨一样静静地流淌着，无声无息；又像个梦幻的神仙，把世界变得那么美好。李隆基和杨玉环有一句没一句地聊着。

“三郎，你来吹笛，我来伴舞，咱们共同和上一曲如何？”杨玉环笑着说。

“好！好！”

李隆基取出他的玉笛放在嘴边。杨玉环褪去粉色的外衣，露出大红的诃子，那鲜桃般红白相映的身体在玉笛声里轻歌曼舞，犹如仙界的玉器精美绝伦，李隆基脉脉含情地欣赏着。此刻，夜深人静，巷街里坊，谁家鼾声如雷，抑或悄然无息？高墙内院，谁家笛声悠悠，抑或穿越宫墙……

第二天晚上是正月十五日，洛阳城里城外，到处都是元宵的喜庆。街坊门上，高高的花灯，光彩炫目；酒肆楼前，人声鼎沸。李隆基和杨玉环，带着几个贴身随从，扮作一方地主，夹杂在人群里观灯。

东都大街小巷，张灯结彩。连接洛河南北的天津桥上更是熙熙攘攘，花灯簇簇。大家你挤着我，我挤着你，赏花灯，猜灯谜，好不热闹啊！

李隆基一行人沿着热闹的大街游玩，杨玉环更是兴致高昂，她到处张望着，那房檐流下的冰溜子，在灯笼缝隙里也变得五光十色、晶莹剔透。杨玉环让侍儿敲下两条冰溜，小心地捏在手里把玩，那凉丝丝的寒意使杨玉环不得不左右换手，可她还是舍不得扔掉，兴奋地乐着。李隆基转过头故意问杨玉环说：

“你玩什么呢？像个孩子，这么带劲？”

杨玉环笑着回答说：“我玩冰筷子。”

李隆基对左右侍从说：“贵妃天性聪慧，超脱世俗，‘冰筷子’这个比喻好，形象、具体、生动。”

他们快活得像鸟儿出了笼子，一路说笑。忽然一阵悦耳的笛声传来，李隆基不由得驻足细听。原来，笛声是从一座繁华酒楼上传来的，曲子竟是昨夜自己刚刚谱好的《紫云回》。

这怎么可能？李隆基起初以为自己听错了，他狠劲地拽了一下耳朵，没错啊！是自己刚刚谱好《紫云回》曲子。李隆基疑惑了，他回过头再看杨玉环，见她也傻傻地站在那儿，手中的‘冰筷子’掉到了地上。

这究竟是怎么回事？李隆基立即吩咐随从前去调查此事。第二天，吹笛人就被捉来了。李隆基一看：呵！原来是个不满二十岁的毛头小伙子。

李隆基问：

“小伙子，你叫什么名字？昨夜听你吹新曲，那新曲是从哪儿学到的？”

看到高高在上的皇帝，青年小心翼翼地回答：

“我叫李谟，前天晚上，我到上阳宫外的天津桥赏月时，听宫中有人吹奏此曲，觉得他吹得太好了，这曲子简直不是人间的曲子，我就在桥上插小棍，记下了曲谱，练习后自己学着吹，不料有污圣耳，罪该万死，望陛下恕之。”

“哦！原来你是偷听了朕的曲子啊。”李隆基非常惊讶，他让李谟当场再吹奏一遍偷学的新曲。李谟取出笛子，当场演奏，果然技法奇绝。也罢，算咱们有缘！李隆基封李谟为“天下第一笛手”，把李谟留在了宫中梨园，当了梨园的乐营将。此所谓“李谟擫笛傍宫墙，偷得新翻数般曲”。此事唐代诗人张祜《李谟笛》中有记载：“平时东幸洛阳城，天乐宫中夜彻明。无奈李谟偷曲谱，酒楼吹笛是新声。”

唐朝诗人孟郊的“春风得意马蹄疾”这一句诗，表达了他《登科后》的心情，那么获得“天下第一笛手”的李谟，他年少得意，自然是恃才傲物了。仗着自己拥有一种特殊的吹笛本领，狂妄的小伙子把什么都不放在眼里。

有一年，李谟因事请假到了“舜禹之都”的越州（今浙江绍兴市），因他的名气大，当地很多人都希望欣赏他的绝技。李谟果然不负众望，洋洋洒洒地演奏了一曲，自然获得了啧啧的赞叹，大家对其好水好茶地伺候。可是，就在这群人里面，有一位微微驼背的老人，唤作独孤生，他坐在太阳底下晒着太阳，闭目养神，一言不发，嘴唇上露出嘲讽意味的微笑。李谟觉得这位老头很特殊，就上前问道：

“老人家，看你刚才的样子，我觉得你有点瞧不起人，莫非你也有什么特殊的本事？”

独孤生看到小伙子来到自己的身边，平和地说：“你再吹吹王翰的《凉州曲》试试。”

李谟一听，这有何难？不就是一幅远戍边疆、生还无望、于是乎借酒解忧、痛饮强欢的“边疆将士畅饮图”吗？曲子的感情基调是慷慨而凄凉，场面是豪爽而悲壮。他刚学笛子的时候，老师就教他吹这首曲子，他已经吹了这么多年了，可不炉火纯青了吗？

李谟当即开始吹奏，那苍远凄凉的乐音，那跳动跌宕的节奏，那奔放狂热的激情，一下子把在场的人们带到了遥远的边塞，出征人们手握盛满葡萄美酒的夜光杯，开怀痛饮、尽情酣醉…… 大家不住地高声称颂。

曲终，独孤生说：

“小伙子，你吹得确实够好了，只是曲调里掺杂了胡人的声调，大概你跟龟兹乐人学过吧？另外，曲子的十三叠错成水调，你知道吗？”

李谟听了大吃一惊，说：

“老人家，你实在了不起，我的老师是龟兹乐人，第十三叠的错，我更不清楚了，麻烦你指教一二。”

人常说不会听的凑热闹，会听的听门道。就在大家一致说好的情况下，独孤生却能说出音律中的深层含义，可见，老人并不是一个凑热闹的外行，他懂行啊！李谟与独孤生在曲高和寡的情况下，惺惺相惜。李谟赶紧拿出自己最好的笛子请独孤生示范吹奏，独孤生瞥了笛子一眼，惋惜地说：

“小伙子，这把笛子吹到音高急促的入破（唐大曲中骤然急变的音乐片段）时，它一定会破裂的，你不可惜吗？”

“不可惜。”为了体会音乐更高的境界，李谟又何尝舍不得这把笛子呢？

独孤生站起来，调好音，这才慢悠悠地开始吹奏。同样一首《凉州曲》，在吹奏的技巧上，独孤生和李谟却完全不一样，李谟吹奏时是那么充满激情，满含着一腔热血，饱满而悲壮。孤独老人吹奏时却深沉而成熟，他的笛音是那么劲道！把边陲将士的磅礴大气淋漓尽致地表达出来。等到曲子吹至十三叠时，独孤生停了下来，指出李谟的错误，吹到入破的时候，那高亢的笛音像将士奋勇杀敌的嘶吼，像划破万里长空的巨雷，嘎嘣一声，笛子裂了。李谟一下子愣住了，心中涌起了万分佩服之情，他谦虚地再次拜谢独孤生，恳求独孤生的指点。

“明天早上，你到村东头我家里去，我好好地给你说说吧！”老人微笑着说。

第二天，李谟早早地起床，怀着敬意去看望独孤生。唯见茅屋空空，老人已不知去向……

从此之后，李谟的笛声里少了些许的狂妄与自负，他不敢再以“天下第一笛手”自居了，因为他知道山外有山，人外有人。

其实，在强盛的唐朝，除李谟外，还出现了许多著名的笛子演奏家，如孙梦秀、尤承恩、许云封等，他们把笛子的荡涤之声发扬、传播。

十四　沉香亭畔

一座大都市，市政建设中有一项重要事情要做，那就是绿化建设。唐朝长安城的绿化建设已经有模有样了。早在隋朝初年，设计师高颖设计营建大兴城时，就在城内各条街衢旁栽种树木，经过很多年，这些树木已经根深叶茂，蔚为可观了。到了唐朝，长安城中又进行过多次的大规模植树活动。这些植树活动直接由京兆尹管理，具体工作由左右街使负责。最后，长安城里，树木成行，郁郁青青，简直是一座雅居城市。

唐长安城的绿化工作做得很好，各个通衢大街旁和街坊深巷里不仅种植槐树、榆树和柳树等树木，宫苑、寺庙、官府大院内还大力栽培花卉。长安城东南广袤的杜陵（少陵原）是其主要的花卉供应地。刘言史《卖花谣》：“杜陵村人不田穑，入谷经溪复缘壁。每至南山草木春，即向侯家取金碧。”说的就是杜陵的花卉种植情况。

北宋学者周敦颐的散文《爱莲说》中有这么一句“自李唐来，世人甚爱牡丹。”从这句话中，我们知道唐朝人很爱牡丹。为什么呢？因为牡丹是富贵、繁荣和幸福的象征，这和恢宏进取的唐朝在气质上非常相似。

牡丹原产于中国西部秦岭和大巴山一带山区，是我国特有的木本名贵花卉，素有“国色天香”“花中之王”的美称。长安自古是牡丹的故乡，相传当年武则天在寒冬准备游园，喝令百花一起开放。武则天以权欺花，违反季节行事，这不是刁难花草吗？众花迫于武则天的威严，不敢不倾其毕生力量反季节绽放。唯有牡丹不听话，被武则天驱出长安，贬到河南洛阳。从这个传说中可以看出武则天是一位很有统治欲的女皇，同时也看出牡丹是一种多么傲骨的花。

关于牡丹，更有一则传说：有一位出家为尼的女子，她在居住的庵中种植牡丹，庵中群芳灿烂。女子死后葬于牡丹花下，以示洁身自好，潜心向佛。没想到，此女子葬身之处，牡丹繁茂无比，一株千朵，花大盈尺，晶莹润泽，将庵堂映照得美丽无比，引得众多信女来庵拜谒，皆以牡丹敬献菩萨。此后，牡丹声名鹊起，踪迹远播。这无疑暗示了牡丹自性清静、大道冥合的气韵。牡丹的生命品质获得了人们的认可和尊重。

既然牡丹有这么独特的气质，喜欢的人自然多了。李隆基也许不知道这则传说，不过他从小就被雍容华贵的牡丹所吸引倒是真的。牡丹大气，奔放，敢于张扬个性，有自己的性格。牡丹的这些品质本来是件很能让人理解的事情，祖母为什么不让长安种植牡丹？李隆基偏偏喜欢牡丹。

唐朝开元年间，长安宫廷被禁植多年的牡丹又重新种植，李隆基还把牡丹移植到兴庆宫。沉香亭前，大片的牡丹更是让人喜欢。

古话说得好“上有所好，下必效焉”。既然皇帝李隆基喜欢牡丹花，那么咱们做老百姓的自然也要效仿他。正是由于宫廷的喜好，种牡丹赏牡丹在唐代成为一种风尚。长安城中还出现了专门的“花市”，暮春时节，牡丹开得正艳，京城里车马喧嚣，人们纷纷到花市观花买花，许多商人大获其利。自此，牡丹花开始独领风骚，“为都下奇赏”。

这几年，大唐的国运昌盛，朝臣各司其职，百姓安居乐业，民族和谐相处，可谓国泰民安，四海升平。李隆基也有了空闲时间，他常与文人雅士赋诗唱和。夏天到了，天气燥热，李隆基决定去兴庆宫消夏纳凉。

兴庆宫内的沉香亭，重檐四角攒尖顶，红檐碧瓦，古朴雅致又华贵富丽，衬着周遭艳如锦绣的名花异草，真是人间的一处胜景。

杨玉环一到沉香亭，先是惊叹牡丹之美，后又被亭边一辆直径达18米、自重10吨左右的大水车所吸引。瞧那水车！四周盘踞着24只张着大口的龙头，它们个个仰头张望，好像在承接什么，再看那赭黄色的水车装饰得相当华丽与贵重。

从来都没见过这么大水车的杨玉环特别兴奋。她激动地跑上前去，抚摸她抱也抱不拢的大水车，她把自己的脸贴上去，这辆大得出奇的水车让杨玉环觉得自己仿佛拥有了整个世界……

李隆基一看：嘿！难得玉环喜欢这物件，真是太好了。李隆基转过身笑着问周围的人：

“谁把这么个大家伙放在沉香亭边的？”

高力士急忙上前搭话：

“皇上，他们说给你一份惊喜。”

“这有什么惊喜的，我不惊喜。不过有人惊喜就行了，水车再大不还是一辆水车嘛！”说着，李隆基努努嘴。

“人都是人，可人和人还是不一样，人有高低贵贱之分；水车都是水车，可水车和水车不一样，水车也有精粗妙平之别。”

高力士说完，转过身，对着手下的一个小宦官低语了一番，只见那个小宦官急忙跑走了。过了几分钟，东边厢房的后面，走出约有六十名的青年男子，他们身穿浅蓝色衣服，个个英姿飒爽，其中一个上前搭话：

“皇上，我们早都听说你和贵妃要来兴庆宫，我们有点儿奇思妙想，想搞个小动作，几个月前特意给你和贵妃准备了。”

“皇上，还是先欣赏年轻人的东西吧！请你和贵妃先站到厢房的那边。”高力士说。

李隆基一队人被高力士带到不远处站着，遥望着这里。只见刚才那六十名青年男子，很快齐刷刷地跑到大水车前，各就各位。他们挥动有力的手臂，推动大水车的轴承。大水车犹如巨兽苏醒了，开始缓缓地运动起来了。瞬间，它像得了青年人的活力一样，迅速地转动起来了。顷刻间，白雾似纱，弥漫空中，宛若人间仙境。大水车斗型爪子，带动着水池里的水，从二十四只龙头水斗里喷洒到屋顶，池水飞起来了，停歇到屋顶，撞击着屋顶的砖瓦，像洁白的碎玉一样飞溅到四面八方，又似一挂圆形的瀑布，把整个沉香亭笼罩在意趣盎然的水界里……

沉香亭的四周，那雍容华贵的牡丹花，被白雾似纱的碎玉笼罩，更显露了她们那倾城倾国的优雅，娇媚万千。她们身穿五颜六色的彩裙，朵朵楚楚动人，风情万种。不仅给人们灌注了一种气韵高尚的喜悦，同时也涤荡了人们的思绪。李隆基被眼前浸润的牡丹花震慑，心里升腾出一种怜爱的感情。

李隆基回过头，对身边随从说：“世间花的品种很多，朕就喜欢牡丹，雍容华贵、浓重大气，一进入人的视野，就有很强的震慑力，这点如同我大唐的性格。”

“皇上，你和贵妃现在可以到沉香亭里歇脚了。”高力士上前说。

李隆基牵着杨玉环白润丰盈的玉手，和众人慢慢地移步沉香亭。来到亭子里，他们在檐凳上坐下。此时的沉香亭里面和外面，简直是两个不同天地：亭内凉气习习，亭外酷夏难耐。李隆基问：

“这里好凉快，清凉如秋，简直是个凉殿，瞧这大热天的，把人都能晒化了，这下好了，咱们可以在此消夏纳凉了。”

“高公公，是谁想出这么好的点子？”杨玉环好奇地问高力士。

“没有谁，几个人聊天时，大家你一句我一句，就这么成了。”

“好！今天，朕可得好好奖励你们。”李隆基也一脸高兴，开着玩笑说。

“谢皇上。不知皇上要奖励我们什么？”亭外，一个嘴快的青年问。

“奖励什么呢？哦！让朕想想，周代成王有‘桐叶封地’之说，朕也不能食言，奖励你们每人一个‘金线油塔’吧。”李隆基沉思了片刻，风趣地说。

“不就是蒸饼嘛！那有什么好吃的？我妈都会做。”另一个小伙子不满地说。

“嘿！你可别这么说，‘金线油塔’和‘金线油塔’不一样，你妈做的‘金线油塔’不值钱，皇上给的那叫御赐。两者能比吗？”聪明的高力士赶紧替皇上解围，李隆基只是微微笑着。

“谢谢皇上御赐。”那六十个青年男子异口同声地说，他们依然转动着水中的大水车。

其实说穿了，这不就是今天空调的雏形吗？咱们今天空调制冷有压缩机，唐朝哪里有什么压缩机啊？它只能用水来降温，达到制冷的效果，可见，咱们祖先是多么聪明呀！在唐朝就开始设计制冷机器了。

玩笑虽然过瘾了，也得到了圆满的结果。可是李隆基还是颇多感慨：

“想朕的大唐子民还是很聪明的。怪不得各国的使节都前来我们大唐，原来是因为我们大唐有大发明啊！”李隆基想了一下，转过头问晁衡：“晁爱卿，你说说，他们用大水车降暑好不好？”

“好，好！长安城是臣日夜向往的文化古都，臣从奈良来，就是来学习大唐先进文化的。”

这个晁衡，来自日本，是位遣唐留学生，原名阿倍仲麻吕，久居长安，并且在大唐朝廷做了十多年的官，大家都习惯叫他晁衡，他的真名反倒被大家遗忘了。他和李白、王维的关系都不错，有次误听他亡，李白还伤心地作出《哭晁卿衡》：“日本晁卿辞帝都，征帆一片绕蓬壶。明月不归沉碧海，白云愁色满苍梧。”

王维也有《送秘书晁监还日本国》：

积水不可极，安知沧海东。
九州何处远，万里若乘空。
向国唯看日，归帆但信风。
鳌身映天黑，鱼眼射波红。
乡树扶桑外，主人孤岛中。
别离方异域，音信若为通。

面对晁衡这样一位日本人，李隆基一时虚荣心起，想显摆显摆，就问晁衡这样的话，晁衡自然知道皇上的意思，他也是从心底里敬畏大唐的文化，所以，他回答得很自然，李隆基的脸上浮现出一丝强者的微笑。

凝重的牡丹花衬托了大水车的张扬，张扬的大水车又彰显了牡丹的气韵。一天，兴庆宫牡丹盛开，花团锦簇，各色牡丹争奇斗艳。李隆基与杨玉环一起来到沉香亭前赏花。李龟年带着十六位弟子前来助兴，演唱他们新编的十六部新曲谱。

看到李龟年献上的曲目，李隆基说：

“今天赏花王牡丹，又有贵妃在，怎么能再用旧歌词呢？去速召翰林学士李太白进宫填新词，大家一同欢乐。”

李龟年没想到皇帝要演唱新曲，就赶紧带了手下两个人骑上枣红马直奔翰林院。到了翰林院，没看见李太白，听说他一早独自出去喝酒了。李龟年当然知道李太白最爱去的地方就是“金市”的胡姬酒肆。

“金市”，其实就是长安城的西市，因为按照五行金木水火土的方位，金居于西，故唐代人习惯管西市叫“金市”。“金市”是长安城里的主要商业区和经济活动中心，那里店铺很多：有大衣行、秤行、绢行、麸行、药行和鞦辔行等；有酒肆、帛肆、凶肆和衣肆等；有窦家店、饼团子店和油锭店等。另外，“金市”还是一个国际性的贸易市场，“金市”上陈列着来自各国的商品，那些商品琳琅满目，让人目不暇接，那里，还有各种肤色的游人穿梭其中。因为这里的许多店铺是来自中亚、南亚、东南亚以及高丽、新罗、百济和日本等各国各地区商人开的，尤其以中亚和波斯、大食的“胡商”经营的店铺最多，而李太白要去的就是来自胡地的胡姬酒肆。

胡姬酒肆，真可谓店如其名，有三处吸引人的地方：一是这里的姑娘们风姿绰约，服务态度很好；二是这里的舞蹈风情万般，舞姿惊艳妖娆；

三是这里的胡酒品种繁多，浓烈劲道。胡姬酒肆有三种著名的美酒：葡萄酒、三勒浆和龙膏酒等。

胡姬，即为来自胡地的女子，其中有许多远道而来的吐火罗姑娘或者粟特族的美丽女子，她们身上穿着装饰银带的五色绣罗宽袍和典型的西域才有的窄袖罗衫，头上戴着尖顶的帽子，帽子上缀着金银铃铛，脚上蹬着红棉靴，当她们转动的时候，铃声悦耳清脆，吸引前来喝酒的人们。面对这些异域而来的美丽女子，唐朝文人雅士更是趋之若鹜，他们纷纷前来，写下了许多赞美胡姬的诗歌。如贺朝的《赠酒店胡姬》：

胡姬春酒店，弦管夜锵锵。
红毾铺新月，貂裘坐薄霜。

王绩的《过酒家五首》：

洛阳无大宅，长安乏主人。
黄金销未尽，只为酒家贫。
此日长昏饮，非关养性灵。
眼看人尽醉，何忍独为醒。
竹叶连糟翠，蒲萄带曲红。
相逢不令尽，别后为谁空。
对酒但知饮，逢人莫强牵。
倚炉便得睡，横瓮足堪眠。
有客须教饮，无钱可别沽。

来时常道贳，惭愧酒家胡。

李白的《少年行》：

五陵年少金市东，银鞍白马度春风。
落花踏尽游何处，笑入胡姬酒肆中。

李白的《白鼻騧》：

银鞍白鼻騧，绿地障泥锦。
细雨春风花落时，挥鞭且就胡姬饮。

李白的《醉后赠王历阳》：

书秃千兔毫，诗裁两牛腰。
笔踪起龙虎，舞袖拂云霄。
双歌二胡姬，更奏远清朝。
举酒挑朔雪，从君不相饶。

李贺的《龙夜吟》：

鬈发胡儿眼睛绿，高楼夜静吹横竹。
一声似向天上来，月下美人望乡哭。

直排七点星藏指，暗合清风调宫徵。
蜀道秋深云满林，湘江半夜龙惊起。
玉堂美人边塞情，碧窗皓月愁中听，
寒砧能捣百尺练，粉泪凝珠滴红线。
胡儿莫作陇头吟，隔窗暗结愁人心。

张祜也作过一首《白鼻騧》：

为底胡姬酒，长来白鼻騧。
摘莲抛水上，郎意在浮花。
……

胡姬不但服务态度好，而且明眸皓齿、香艳醉人，自有一段风情；她们的舞姿节奏轻快明朗、婀娜绰约、传神勾魂，以至于招徕许多文人雅士，醉酒诗情，灵感迸发，因此胡姬酒肆里的买卖相当红火。胡姬，这些带有异国风韵的美丽女子，她们用琥珀杯或玛瑙杯为客人斟上名贵的美酒，在乐工的伴奏下，她们演唱具有西域风情的歌曲，或者表演当时盛行西域石国的柘枝舞（石国也叫柘枝）。胡姬酒肆其实就是大唐的一种异域文化，给大唐文化输入了鲜活的血液。这些温顺可人、金发碧眼的胡姬常使文人们心荡神迷，甘愿拜倒在她们的石榴裙下。此所谓“何处可为别，长安青绮门。胡姬招素手，延客醉金樽。”（李白《送裴十八图南归嵩山》）

话说李龟年骑着他的枣红马，刚到胡姬酒肆门前，就有伺者上前招呼，同时，给客人拴好马。李龟年等正要上楼，忽然听到二楼上有人高声放歌：

“三杯通大道，一斗合自然，但得酒中趣，勿为醒者传。”

李龟年一听，嘿！找对了，这不是李太白的声音吗？他忙上楼一看，果然是李太白，于是一拍大腿，便上前高声说：

“太白兄，你可让我好找啊！”

谁知此刻，酩酊大醉的李太白并没有答话，李龟年知道李太白又喝高了，顿了顿嗓子，故意高声喊道：

“奉旨立宣李学士沉香亭见驾。”

酒肆里一阵喧哗，胡姬更是挑逗地看着李太白，眼里充满留恋与惋惜。谁知，李太白酒不醉人人自醉，他瞥了李龟年一眼，顺手递过一只酒杯，口中念道：

“胡姬貌如花，当垆笑春风。笑春风，舞罗衣，君今不醉将安归。”

吟过之后，又拉出从前的诗：

“两人对坐山花开，一杯一杯复一杯。我醉欲眠卿且去，明朝有意抱琴来。”

说完趴在桌子上睡着了，李龟年自讨了个没趣。胡姬觉得这样不好，上前对李太白软语相劝，李龟年这才找到台阶下来，叫手下的随从抬着李太白下楼，用他的枣红马驮着李太白到兴庆宫。

李龟年扶着李太白进了沉香亭，李太白醉得一塌糊涂，放在长凳上，李太白就“哧溜”一声跌倒在地，卧地而眠，不能朝拜。李隆基看着李太白的样子，嘴上不高兴地说：

“这个家伙肯定又去胡姬酒肆喝酒了，浓酒加美人，灌得他情痴神迷，连个人形都没有了，给他拔几根醒酒草来。”

李隆基身边的一个小宫女匆匆忙忙地跑开了，其他的仆人都对李太白不满，站着不肯动，李隆基看出了他们的不满，就直截了当地说：

“你们知道朕为什么能这么容忍李太白吗？”

大家摇了摇头，李隆基说：“李太白可是咱们大唐的功臣呀！想想当年，一个小小的蕃国夜郎自大，无视咱们大唐的存在。有一次，他们突然遣使来到咱们大唐，不但没有携带任何进贡之物，而且连个最起码的尊重都没有，他们只带来一封国书。国书的文字‘非草非隶非篆，迹异形奇体变。便教子云难识，除非仓颉能辨。’当时，满朝文武没有一个能弄懂这封蕃书的内容，朕十分震怒：‘堂堂天朝，竟无人识得蕃书一字，岂不被人耻笑！’朕下旨：三天内若无人能够辨识蕃书，在朝官员一律罢职。

“没想到第二天，贺知章向朕举荐李太白入朝。李太白入朝后，手捧蕃书，宣诵如流。朕高兴呀！赶紧让李太白再用蕃文写一封回书。没想到这个家伙借着醉意竟然给朕提出‘苛刻’条件：让丞相李林甫为其磨墨，太尉高力士为其脱靴。朕还是给足了他的面子，满足了他的无理要求。他才欣然入座，手不停挥，顷刻间就用蕃文写就了一封诏书，同时用汉字另抄了一份副本交给朕看。那封文书，令蕃使大为叹服，不敢再小看咱们大唐了。李太白这个家伙平时看起来狂妄自大，关键时候，还是为我们大唐争得荣誉了啊！”说这话时，李隆基心里暗含着一份惋惜，却一点也不怪罪李太白。

这时，那个小宫女从兴庆池的南岸跑来，手里拿着刚掐来几根心红叶紫的小草（此草名叫醒酒草），放在李太白的鼻口让他闻一闻。一股沁人心脾的清香冲入李太白的鼻孔，他抽搐了一下鼻子，还是昏昏晕晕的，酒劲儿还是没有消散完，李太白挪了一下身子，转过身，依然呼呼地睡过去了。

大家都笑了，好像在看皇上的热闹。李隆基急了，让底下人在亭子里铺了条毛毯，扶李太白躺下，又让歌女念奴去端了盆冷水泼在李太白的脸上。

这个叫念奴的歌女，不但姿色出众，而且擅长歌唱。有一次，宫中设宴招待宾客，人声嘈杂，场面无法控制，众位乐人很生气，觉得这样太没意思，不想演唱了。李隆基让念奴出场演唱，并由二十五个吹小管的乐人为念奴伴奏。没想到念奴一出场，歌声嘹亮动人，音色优美异常，再加上小管的伴奏，歌声、笛声两相追逐，美妙绝伦，把个喧闹的环境清洗得沉静美妙。唐朝诗人元稹曾在《连昌宫词》诗中描写了此情此景："力士传呼觅念奴，念奴潜伴诸郎宿。须臾觅得又连催，特敕街中许然烛。春娇满眼睡红绡，掠削云鬟旋装束。飞上九天歌一声，二十五郎吹管逐。"

念奴除了擅长唱歌，她还有一项特殊的本领——黏人，她像是李隆基的跟屁虫一样，除了上朝之外，时刻不离李隆基左右。这对身为贵妃的杨玉环来说不是定时炸弹吗？念奴的黏人特质常常惹得杨玉环醋意翻飞，她多次私下警告念奴要离皇帝远点。然而，死心眼的念奴就是对李隆基的命令百依百顺，根本没把杨玉环的警告放在心里，照常和李隆基无拘无束地说说笑笑。真不知念奴是真傻还是装傻？

每逢梨园里执板唱曲的时候，念奴总是一双丹凤媚眼左顾右盼，迷离顿生，连自认为坐怀不乱的李隆基，都时常笑着警告周围人说："念奴这个女子，太过于妖丽，她眼色媚人，大家时刻小心为妙。"

别看身李隆基嘴上这么调侃念奴，其实，他的内心深处却时刻离不开念奴。不管到哪里休闲，李隆基都带着念奴这个贴心小女子。这次兴庆宫之行自然也不例外。这不，李隆基还没发布旨意，念奴就已经把李隆基想办的事情办好了。

其实，沉香亭本来就是一座舒适的凉殿，再加上一盆冰凉凉的清水，想那酒中仙游的李太白也该回来了。李太白迷迷糊糊地感到身上一阵凉意，他打了个激灵，醒了，看到李隆基站在自己旁边，连忙挣扎着跪下说：

“皇上，臣该万死。”

李隆基故意面带怒色地说：

“醒了，认得朕了？没把朕看成胡姬？”

周围的人哄堂大笑，李太白的脸红了，他不好意思地笑了：

“噢！”

李隆基叫李太白坐在长凳上，接过手下人送来的醒酒汤，他亲自用勺子调温后，喂李太白喝下，然后嗔怒地说：

“你这家伙，只要一见酒，就把什么都抛到九霄云外了，赶明儿朕把国家大事交给你，别人拿美酒一诱惑，你也给朕把国家大事抛到九霄云外了？”

李太白一听，心里一阵惭愧，他知道自己是性情中人，根本不顾忌官场上的规矩与俗套，如果纯粹凭科举制度中规定的政论考试，他李太白无论如何也比不过别人，他之所以能取得翰林学士的名分，凭的是科举考试中加试的诗赋。

现在，他高中了，进入“守选”阶段（即等待任用），兜里揣着国家的俸禄，却不能为国家尽职尽责。明面上是为体验民生，实际上是在赋闲，等待哪儿有了空缺前去任职，这种浪迹江湖、闲居社会的日子太难熬了，也不知道这个阶段是三年还是十几年。李太白报效国家的愿望不能实现，他只能在社会上奔波，或投亲访友，或供职军镇，或漫游江湖，或隐居田园。痛苦啊！无事可做的痛苦时时折磨着“天生我材必有用”的李太白，他只能舞文弄墨，写一些各种体裁的诗歌，为绚丽多姿的盛唐文学增添一些色彩。

见李太白半天没说话，李隆基又说：

“今天牡丹花盛开，品冠群芳。咱们来个牡丹之赏，龟年在场，贵妃也在场，朕知道你也是个性情中人，几位可以说都是诗词音律中的佼佼者，所以叫上你一同来乐和乐和。你倒好，一个人独自跑到胡姬酒肆喝个酩酊大醉。”

李太白听了，心里一阵惭愧，就说：

“填词这活儿说难也不难，只是想请皇上御赐好酒。”

李隆基一听李太白三句话不离酒，就有点儿不高兴：“刚才，好不容易把你弄醒，你又要喝酒，是不是存心违抗朕呢？”

李太白认真地说：

“皇上，你不知道，酒是个好东西，它是一种气氛、一种情趣、一种心境，可以“乘物而游”，并且“游乎四海之外”而“无何有之乡”。刘伶在《酒德颂》中说：‘有大人先生，以天地为一朝，万期为须臾，日月有扃牖，八荒为庭衢。’‘幕天席地，纵意所如。’‘兀然而醉，恍然而醒，静听不闻雷霆之声，孰视不睹泰山之形。不觉寒暑之切肌，嗜欲之感情。俯观万物，扰扰焉如江汉之载浮。’这就是酒的至高境界。酒是诗家的豪迈，是文人的空灵。酒能让人豪情满怀，酒能让人激发灵感，只有喝了酒才做得出好诗。”

李隆基听了，嘴上说着：

“屁话！”却转过头对高力士说：

“行了，高公公，你叫人去把西域刚进贡的三勒浆酒拿来，再把朕的七宝杯拿来，好酒配好杯，人间极品，我今天就要看你李太白能做出什么好诗来。”

高力士一听，面带难色了：西域进贡的三勒浆酒，是酒中极品，皇上还没品呢！怎么这么随便地就给李太白了呢？

李隆基看高力士半天不动，猜想他不愿意，就说：

“别那么小气了，虽然这酒和杯朕还没碰过，可朕不好这口，朕现在全给你了，你要再做不出好诗，朕可要治你的罪了。”

李太白听李隆基这么一说，惶恐不安起来，转眼一想，不就是作诗嘛，这能难倒我吗？只要真的能喝上皇上的一口好酒，别说一首，就是十首八首也非难事，这么一想，李太白感到心安理得了。

一会儿工夫，高力士就叫手下捧来了一小坛子酒，果然，那酒坛一看就不是中土的东西，它的外沿绘有镀金花纹，坛盖镶着一颗精致的夜明珠，珠子辉映着阳光，熠熠生辉。

李太白的眼睛立刻发光了，他贪婪地盯着那坛三勒浆酒。李隆基看出了李太白的心思，走上前，亲自给李太白斟了一小杯。

李白高兴地接过金樽美酒，真有知遇之感。抿了一口酒，他慢慢地咂摸着，西域的贡酒不像长安的醪醴（黄桂稠酒）那么汁稠醇香、绵甜可口；也不像虾蟆陵的郎宫清酒那么清亮透明、绵柔爽口；更不像郢州出产的富水酒那么芳香宜人、口味纯正；也不像乌程的若下酒、富平的石冻春酒、剑南的烧春酒、河东的乾和葡萄酒、岭南的灵溪酒和博罗酒、宜城的九醖酒、浔阳的湓水酒、河汉的勒酒、太原的葡萄酒、江南的江曲酒、京城的郎宫清酒、西市腔酒、新丰美酒等等的味道。这种三勒浆酒像个火气十足的青年一样，刚入口就感到刚劲，觉得有一股强大的冲劲直抵额头，在头顶里绕了个弯，火辣辣的，渐渐地，那三勒浆酒经过头颅里左拐右弯的长途跋涉，最后力气也消耗得差不多了，或者好像被驯服了，变得稳健起来了……烈、辣，刺激，带劲，有个性，李太白是个品酒专家，他喝了那么多的酒，却从来没喝过这么好的酒，就动情地直夸：

“天下的好酒我喝多了，还是皇上的酒好喝，皇上，请再赐臣一杯。”

李隆基虽然是位不太能喝酒的皇帝，但也能喝上几口，他看到李太白对自己的酒大加赞叹，心里自然高兴，可李太白没完没了地要求再喝，惹得李隆基又不愿意了，他白了李太白一眼，说：

“行了，喝三杯就够了，朕还没尝呢？”

李太白就闭口不言了。借着酒气，他立即提笔，在铺好的纯白细密的宣纸上龙飞凤舞起来……

清平调

其一

云想衣裳花想容，春风拂槛露华浓。

若非群玉山头见，会向瑶台月下逢。

其二

一枝红艳露凝香，云雨巫山枉断肠。

借问汉宫谁得似，可怜飞燕倚新妆。

其三

名花倾国两相欢，长得君王带笑看。

解释春风无限恨，沉香亭北倚阑干。

李太白成文搁笔之际，李隆基在旁读着李太白的这三首写牡丹的清平调，不时地冲周围的人点头，嘴上连声说：

“好！好！昔有‘书圣’王羲之醉时挥毫而作《兰亭序》，‘遒媚劲健，绝代所无’；今有李太白品御酒填词《清平调》，和声押韵，绽放出为气为魂的灵性，意境深远。刘勰在《文心雕龙》里说‘水含珠而生色，山蕴玉则生辉’，牡丹是天地间的花魂，从里到外洋溢着精微灵秀，神妙纯真，太白把牡丹花写成了绝色美人，又把绝色美人写成了牡丹花，如觉春风满纸，花光满眼，人面迷离，让人欲醉如仙，达到无我之境了。”

得到皇帝的夸奖，李太白自然很高兴，陶醉在自己诗词所营造的氛围里。

其实，善于描写牡丹的诗人并非只有李太白一个，白居易也是一位善于描写牡丹的诗人。他的《牡丹芳》写得也相当好。白诗云：

牡丹芳，牡丹芳，黄金蕊绽红玉房。

千片赤英霞烂烂，百枝绛点灯煌煌。

照地初开锦绣段，当风不结兰麝囊。

仙人琪树白无色，王母桃花小不香。

……

元和天子忧农桑，恤下动天天降祥。

去岁嘉禾生九穗，田中寂寞无人至。

今年瑞麦分两岐，君心独喜无人知。

无人知，可叹息。

我愿暂求造化力，减却牡丹妖艳色。

少回卿士爱花心，同似吾君忧稼穑。

白居易的牡丹诗，可谓想象丰富，夸张大胆，把诗写成了一幅工笔细腻的国画，把牡丹花的丰姿神韵尽情托出，我们强烈地感受到牡丹花的盛气凌人。相信有兴趣的读者一定还会找出很多写牡丹的诗歌比较一番，我们还是接着说咱们的故事吧！

李隆基看了李太白的牡丹诗，非常高兴，对李龟年说：

“龟年，你认为李太白写的是牡丹花呢还是朕的贵妃呢？”

李龟年远远地望着正在牡丹丛中嬉戏的杨贵妃，那可不是活动起来的牡丹仙子么？那么充满灵性，那么丰盈绰约，李龟年微笑着说：

“皇上，物我同一，妙不可言啊！”

听李龟年这么说，李隆基心里美滋滋的。就冲李太白这三首好诗，李隆基也要好好地享受一番，李隆基马上命令乐工们调试好乐器，催促李龟年赶紧演唱。

李龟年捧着李太白的新词开始演唱，李谟吹笛，花奴击羯鼓，贺怀智击方响，郑观音弹琵琶，张野狐吹觱篥。一场大型的音乐会就此拉开了序幕，众多的梨园弟子在李龟年的带领下进行了一场美妙的大合奏。

一时雅兴，李隆基也拿起玉笛吹奏起来……吹完一曲，他们还不满足，接着改变节奏，缓慢地再唱一次，这些曲子听起来特别柔婉动人。

沉香亭北，花在阑外，人倚阑干，杨玉环在云鬓上插上她最喜爱的牡丹花，手执牡丹花枝，优雅地比画着指法……

十五　滑稽大师

出生于西域名城凉州（今甘肃武威）的黄幡绰，是大唐皇家梨园弟子，擅奏拍板（绰板）。《乐府杂录》记载："拍板本无谱，明皇遣黄幡绰造谱。乃于纸上画两耳以进，上问其故对：'但有耳道则无失节奏也。'" 黄幡绰不但拍板打得好，而且语言诙谐，被当世人称"滑稽之雄"，黄幡绰善于弄"参军戏"，另外还有一个叫张野狐的人也善于弄"参军戏"。

那么，什么是参军戏？参军戏是中国古代戏曲的一种形式。据说"五胡乱华"时，后赵石勒时期，有一位叫周雅的官员因为贪污了几百匹黄绢入狱，为了教育其他人，每逢举行酒宴或者召开大会的时候，石勒就让伶人穿上用黄绢做成的官服，扮作周雅，让别的优伶从旁戏弄，参军戏由此得名。参军戏的内容以滑稽调笑为主。一般是两个角色，被戏弄者名参军，戏弄者叫苍鹘。黄幡绰是演参军戏的能手。

黄幡绰长相文雅潇洒，再加上性格幽默，善于语言调笑，真是谁见了都喜欢。他不但才艺出众，而且人品在盛唐时也是首屈一指。李隆基溺爱安禄山，黄幡绰就用滑稽风趣的语言，谏劝李隆基不要轻信安禄山，应该疼爱自己的儿子（唐肃宗）；李隆基喜欢打马球，黄幡绰就提醒李隆基都老大不小了，更得注意安全，不要总是在马上打球，以免摔坏了身子……黄幡绰入宫30多年，以自己的善良与机巧深得李隆基的赏识和信任。他们君臣可以说如胶似漆，李隆基一日不见黄幡绰，龙颜就为之不悦。

说起黄幡绰这个人，不由得让人想起另一件事。唐朝以前，把喷嚏叫错喉。饮食在喉咙里没有进食道而进了气管，进错了地方，阻塞了气管被气流挤出来了，这个过程就叫错喉。

我们都知道李隆基这个人和自己的兄弟处得非常好，他们经常互相拜访，一起进餐。有一次，李隆基到哥哥宁王李宪（李成器）府上赴宴，饭桌上，俩人是越聊越投机，李宪一不小心，饭粒进了气管，他觉得鼻腔喉间很不舒服，不由得打了个“错喉”，把饭粒喷到皇帝弟弟李隆基的脸上。李宪知道自己闯祸了，他赶忙向皇帝弟弟表示歉意，说：

“皇上，臣刚才在你面前打错喉，真是罪过。”

李隆基因为忙着擦脸上的饭粒，半天没说话，这下，融洽的气氛变得紧张起来了。陪在下面的梨园弟子黄幡绰也十分紧张，因为在皇帝面前“错喉”是逆龙鳞的事情，是一种不敬的行为，黄幡绰唯恐李隆基发脾气怪罪宁王。黄幡绰赶忙插嘴说：

“刚才宁王不是错喉，是喷帝！”

这时，李隆基已经将脸上的饭粒擦干净了，听了黄幡绰这么一句幽默的话，李隆基自己乐了：

“没关系的，刚才我光顾着擦脸了，没在意大家的感受，真对不住呀！”

李隆基一句理解的话，消除了全场人的担忧，紧张的气氛总算缓和下来，他们依然继续讨论着刚才未竟的话题。饭后，李隆基还赠诗一首《过大哥宅探得歌字韵》：

鲁卫情先重，亲贤爱转多。
冕旒丰暇日，乘景暂经过。
戚里申高宴，平台奏雅歌。
复寻为善乐，方验保山河。

看到哥俩如此和乐，大家这才放心了。后来，“喷嚏”一词，就是由“喷帝”演变而来的。当然，这个故事最早见于明代李诩所编《戒庵老人漫笔》一书。

黄幡绰就是这么一位善于化干戈为玉帛的人，他走在哪儿，哪儿的矛盾纷争就会很快消除，难怪李隆基这么喜欢他。一天，兴庆宫苑，垂柳依依，牡丹成片，湖面波光粼粼，画舫游弋，笙歌曼舞。浪漫的李隆基，随口诵出沈佺期《龙池篇》：“龙池跃龙龙已飞，龙德先天天不违。”既然这里有龙，就一定有龙宫，若自己幻作一尾金色的小鱼，无拘无束地畅游在湖中该多好，或者，进那龙宫转上一圈，不也是人生一大快事？

“幡绰，你看这池中的景致如何？你不如入水，给朕感受一下。”

皇帝有了奇思妙想，做臣子的总是要用代价来为皇帝买单。既然李隆基开了金口，做臣子的哪有拒绝的道理？黄幡绰明知不能下水，可皇帝要戏弄臣子，臣子有苦给谁说呢？他二话没说，扑通跳入水中。半天不见人影，李隆基这才醒悟了，知道自己发神经了，他连忙向水中呼唤黄幡绰。

过了好一会儿，黄幡绰才从龙池里钻了出来，李隆基一见，高兴极了，问黄幡绰在水里感觉怎么样。

黄幡绰装作嘻嘻哈哈地说：

“没事，就是方才臣在水里见到屈原了！”

没想到这句话比李隆基还浪漫，这又勾起了李隆基的文艺细胞，他连忙问：“屈原和你说话了吗？他说什么了？”

“他说，他是因为楚怀王无道才投水自杀的，他问臣为什么也来到水里？”

李隆基听到这里，老脸就挂不住了，刷地红了。他觉察到自己让黄幡绰入水是不对的，连忙向他道歉，并赐给黄幡绰很多财物作为补偿。

这就是李隆基，一位知错就改的好皇帝，一位具有浪漫梦想的皇帝。

大凡做皇帝的心中都有一个梦想，一个封禅的大梦想。封禅，就是“祭天祭地”，这是古代帝王在太平盛世或天降祥瑞之时祭祀天地的大型典礼。传说远古及夏商周三代，已有封禅之说，封禅的地点一般选在泰山。为什么呢？

自古有“泰山安，四海皆安”的说法。泰山雄伟壮观，景色秀丽。中国古代神话传说中，盘古死后，头部化为东岳泰山。腹部化为中岳嵩山，左臂化为南岳衡山，右臂化为北岳恒山，两脚化为西岳华山，眼睛化为日月，毛发化为草木，汗水化为江河。因为盘古开天辟地，造就了世界，后人尊其为人类祖先。所以，古人认为群山中，五岳之首的泰山被称为至高无上的“天下第一山”，因此，人间的帝王应该到泰山去祭天帝，这才算受命于天。

统一天下的秦始皇在泰山封过禅；雄才大略的汉武帝在泰山封过禅；

宅心仁厚的唐高宗李治在泰山封过禅；巾帼不让须眉的武则天在泰山封过禅；现在开元盛世的李隆基在张说为首的朝中大臣的上书力请下，也要去泰山封禅了。

开元十三年（725年）十月，李隆基根据古代“功成事立，致治太平，乃升泰山而封禅”的传统，决定封禅泰山。

李隆基千人马队从东都洛阳出发，浩浩荡荡地前往泰山进行封禅仪式。其随从的文武百官、皇亲贵戚、外邦客使及辇载供具等几百里连绵不绝。也许，真是选错了时间，或者是李隆基不能顺应天时治理天下，当大队人马来到泰山西侧的时候，突然东北风大起，飞沙走石。这可不是什么好瑞兆，随行官员们诚惶诚恐，乱作一团。

封禅使张说看到此情况，急忙打圆场说：

“大家不要慌张，皇上是天子，如今御驾出宫，定会惊天动地，这是东海之神来接皇上封禅的。”

嘿！说来真怪！没想到张说话音刚落，一下子风和日丽了。他们一行人来到泰山脚下，李隆基斋戒沐浴的晚上，天气再度变坏，又是狂风大作，寒气彻骨。李隆基的心里开始不安了，他停止饮食，肃立夜露之下，直至夜半。他虔诚地向苍天祷告：

“朕自即帝位，深得苍天庇佑，国家昌盛，万民安泰。朕此次登封泰山，本着为万民祈福之心封禅，无他奢望。若朕有过，不配封禅，请上天只惩罚朕本人；若随臣无福封禅，亦请上天降罪于朕，只是随臣与马匹难耐寒风，请苍天暂停风寒吧。”

虔诚的心总会得到好的回报，也许是李隆基的祈祷感动天地，风静树止，山间的气温很快随之转暖。十一月七日，他们顺利地到达泰山，举行封禅活动。

这天，李隆基从泰山南麓登封泰山，在岱顶筑坛，祀昊天上帝。然后又积柴为燎坛于圆台之东南。李隆基召礼部侍郎贺知章讲解仪典，贺知章说：

“昊天上帝君也，五方精帝臣也。陛下享君于上，群臣祭臣于下，可谓变礼之中。”

李隆基取出玉牒要给大家看，贺知章制止了，李隆基问道：

“为何不让人看玉牒？”

贺知章说：

“玉牒是陛下通天的密函，别人不能窥视。”

李隆基想了一下说：

“朕今为民祈福，没有什么秘密。”

李隆基随即把玉牒给大家展示，大家一片赞叹。接着，李隆基开始在泰山顶峰祭祀昊天上帝，之后，他亲笔书写铭文《纪泰山铭》，以赞扬泰山的巍峨磅礴，感慨自己的渺小。几百年后的今天，当我们再度登临泰山顶上时，当年李隆基的《纪泰山铭》碑文仍然耸立在那里。其雅驯的文辞、遒逸的隶书、金光夺目的碑刻，在泰山的石刻中算得上最引人瞩目，它已经成为我们十分珍稀、瑰丽的国宝。

其实，作为盛唐皇帝的李隆基，不但是一位音乐皇帝，他还是一位书法大师呢！李隆基尤其善写八分体（隶书体的两种形态之一，两种形态分别是汉隶和八分）。开元十一年（公元723年），僧一行制成黄道游仪，李隆基亲自撰写铭文，用金字八分书写在轮上，当时观看的人没有不叹服的。李隆基亲手书写的《庆唐观纪圣铭》，还经朵云轩收入《唐人隶书小字帖》，迄今仍被书法界赞为挺拔、劲秀，疏密得体。除八分体外，李隆基的行书、楷书也写得比较好，传世的碑刻还有《石台孝经》，楷书有《赐虞正道勅》，行书有《盖州刺史张敬忠勅书》与墨迹《鹡鸰颂》等。至今藏于西安碑林的隶书巨碑有《孝经》，内容为《孝经》并附注，碑石坚细，至今仍然光莹如漆。李隆基的书法遒婉圆熟，柔而有骨，为唐代稀世之珍。此外，李隆基在绘画和雕塑方面亦造诣颇深。

当时，同去泰山的文武百官，他们大多在泰山下的神坛祭祀五帝以及诸神。第二天，封禅完成后，李隆基下诏大赦天下，加封“泰山之神”为“天齐王”。

举行封禅大典后的第二年，李隆基诏命中书令张说撰《封祀坛颂》、侍中源乾曜撰《社首坛颂》、礼部尚书苏颋撰《朝觐坛颂》。其碑文内容主要是颂扬泰山，宣扬唐代历朝帝王的功绩，及其封禅泰山的经过。

在李隆基去泰山前，他让封禅使张说首先前往泰安修庙铺路。张说这个人，你别看他高高在上，还是有私心的，他把修庙铺路的任务交给自家姑爷郑镒办理，郑镒当时还是个九品小官，俸禄少得可怜，妻儿的生活比较清苦。郑镒好不容易从老丈人手中拿到了这个大项目，可不得狠狠地捞上一笔，发个横财，摆脱贫穷。于是，郑镒就开始偷工减料了，他将碧霞祠的面积缩小很多，把铁墙改为砖墙，金瓦换为铜瓦，省下银两自然揣进自己的腰包。不管怎么说，皇帝能封禅当然是好事呀！封禅后，朝中三公（太尉、司徒、司空）以下的官员都要晋升一级。

李隆基当然不是工程的监理，他自然不知道郑镒的作为，他只会看到工程表面的恢宏，他根本不懂什么豆腐渣工程，反正他就去泰山一次而已。郑镒不但在工程上捞了一把，他还依仗岳父权势，由九品官擢升为五品，绿衫改成红袍，为此，他在家里摆宴庆贺。李隆基听了感到奇怪，问郑镒：

“封禅以后别人都升了一级，你为何连升四级呢？”

郑镒回答不上来，愣愣地站着，黄幡绰看见了，上前笑着说：

“此乃泰山之力也！”

一语双关，意思是郑镒官位的腾越，还不是皇上你在泰山祭祀天地的力量吗？另一方面，暗指郑镒靠他岳父张说的力量。这样，黄幡绰既指出了封禅的后果，又替郑镒解了围。从此，人们把岳父称为泰山。

由此可见，滑稽大王黄幡绰不光能给皇帝带来精神的愉悦，还能通过滑稽的语言把别人不敢说的危机说给皇帝，既不伤大臣，又规劝了皇帝，这不是两全其美的事情吗？

黄幡绰不但善于讲真话，作为优秀的梨园弟子，他的耳音还很准，能听出音乐旋律中的内在含义，从而判断演奏者的情绪变化。一天，李隆基召黄幡绰上殿伴驾，恰巧黄幡绰有事不在。李隆基大为恼火，命令值班的武士立即去把黄幡绰给他抓来，还像模像样地准备了皮鞭，李隆基要狠狠教训黄幡绰一顿。谁知，武士们刚出殿门，就看见黄幡绰回来了。他们赶紧给黄幡绰使眼色，黄幡绰侧耳一听，殿堂上传出李隆基击打龟兹乐器羯鼓的声音，鼓声咚咚，急促激愤，紧迫中透出一股“杀气”。黄幡绰心中一惊，听出击鼓人正在火头上，急忙让带队武士暂时不要报告。

片刻，鼓声徐缓多了，但仍含有杀气。李隆基板着脸问道：

“黄幡绰那个家伙还没有来？”

黄幡绰连连摆手，向殿上的人示意，叫他们不要说。直到李隆基一曲奏完，换奏一首新鼓曲时，黄幡绰听出鼓音完全平和下来了，他才从容地走上前去。

李隆基问道：

“朕刚才找你不见，你去哪儿了？”

黄幡绰如实回答说：

“我家中有个远方的亲戚来看我，我送他到郊外，不知圣上叫我，故此来迟了，望圣上恕罪。”

李隆基一面打鼓，一面点点头。等鼓曲奏完，他放下鼓槌，对黄幡绰说：

“你回来的时候，我的气已经消得差不多了。如果在我发怒时回来，你的皮肉就要开花了。念你入宫侍奉多日，偶然一次外出，姑且饶恕你吧！”

宫里的人都为黄幡绰捏一把汗，同时也十分佩服他“听音避祸”的才能。

李隆基有一位安西牙将叫刘文树，口才很好，尤其善于向皇上进言或回答皇上的问话，李隆基多次称赞他。可惜人无完人，这位刘文树实在长得丑，胡须生满下巴颏的下边，相貌有点像猴子。这还不够，刘文树还好动，经常在朝堂上上蹿下跳，惹得李隆基心烦意乱。再说了，刘文树老这样不安宁也有失大国形象，李隆基又不能明说人家刘文树长得丑和性格闹腾，他常常为此闷闷不乐。

一天，李隆基把规劝的任务交给了黄幡绰，刘文树知道黄幡绰肯定会捉弄他，他也明白自己这样不好，可长期养成的习惯，一时半会儿还真改不了。刘文树就暗中贿赂黄幡绰，不准黄幡绰在朝堂之上嘲笑他的长相。黄幡绰自然满口答应了，可皇上那边还得交代呀！

一次在朝堂上，李隆基暗示黄幡绰捉弄刘文树，黄幡绰就故意凑到刘文树面前，上看下看左看右看。刘文树一想：坏了，黄幡绰这个家伙要捉弄我了。可是刘文树已经买通了黄幡绰，所以，刘文树一点也不怕，把个猴脸儿伸给黄幡绰：看吧！看你能看出个花？我才不怕你看呢！黄幡绰装模作样地看了半天，这才转身，诙谐地对李隆基说：

“可怜好个刘文树，髭须共颏颐别住。文树面孔不似猢狲，猢狲面孔强似文树。”

这分明是把猿猴改为猢狲，并说猢狲面孔比文树面孔好。这不明摆着欺负人嘛！

李隆基听了哈哈大笑，朝堂上的官员也都哄堂大笑，刘文树的鼻子气得都歪了！

十六　永新止喧

许永新，原名许和子，吉州（今江西吉安市）永新县人。开元末年，这位爱唱歌的女孩被选入宫中，入宜春院做内人，故时人又以籍贯称她许永新。

吉州自古是一个多庠序与学宫的地方，庠序相望，弦诵相闻。山间茅屋、溪畔林壑，往往能听到琅琅的书声。那里的人家普遍家藏诗书，村民几乎个个气度儒雅、表贤显善。在这种浓厚的文化氛围里，人们自然熏出了墨香的味道。据段安节《乐府杂录》中记载，许永新出身于音乐家庭，从小受到良好的音乐熏陶，对音乐的感悟比别人强了许多倍。十几岁时，许永新练就了一副江南婉转甜美的好嗓音。

也许是长期被江南水乡滋养的缘故，许永新浑身灵气通透，内心清澈得像见底的山泉一样，她明眸善睐，优美的舞姿像翠鸟在山涧林壑跳跃，她那樱桃小嘴一开，柔声软语像水中的气泡一样晶莹，又瞬间变成柔软的羽毛，刷拂人的心灵，熨帖心脾。

《乐府杂录》中评价许永新的歌声，说她可以与“余音绕梁，三日不绝”的韩娥相媲美，她“每为新声变曲，闻者莫不感动”。也有人把许永新的歌声和武帝前歌唱《佳人曲》的李延年相提并论，当时的人们形容许永新的声音“喉啭一声，响传九陌”。

许永新这位歌唱家还有别人没有的能力：她很会科学地用嗓子。她懂得一位演唱家在演唱时，不但要倾入自己的全部感情，而且要掌握演唱技巧，这样才能声音饱满。许永新的音域非常宽广，甚至能超出乐器达到的高度，有时连乐队也压不过她的声音。她能把演唱技巧发挥得淋漓尽致。其实，许永新在保护嗓子方面有自己的一套：据说是因为长期食用家乡的土特产橙皮和蜜糖落苏，才使得歌喉格外清亮、浑洪。相传一次贵妃娘娘头昏，好心的许永新知道后，就主动献上家乡的酱姜。没想到贵妃娘娘贴用后，头昏顿消。这件事一下轰动京城长安。当李隆基问到还有什么宝贝的时候，徐永新把自己家乡的橙皮、蜜糖落苏和酱萝卜献给了皇帝，李隆基看到那鲤鱼、蝴蝶、花朵等图案的橙皮时，惊呆了：深咖啡色的蜜糖落苏清亮透明，感观诱人；边色翠绿的橙皮，脯如白玉，香气清幽；焦糖色的酱姜，红里透黄，质厚肉丰；还有那深褐色的酱萝卜，带着天成的斑纹，定是菜肴中的佳品。这哪里还是土特产啊？分明是一件件工艺品嘛！李隆基拿在手里把玩半天都舍不得把这些游动的小鲤鱼、飞舞的蝴蝶和美丽的花朵吃下去，生怕荼毒了生灵，遭到怪罪。他给许永新献上的四大土特产——橙皮、酱姜、蜜糖落苏和酱萝卜赐名为“和子四珍”。

此后，这位爱好艺术的皇帝，闲暇之际，总是抽空到梨园来，寻找他的艺术品。在皇宫梨园里，面对如此美女，光是看上一眼都是享受，更别说相伴而歌了。李隆基总愿意和许永新和上一曲，陶醉在音乐的梦幻里，将自己酣畅淋漓的感情抒发在歌声里。李隆基不但自己给许永新伴奏，合作演奏了一些美妙的新曲，他还让宫廷音乐家李谟吹笛为许永新伴奏，自己做那局外的神仙，闭上眼睛，享受音乐的魅力。然而，李谟虽然是吹笛的高手，可终究赶不上李隆基的高度。刚开始时，李谟的笛音和许永新的歌声配合自如，默契和鸣。随着曲子的婉转高昂，许永新的歌声犹如在清泉里淘洗了数次之后，抖掉了世间的轻尘，出水时已经清醇脱俗。李谟的笛音却还如原先泥竹俗孔进出，浑身甩不掉泥腥味，即使他想尽全力赶上许永新的清扬，可是他的笛声还是浊音不断。李谟开始尝试各种技艺，吃力地吹奏，可他的笛音还是非常艰涩，甚或是一声刺耳的尖锐，莫名其妙地高出了许永新的乐音半截之后又走向平缓，和鸣着许永新的歌声。总之，李谟一直试图努力地追赶着许永新的歌声，可是，没想到的是在他们相和到曲终时，李谟的笛身竟然爆裂。面对愕然的李谟，李隆基大笑不已，因为他能听懂整个和音的过程，自然对李谟破笛不感到意外，他笑李谟的笛音中掺杂了太多的个人情感，就是这些情感把笛音变得低俗，才使得笛音浊气太重，如果不提高自身的修养，李谟就永远也赶不上永新歌声的清新醇美。李隆基的评价可谓中肯，真是一语道破天机。

李谟听了皇上的评价，很不好意思，想自己终究脱离不了尘埃俗世，忘不了功名利禄，何来神仙的逍遥啊？看来笛音即人音，如果不提高自身的修为，哪里又能吹出笛音的高度呢？想到这些，李谟在皇上李隆基面前变得异常谦虚起来。李隆基虽然嘴上这么指责李谟，然而还是嘉奖了李谟和许永新许多丝绢财物，并对左右说："此女歌直千金。"《开元天宝遗事》也记载了许永新的歌声"丝竹之声莫能遏"，就是说任何乐器也盖不过许永新的歌声，这句话把许永新的演唱特点表达得很到位。

这么一位浊气尽退、清气上扬的女歌唱家许永新，自然赢得了梨园弟子的尊重，也赢得了长安百姓的喜爱。史书记载这么一件事：有一年中秋节晚上，李隆基于兴庆宫的勤政楼上大宴宾客。这天晚上，银白色的月光笼罩着整个长安城，一切变得素白无瑕。勤政楼前那一处色彩炫目的戏台之上，灯火袅袅，丝竹绵绵。

那晚，京城里外，达官贵人，平民百姓，携亲邀友，结伴而行，都聚集到装扮得姹紫嫣红的勤政楼前去看热闹。

中秋佳节，寻常百姓的家里早早地摆上供桌，放上三盘献果，再将刚刚烙好的面饼放在供桌前，对着月出方向祭祀。祭祀的主妇嘴里还说："月亮婆婆快尝气，娃娃要尝味。"大街小巷的娃娃早已等不及月亮婆婆尝完仙气，就揣上几块小胡饼三五成群地赶到兴庆宫勤政楼前看表演了。

不一会儿，勤政楼前就涌来了成千上万的百姓，热闹非凡。评戏声、吵闹声和走动声，各种声音混杂在一起，汇成一股声音的波流震动着整个戏院，把戏台上那轻柔飘逸的舞蹈、滑稽诙谐的百戏全都给压降下去了。

维持治安的金吾将士将手中的白棒拼命地挥舞，好不容易才挥出片刻的安静，瞬间又变成喧闹的热风，呼啦啦地吵乱了百姓的耳朵，犹如海啸将整个戏场淹没。

面对百姓如此高昂的热情，李隆基起初还十分得意，慢慢地，他的脸色就变得难看起来了：今天来的百姓实在太多了，他们的声音实在太吵了，连扯着大嗓门大吼的秦腔大戏都没法看了。唉！趁着节庆，好不容易才盼到这样唱戏歌舞的机会，本来是想与民同欢一次，没想到却是这样不尽人意，戏简直没法继续往下看，他颓然地要罢宴回宫。

高力士看着黑压压的人群，再看李隆基吊拉着脸，他也为难了，想了一下，就对李隆基说：

“皇上，看今天的阵势，估计一时半会儿场子安静不下来，咱不如让‘歌妃’许永新出场演唱，只要许永新站在台上这么高声一唱，或许能压住嘈杂的人声。”

“对啊！朕怎么把永新给忘了呢？还是高公公想得周到。”

无可奈何的李隆基只好同意高力士的主意，不一会儿，在千万观众的嘈杂声中，天生丽质、聪慧无比的许永新赶紧出来解围。

许永新听到高力士派人给她说的这件事，她很明白皇帝对自己的信任，也很感动皇帝对自己的了解。她一定要把台下嘈杂的声音镇下了。

想到这些，许永新举步提袂，缓缓登上戏台，经过一番感情的酝酿，她启动朱唇，将生动活泼的江南民歌融会在庄重典雅的宫廷歌调里。瞧那姿态，“不妆艳已绝，无风香自远”；瞧那声音，如鸟鸣于林间般悠扬婉转，似泉响山涧般清脆悦耳，在“喜者闻之气勇，愁者闻之肠绝”的意境中，千万观众顿时被许永新超逸的美妙震撼了。全场顿时鸦雀无声，大家沉浸在江南水乡的美妙意境之中，“至是广场寂寂若无一人”，仿佛整个世界都沉浸在天籁之中。

未等许永新唱完，场子里掌声大作，人群欢呼，将这场表演推向了高潮，把李隆基与民同乐的本意酣畅淋漓地表达出来，收到了前所未有的舞台效果。李隆基没想到娇小的许永新还有如此大的能耐，他龙颜大悦，当即赏赐给许永新许多丝绸和珠宝。从此，“永新止喧”的美名，传遍京城南北。

这次勤政楼看戏，唐代诗人贾至有诗《勤政楼观乐》为证：

银河帝女下三清，紫禁笙歌出九城。
为报延州来听乐，须知天下欲升平。

十七　何满哀歌

燕赵多佳人，美者颜如玉。
被服罗裳衣，当户理清曲。
音响一何悲！弦急知柱促。
驰情整巾带，沉吟聊踯躅。
思为双飞燕，衔泥巢君屋。

这是《古诗十九首》里的诗句。燕赵，在今天指山西、河北和北京等地。自古燕赵多美女，如：秦相吕不韦的媳妇赵姬，就是邯郸的豪家之女；为西汉创立文景之治的窦漪房窦太后，是清河郡观津（今河北省武邑县观津村）人；汉武帝的赵捷妤，为河北河间人；汉武帝的李夫人为河北中山人；汉乐府名篇《陌上桑》中的罗敷，是河北省邯郸县姜窑村人；曹丕的皇后甄宓（fú），是中山无极（今河北省无极县）人；曹丕的妃子薛灵芸，是常山真定（今河北正定县）人……

秉承燕赵文化慷慨悲歌的内涵，无论是燕国的“荆轲刺秦王”，还是赵国的“赵氏孤儿”，都向我们展示出了燕赵文化的精神特点。或许正是上述原因，燕赵地区对女子的约束并不严厉，这里的女子也就有不同寻常的表现：她们擅长修饰自己的容貌，平日里携带鸣琴，穿长袖舞衣，脚穿轻便的舞鞋为富家表演歌舞。凡是富贵人家，或者各国君王的后宫，不论距离有多远，都能在那里找到她们。所谓“目挑心招，游媚贵富，出不远千里，不择老少”（引自《史记·货殖列传》）。她们的行迹遍布列国、倾绝诸侯，久负盛名。

地处河北东南部的沧海之州，芦苇迎风，摇曳多姿。一双白鸟，傍水而立。夕阳里，走来了一位美丽的姑娘，她年方十六，姿容美艳，柔发桃腮。她娇柔柳腰，像风中的柳条舒展飘曳，似带雨的梨花妩媚娇艳。她，就是何满子。

开元年间，何满子以婉转歌喉和高超舞技被选入长安的皇家梨园。何满子擅长跳踮屣舞，她穿上独特的无跟小鞋，轻轻踮起脚跟，脚尖挪动着优美的舞步，她甩出的丝绸水袖有几十尺长，长袖化风，风色斑斓，那美妙婀娜如此醉人。因为独特才更显得珍贵，何满子一进梨园，就引起了梨园的特别关注，梨园的兄弟姐妹们在生活上给了她许多关照。何满子承载着众多兄弟姐妹们的关爱，承载着皇帝李隆基的宠爱，可是她并不快乐，也许是燕赵积淀下来的厚重文化影响，也许是怀春女子被迫与钟情的男子天各一方……京城长安，这个太豪华奢侈的地方竟然不适合何满子的生存，长安的热闹并没有感染她，梨园的激烈竞技也没有影响她，皇宫的富丽华贵也没有污染她……

远离亲人和家乡的伤感像毒蛇一样时时缠绕着她、吞噬着她、折磨着她，尤其在夜深人静的时候，何满子睡不惯长安喧闹的月色，闻不惯长安温润的空气，吃不惯长安丰盛的佳肴，听不懂长安高亢的秦音……她把长安男人的粗犷吼叫当作野兽的争斗，把长安女人的秀美娇羞当作思想的浅薄，把长安肤色各异的人群当作魔鬼的狰狞……这可了不得了，何满子开始变得抑郁起来，她融不进长安的生活里，可是她的歌唱得实在是好，舞跳得实在是好，大家还是包容了她的忧郁。她带着自己的忧郁，在宫中为皇帝唱歌二十余年。

我们知道一个人如果长期忧郁，就会有情绪失控的时候，在行为上表现出乖张的一面。期间，梨园姐妹也倾尽她们的帮助：如知冷知热的念奴会在菠菜泛青时，亲自给何满子做自己最拿手的菠菜麦饭；杨玉环在荔枝逢鲜时，总会特意赐给何满子一盘甜润的荔枝……大家虽然对她的忧郁也习惯了，但是，何满子自己失控的行为却给她带来了不可宽恕的罪过。记得有一次，皇帝李隆基宴请一些各国使节，吐蕃的使节听说宫中有一位赵女何满子，歌声特别优美，跕屣舞也跳得婀娜，出于强烈的好奇心理，他请求皇上李隆基让何满子为使节歌舞一曲。

面对远道而来的客人请求，身为大国领袖的李隆基自当有大国的风范了，他立即吩咐太常寺官员让梨园弟子何满子前来乐舞助兴。一看到如此秀颀俊美的女子，吐蕃使节的两只眼睛僵直了，他贪婪地死死盯着旋舞的何满子。他弯下腰，甚至不由自主地伸出手企图撩起何满子的舞裙，研究起脚尖着地的跕屣舞之奥妙，就是他这样一个轻浮的举动，招来了幽怨的何满子强烈不满，她唱着唱着，舞袖长甩，舞步飞转，情悲恨深，目含愤怒，口中唱出荆轲刺秦王的慷慨悲歌……在座的宾客们各个目瞪口呆，李隆基更是惊愕不已。

李隆基目含愠怒，想自己也算是个怜香惜玉之人，欣赏何满子的才华才招她前来。朕平时对她并不薄，她竟然像个怨妇一样不分场合地诉说自己的苦难，甚至对朕的朝堂大放厥词……难道朕的皇家梨园就这么悲苦？难道朕的皇家梨园就这么糟践艺人？平时她何满子私下议论朕，朕不和她一般计较，可是现在，她在各国使节面前毫不留情地数落朕的罪行，仿佛朕是个恶魔，把朕的皇家梨园说成是人间魔窟，还企图对朕行凶？这些可都是原则问题，朕怎么可以原谅你呢？朕就算有心保你，可朝中的大臣也不愿啊！大唐的法度不容啊！得了，拉出去斩了。犹如一个惊雷乍裂，惊吓了整个皇家梨园，梨园里立刻炸锅了：皇上要处死何满子了！

一时间，梨园的每个角落都传递着同样的信息，连花儿草儿也着急了，拼了命地召唤着皇帝的到来，梨园魁首李龟年更是带着众弟子前去求情，杨玉环也替何满子在李隆基的耳边吹着和顺的暖风，善良的念奴也温言相劝，希望李隆基收回命令，然而，李隆基这回是真的发怒了，他心里憋屈得慌，觉得何满子这个女子太不仗义了，辜负了自己这么多年的关爱与栽培。

唉！可怜的何满子，单纯的傻歌女，她犹如一个超俗的世外仙子，太不谙世事了，当时，她光注重自己的心理感受，她根本不考虑皇帝李隆基的感受，不考虑大唐的国际影响。她觉得自己生活在深宫里生不如死，与其这么悲苦地生活，还不如死了干脆，她宁可求死。

事后，何满子也明白事态的严重，任何人也帮不了她。醒悟晚了的何满子这才想到了皇上李隆基的好处，想到了自己的自私，她明白了人不能光为了自己活着，自己一介小民，不念及皇上的恩情也罢，还在国际使节面前情绪失控，做出出格的事情，虽然皇帝想帮她，但是皇帝也是个人，他也有很多身不由己的时候。

怀着一颗内疚的心，临刑前，何满子想最后再给皇上唱一首她亲自创作的歌，感念皇上二十多年的恩情。何满子的断肠乐曲《何满子》，虽然唱得肝肠寸断，遗憾的是皇帝李隆基并没有在场。

听闻此事，大诗人白居易曾作《何满子》诗一首：

世传满子是人名，临就刑时曲始成。
一曲四词歌八叠，从头便是断肠声。

和白居易以“元白”并称的元稹元微之也作《何满子歌》云：

何满能歌能宛转，天宝年中世称罕。
婴刑系在囹圄间，水调哀音歌愤懑。
梨园弟子奏元宗，一唱承恩羁网缓。
便将何满为曲名，御府亲题乐府纂。

虽然，寸断肝肠的词曲《何满子》没有挽回何满子的生命，但是，它却开创了断肠歌曲的先例，被后世那些同是天涯沦落的失意文人极力推崇。何满子也像一朵奇特的忧郁之花，把那些独上高楼的女子的全部情感尽情地绽放了。歌曲《何满子》倾注了何满子的所有感情，听着为之动容，大家纷纷传唱。唐朝段安节撰写的《乐府杂录》中记载：灵武刺史李灵耀一天设酒宴客，一位姓骆的客人演唱《何满子》，大家都称赞其演唱绝妙。席间一位姓白的秀才说：“我家有一歌伎，也会唱此曲，但音调不同。”他们就把这个歌伎招来令其演唱，其发音清越，实非寻常之音。骆问曰：“你莫不是宫中胡二子?”歌伎也问道：“君莫非梨园骆供奉?”原来两人同是明皇时梨园旧友，惊喜之下，百感交集，同叹李隆基时梨园的知遇，如今漂泊为生，不免相对而泣。

特别是到了大唐第十四代皇帝唐文宗李昂时，梨园弟子中有个文艺娇子，名叫沈阿翘。她的歌声清脆，舞技高超，尤其擅长舞曲《何满子》。只要她张口一唱，人即有痛断肝肠之感，不由涕泣不已。据《碧鸡漫志》引《虞氏杂说》云：唐文宗李昂不甘心自己被宦官控制，就和宰相李训、王涯等策划了一次与宦官的斗争——“甘露之变”，结果被宦官发现，遭到宦官迫害，李训、王涯等全族被诛，死了一千多人。从此宦官更加专横，凌逼皇帝，蔑视朝官，唐文宗李昂心灰意冷。

一天，唐文宗李昂在便殿赏花，雨打牡丹，牡丹凋零，红艳凝泪，天香染衣，唐文宗李昂思前想后，流泪叹息，感慨万端。这时，宫内舞蹈家沈阿翘，献歌舞《何满子》，歌中有“浮云蔽白日”这样的句子，一语道中唐文宗李昂的心事，很得唐文宗李昂的欢心，他就立刻赏赐给沈阿翘一对金臂环。这时的《何满子》除了加上舞蹈的成分外，歌词可能也有改变。

唐代小说家段成式的笔记小说《酉阳杂俎》记载：“荆州贞元初，有狂僧善歌《何满子》。”贞元，是大唐第九代皇帝唐德宗李适的年号。“狂僧”，大约是说这位僧人性格狂放的意思。他唱的《何满子》的歌词已经和原来的《何满子》有所不同，内容是揭露当时一个官吏的过失。

唐朝康骈的《剧谈录》里记载，到了大唐第十五代皇帝唐武宗李炎时期，宫中有位孟才人，擅长歌唱和吹笙，可以说是武宗皇帝的宠妾。无奈这位皇帝身体不好，他在位只有六年就病故了。临死前，他把孟才人叫到跟前说："朕快要死了，你打算怎么办？"孟才人指着笙囊对皇帝说："我要用它自缢而死。"又说："让我再为你最后一次唱歌吧！"于是，她凄凄切切地唱了一曲《何满子》，"闻者莫不涕零"。唱完以后，这位孟才人就死去了。后来人们发现她的肠子已经断了。《何满子》一曲成为断肠之声是毫无疑义了。关于这点，古人未免有夸张、附会之嫌，但后人能够理解到《何满子》一曲是多么凄凉、哀绝。

到了大唐第十八代皇帝唐宣宗李忱时期，何满子的同乡、拥有"海内名士"之誉的张祜听闻此事，他很同情何满子的遭遇，作了《宫词》二首。诗中写道：

其一

故国三千里，深宫二十年。

一声何满子，双泪落君前。

其二

自倚能歌日，先皇掌上怜。

新声何处唱？肠断李延年。

张祜的这首诗歌，完全是站在何满子的角度来写的，他把一个被剥夺幸福的女人离家遥远、入宫多年、悲愤到极点，最后到君前落泪以示抗议的形象表现得淋漓尽致。

张祜的《何满子》写成之后，不胫而走，一下子串红了，流行起来了，竟成了曲牌名，大家纷纷填词唱作，梨园弟子也开始演唱了。后来，漂泊扬州的张祜听到唐武宗李炎和孟才人凄婉的故事后，又作诗一首：

偶因歌态咏娇颦，传唱宫中十二春。
却为一声河满子，下泉须吊旧才人。

不料此诗又风行开来，很快又由江南传到了长安。张祜也捞得了大名。然而，晚年的张祜脾气古怪，很少与人交往。他寄居茅舍，遇友则饮，与风对唱，他的好友杜牧感慨他的生活，仰天长叹道：“可怜故国三千里，虚唱歌词满六宫。”（《酬张祜处士见寄长句四韵》）张祜哭道：“古来名下岂虚为？李白癫狂自称时。惟恨世间无贺老，谪仙长在没人知。”（《偶题》）

有一次，张祜骑着一头毛驴回到河北老家，因饥饿难耐，向人讨吃被人认出。那人就戏弄穷途末路的张祜说：“你还缺吃的？你唱一首‘何满子’不就什么都有了？”

张祜唱道：“行却江南路几千，归来不把一文钱。乡人笑我穷寒鬼，还似襄阳孟浩然。”张祜自觉颜面丢尽，从此再也没回故乡。公元852年的中秋夜，50岁的张祜，痛捻古筝，愤吟一曲《何满子》，悄然离世。

另外，怀才不遇进而愤世嫉俗的唐代诗人薛逢，他也写了一首《何满子》：

系马宫槐老，持怀店菊黄。
故交今不见，流恨满川光。

十八　公孙剑舞

舞蹈之美，在于动作的柔婉，可是，如果在柔婉的舞蹈中夹杂着寒气逼人的利器，那又是怎样的呢？

我们知道，唐朝社会推崇一种精神，那就是奋发向上。这种奋发向上的精神是雄壮之美，不但表现在将士建功立业上，而且表现在文化艺术上。这种雄壮之美在舞蹈领域的表现为剑舞，剑舞又称剑器舞、舞器或流星等，是一种刚柔并济的舞蹈。表演这种舞蹈时，舞蹈的男子手中持有长剑或者短剑，随着他的舞蹈而自由甩动、旋转，使其发出有规律的音响，似千军万马在搏击厮杀，战斗气氛非常激烈，后来，剑舞逐渐演变成为一种缓慢、典雅的女性舞蹈。

公孙大娘就是开元盛世时皇宫梨园中最负盛名、舞艺超群的剑舞舞蹈家。她生于民间，自幼学艺，练得一身好剑舞。公孙大娘在继承传统剑舞的基础上，还创造了多种剑器舞，如《西河剑器》《剑器浑脱》等等。

开元五年，在文化底蕴深厚的河南郾城，一群表演艺人支起了一个表演场子。其中有一名穿红戴绿的女子，被前来观看的众人围在场子里。只见那名女子手执双剑，随着音乐的徐徐响起，她轻轻撩起剑尖，突然一个腾空飞起的动作，说时迟那时快，音乐节奏加剧了，锣鼓架子，乐音点点，银管金弦，相伴而起。只见那名女子开始旋转身姿，矫若游龙，潜入云中，突然，那名女子一个箭步跃起，瞬间一道剑光闪过，直刺青天。接着，那名女子再一次双腿腾空，似神仙驾着蟠龙翱翔云端，似乎不见了人影。顷刻间，天地似乎倾斜，万钧雷霆滚滚而来，山河开始变色。观众震惊，没想到那名女子此时却静气收剑，舞毕，风平雷息，渐渐恢复了平静，只觉得那名女子手上的剑器清光闪闪，森森发着寒光。好一场酣畅淋漓的剑舞啊！挥洒出大唐盛世的万千气象。一时间，场子叫好声震天动地，声势一浪高过一浪。这名女子就是公孙大娘，她正在演出的舞蹈名叫《剑器浑脱》。

在这场表演的观众群里，一个男人的肩膀上坐着一个六岁的小男孩，这个男孩歪着脖子，顽皮地睁着一双大眼睛，津津有味地看着场内女子的舞剑，这个小男孩就是日后成为大诗人的杜甫。

唐朝开元十七年，左丞相源乾曜和右丞相张说二人上了一道奏折："请以是日，著之甲令，布于天下。"他们建议李隆基将自己的生日八月初五设为全国性节日，命名"千秋节"。李隆基一听，非常喜欢，"千秋节"寓意"千秋万代"啊。李隆基还开玩笑说这是"自我作古"，于是，顺水推舟地把农历八月初五定为"千秋节"。（引自百度百科）

"千秋节"这天，天还没亮，金吾引驾骑，北衙四军陈仗而立，列旗帜，被金甲，金吾及太常设乐；教坊大陈山车、旱船、走索、丸剑、杂技、角抵、百戏等，又引上百匹大象、犀牛、舞马隆饰入场为戏……李隆

基御驾花萼楼，赐宴设酺，朝中大臣纷纷向皇上敬献各种精美的金镜（铜镜）。（引自《唐会要》）

此后每年“千秋节”，皇上都会在铸镜业最发达的扬州定制部分铜镜，颁发给四品以上的官员，并命名为“千秋镜”。四品以上官员可得到金镜珠囊、缣彩等赏赐，五品以下官员得到束帛等赏赐。当时能享受到这种待遇的官员大约400 人，李隆基还题八韵诗《千秋节宴》以示群臣：

兰殿千秋节，称名万寿觞。
风传率土庆，日表继天祥。
玉宇开花萼，宫县动会昌。
衣冠白鹭下，帟幕翠云长。
献遗成新俗，朝仪入旧章。
月衔花绶镜，露缀彩丝囊。
处处祠田祖，年年宴杖乡。
深思一德事，小获万人康。

除此之外，李隆基还作诗《千秋节赐群臣镜》二首：

其一

瑞露垂花绶，寒冰澈宝轮。
对兹台上月，聊以庆佳辰。

其二

铸得千秋镜，光生百炼金。
分将赐群后，遇象见清心。
台上冰华澈，窗中月影临。
更衔长绶带，留意感人深。

“千秋节”期间，勤政务本楼前的戏台无比热闹，宴乐的欢娱传递着大唐盛世的歌舞升平。梨园弟子登台表演很多大曲，如《千秋乐》（又名《千秋节》《千秋万岁》）《蝶恋花》《清平乐》《霓裳羽衣曲》等。除了唱戏外，在勤政务本楼下的广场，舞马跪拜天子、斗鸡和拜象等百戏更是让人眼前一亮。所谓舞马，又称“蹀马之戏”，即由姿貌美秀的梨园少年牵着百余匹体形健美、外貌奇特的舞马，踏着时尚的舞曲走进广场。随着《倾杯乐》《千秋万岁曲》等舞曲，这些受训的域外舞马表演各种精彩节目，它们有时奋首鼓尾、纵横应节，有时跃上三层木板上旋转如飞，有时在大力士举起的床榻上纵身跳跃……最后，以微蹲后腿，衔着酒杯似懂人情地敬酒祝寿皇帝李隆基，将整个百戏表演推向高潮，此所谓“登床舞拜、衔杯祝寿”。宰相张说《舞马词》云：“彩旄八佾成行，时龙五色因方。屈膝衔杯赴节，倾心献寿无疆。”就是对这段表演的真实记录。

此后，每年“千秋节”，皇帝规定“天下诸州咸令宴乐，休假三日”（引自《唐会要》），可谓普天同庆啊。适逢此时，各地都会举行盛大的游艺会，庆祝千秋佳节。这期间，李隆基还会在开元寺大赦天下僧道。受这种风气的影响，后来民间也开始流行八月初五铸镜相赠的习俗，并延伸出了“祝福长寿”之意。

如此奢华的“千秋节”，花费自然很多，洞察秋毫的宰相张九龄看在眼里，急在心里。他没有给皇帝进献珍奇异宝，却上了一篇《千秋金鉴录》（五卷，今已失传）作为贺礼，陈述了历代兴衰缘由，认为皇上已由早年的励精图治转为贪图奢华，企盼皇帝以之为鉴。他在奏章中说：“以镜自照见形容，以人自照见吉凶。”李隆基阅后口虽嘉奖，但心中不悦，一如故往。

公元748年三月乙酉日，宫里出了两件奇怪的事情：一是兴庆宫的大同殿，也就是当初吴道子和李思训作壁画的大同殿，大殿的柱子上忽然长出了神奇的灵芝草，灵芝草上还有珠玉般的“神光照殿”的景象；二是与此同时，兴庆宫的龙池上，五色祥云缭绕，光彩夺目。李隆基惊喜万分，为此大宴文武百官。宴席之上，王维特赋诗《大同殿柱产玉芝龙池上有庆云神光照殿百官共睹圣恩便赐宴乐敢书即事》：

欲笑周文歌宴镐，遥轻汉武乐横汾。
岂知玉殿生三秀，讵有铜池出五云。
陌上尧樽倾北斗，楼前舜乐动南薰。
共欢天意同人意，万岁千秋奉圣君。

王维的这首诗，咏出了皇帝李隆基的顺应天道和天长地久，皇帝爱听，众官欢喜。刑部尚书兼京兆尹萧炤及百僚联合上奏，尊李隆基为“开元天宝‘圣文神武’应道皇帝”，请将“千秋节”改为“天长节”，取义“天长地久”。李隆基听了当然高兴，随即颁诏将“千秋节”改为“天长节”，并把“割江都、六合和高邮三县地置千秋县”（即今安徽省天长市）换名“天长县”，由鄂州刺史韦公担任 “天长节使”。

这是多么吉庆的事情啊！这件吉庆的事情就在民间百姓中一传十、十传百地广泛传开，后来引起国际社会的广泛关注。此后，每逢“天长节”，外国都会派人来朝贺，日本不但来得勤，还把天皇的生日也定为“天长节”。到了唐肃宗李亨时期，因为“天长节”与李亨的“天平地成节”（李亨的生日九月三日） 靠得比较近，就把两者合并起来一起过，而八月十五正好处于这两个节的中间，便将两节折中为“天长节”，而把庆贺的日期改到八月十五。这当然是后话了。

如此热闹的节日里，又怎能少了声名远播的公孙大娘呢？公孙大娘作为当时唯一懂得剑舞的演员很荣幸地应邀参加表演。大家都以一睹她的剑舞为荣，其中最引人注目的是《裴将军满堂势》。裴将军是谁呢？

相信读过王维《赠裴旻将军》诗歌的人对裴将军应该不会陌生吧？诗是这样写的：

腰间宝剑七星文，臂上雕弓百战勋。
见说云中擒黠虏，始知天上有将军。

在王维的《赠裴旻将军》诗歌中，裴将军是一位射虎将军，那么，裴将军射虎到底是怎么回事呢？根据《朝野佥载》记载：“裴旻与幽州都督孙佺北征，被奚贼所围。旻马上立走，轮刀雷发，箭若星流，应刀而断。贼不敢取，蓬飞而去。”《新唐书》也记载：“裴将军曾随幽州都督孙佺北伐奚人，为奚人所围，裴将军乃舞刀立马上，飞矢四集，迎刃而断。奚人大惊，遂解围而去。”

由以上两则材料可知，裴旻曾经随幽州都督孙佺北伐过，而裴旻射虎就发生在他任职龙华军使时。他们驻守北平的时候，据说当时北平有很多老虎，善于射箭的裴旻，曾在一天之内射死过31只老虎。裴旻很得意，他在山下四处张望，一位老头走过来了，对他说："你射死的这些不是虎，它们虽然像虎，其实都是彪。你要是遇上真虎，也就无能为力了。"裴旻说："真虎在哪儿呢？"老头说："从这往北三十里，常常有虎出没。"裴旻催马向北而去，来到一个草木丛生的地方，果然看见一只老虎跳出来。这只老虎的个头较小，但是气势凶猛，站在那里一吼，山石震裂。没想到的是裴旻的马先吓得倒退了，裴旻自己的弓和箭也掉到地上，还差一点儿被虎吞食。从此，裴旻又惭愧又害怕，不再射虎了。看来裴旻真是浪得虚名，他只不过是花拳绣腿罢了。

其实裴旻的长项不是射虎，而是创造舞剑的奇迹。相传裴旻的舞剑有"掷剑入云，高数十丈，若电光下射，漫引手执鞘承之，剑透空而入，观者千百人，无不凉惊栗"的气势（选自《独异志》）。其舞剑可以和李白的诗歌以及张旭的草书齐名，一起被誉为唐代"三绝"。

为什么这么说呢？因为裴旻有飞剑入鞘的本领。相传开元年间，裴旻的母亲过世，裴旻就特别想请当时被称为"画圣"的大画家吴道子，在天宫寺画几幅壁画，以超度母亲的亡魂。

吴道子说："我已经很长时间没有作画了，如果裴将军一定要我画的话，只好先请将军舞一曲'剑舞'，我看看将军舞剑的豪壮气概，可助我作画。"

裴旻二话没说，当即脱去孝服，欣然起舞，表演了极为精彩的剑舞：他突然掷剑入云，高达数十丈，接着，剑像一道电光一样从空中投射下来，裴旻手执剑鞘接剑，剑准确地插入鞘中。

当时，吴道子被那猛厉的剑舞气势震撼，画思敏捷，仿佛有神灵相助，挥毫图壁之间，飒然风起，一幅“为天下之壮观”的壁画当即而成，此画成了吴道子的得意之作，时人称赞吴道子“吴带当风”。公孙大娘的《裴将军满堂势》舞蹈，就是根据裴旻将军独到的舞剑技艺改编的，这种舞蹈，走的是阳刚之路，剑舞里渗透着探索与进取的精神。公孙大娘舞剑时，舞姿飒爽，摒弃了项庄舞剑时的阴毒，纯粹是艺术层面的惊心动魄。郑嵎的诗歌《津阳门诗》，就是描写“千秋节”宫中举行盛大乐舞时的剑舞表演。诗云：

千秋御节在八月，会同万国朝华夷。
花萼楼南大合乐，八音九奏鸾来仪。
都卢寻橦诚龌龊，公孙剑伎方神奇。
马知舞彻下床榻，人惜曲终更羽衣。

（并自注：有公孙大娘舞剑，当时号为雄妙。）

可以说是裴旻将军精湛的舞剑技艺影响了公孙大娘的舞艺，公孙大娘的舞艺又启发了谁呢？说到这里，我们还得提一个人，那就是“草圣”张旭。

张旭，大约生活在公元675年到公元750年，字伯高、季明，唐朝吴（今江苏苏州）人。他曾担任过常熟县尉、金吾长史，善于写草书，而且相当喜欢喝酒，被称“酒仙”，他与李白、贺知章等人共列饮中八仙之列。张旭不但能喝酒，还善于写诗，尤其以七绝见长。他的诗歌写得很好，在诗坛上，张旭与贺知章、张若虚、包融号称“吴中四士”。

举个例子：张旭和“诗狂”贺知章的关系很好，他们经常三五成群出去郊游踏青、品酒赏诗、谈文论字，沉浸在酒、书、诗的世界里。大家可以想象，“酒仙”碰上“诗狂”，再加上“诗仙”李白，他们三个碰到一起，那是怎样的放浪形骸啊？张旭写过《桃花溪》和《山中留客》等诗歌。如《桃花溪》：

隐隐飞桥隔野烟，石矶西畔问渔船。

桃花尽日随流水，洞在清溪何处边？

清人蘅塘退士批注：“四句抵得一篇《桃花源记》。”再如《山中留客》：

山光物态弄春晖，莫为轻阴便拟归。

纵使晴明无雨色，入云深处亦沾衣。

这首诗，通过对春山美景的整体描绘，以及对客人欲离去想法的否定及劝说，表达了作者对自然美好景色的喜爱之情与希望同友人共赏美景的愿望。

其实，张旭的成就不在诗歌上，而在书法上。张旭的书法可以说达到登峰造极的地步，他的传世书迹有《肚痛帖》《古诗四帖》等，那可真是盖世的书法作品，当时的人们只要能得到张旭的字，都视若珍品，世代珍藏。

张旭的邻居，家境贫困，养活妻儿家小压力不小，更别说遭遇额外开销了。一次，邻居家里人生病了，无钱看病，看着病人痛苦的样子，周围人给他邻居出主意，让他求张旭给他写字换钱治病。就凭张旭那个癫狂样，他写的字能换钱？邻居死活不信，头摇得像拨浪鼓一样。然而，家人病重痛苦的模样还是让他抱着试试的态度。他来到张旭家里，说明原因，死缠烂磨地要张旭给自己写字。张旭知道他的意思后，感念他的孝心，就慷慨答应。铺开笔墨，写好了字交给他。临走前，张旭不放心，还告诉邻居说道：

“你到街上，只要说这字是张旭写的，就会得到很多银子。”

邻居拿着张旭的字上街售卖，果然不到半日就被争购一空。揣着钱的邻居高兴地回到家，并向张旭表示感谢。

写字能解救病人于危难之中，这真成了奇事了，那么张旭的书法老师是谁？竟能教出如此厉害的学生来？其实，张旭的书法最初由他的叔父陆彦远亲自教授，因为自家叔父亲自教授，张旭的基本功比较扎实。后来，张旭又自学“书圣”王羲之的书法，得其圆转流利之妙。勤学加上灵悟，让张旭在书法界小有名气。只是张旭还不知足，仍处处留心皆学问，他观看公孙大娘的剑舞，舞剑激发了他的书法灵感，使得他的狂草精进一层。唐朝沅亚之《叙草书送山人王传乂》序中说：“昔张旭善草书，出见公孙大娘舞《剑器浑脱》，鼓吹既作，言能使孤蓬自振，惊砂坐飞；而旭归为之书，则非常矣。”

随着书法的精进，张旭的名声开始远播了。年少喜好书法的颜真卿，在别人的引荐下拜长史张旭为师，他迫切希望张旭把写字的诀窍和全部本领都教给他，然而，老师张旭不是让颜真卿临摹名家字帖，就是带颜真卿爬山游水，抑或赶集看戏，丝毫不提传授书法秘籍之事。颜真卿等不及了，最后干脆直接提出传授书法秘籍之事。张旭摇了摇头说：“学习书法，一要‘工学’，即勤学苦练；二要‘领悟’，即从自然万象中接受启发。这些我不是都告诉你了吗？”颜真卿说：“你说的道理我都懂，我现在要的是你的行笔落墨的技巧。”张旭看颜真卿这么不开窍，只得耐着性子说：“我是见公主和挑夫争路而察笔法之意，见公孙大娘剑舞而得落笔神韵，学习书法，除了苦练就是观察自然，没有什么诀窍。”

成功除了观察和苦练外，没有什么秘诀，这就是张旭教导颜真卿的方法。在老师张旭的启发下，颜真卿也开始研究不同人的日常行为，研究公孙大娘的剑舞特点，后来颜真卿发现：公孙大娘的剑舞，有着化男人的瘦硬生涩为女人的丰腴浑厚之本领，在整体上，公孙大娘的剑舞渗透着气势恢宏、骨力遒劲的特点，表现出一种气概凛然、端庄雄伟的气质。既然公孙大娘的剑舞得源于裴旻将军的剑舞，那么裴旻这个人物的生平就不能忽略。颜真卿开始醉心于钻研裴将军，他还曾写了一首诗《赠裴将军》：

大君制六合，猛将清九垓。
战马若龙虎，腾凌何壮哉。
将军临八荒，烜赫耀英材。
剑舞若游电，随风萦且回。
登高望天山，白云正崔巍。
入阵破骄虏，威名雄震雷。
一射百马倒，再射万夫开。
匈奴不敢敌，相呼归去来。

功成报天子，可以画麟台。

通过长期的研究，年少的颜真卿惊讶地发现：裴旻将军劲健的、刚正的个性里，隐含着一种端庄的美学成分。颜真卿似乎醒悟到了什么，他不再缠着张旭要写字的秘诀。张旭这位老师才落得逍遥了，依然我行我素地生活。据说张旭每次酒醉时，激情勃发，甚至达到癫狂的程度，他把宣纸铺在地上，头浸入墨汁中，用长发作毛笔，直书狂草，犹如醉酒当歌。用头发书写，不是疯子也是狂人，因此当时人称张旭为“张颠”。张旭酒醒后看见自己用头写的字，也觉得不错，认为它落笔力顶千钧，倾势而下；运笔婉转自如，气韵流畅，有急有缓地荡漾在舒畅的韵律中。的确，张旭的字奔放豪逸，笔画连绵不断，有着飞檐走壁之险。

韩愈评价说：“旭善草书，不治他技。喜怒窘穷，忧悲愉佚。怨恨、思慕、酣醉、无聊、不平，有动于心，必于草书焉发之。观于物，见山水崖谷、鸟兽虫鱼、草木之花实，日月列星，风雨水火，雷霆霹雳，歌舞战斗，天地事物之变，可喜可愕，一寓于书。故旭之书，变动犹鬼神，不可端倪。”杜甫在《饮中八仙歌》中写道：“张旭三杯草圣传，脱帽露顶王公前，挥毫落纸如云烟。”这些都是对张旭书法的极高评价。张旭与唐代僧人怀素共同构成唐代草书的双子星，具有强烈的盛唐气象。

有人说草书是无言之诗，无动之舞，无色之画，无声之乐。此说法一点儿也不过分，其实草书之美就在于信手即来，一气呵成，给人以痛快淋漓之感。张旭的草书恰恰达到了忘我的境界，所以他被人称颂。后代的书法名家在评论欧阳询、虞世南、褚遂臣、薛稷等人的书法时还有争论，但谈到张旭，大家都闭口不言，没有异议了。因为大家知道张旭的书法功力深厚，并附之以精能之至的笔法和豪放不羁的性情，是以气魄和灵性创造草书艺术的大家。请问后世几人能比？可以说，张旭深得草书笔法之妙，开创了狂草风格的典范，后传给了崔邈、颜真卿等人。

世间万物表象虽然不同，隐含的哲理却是相同的。绘画、剑气和书法等虽然存在的形式不相同，本身隐含的艺术哲理却是相同的。裴旻的剑舞启发了吴道子的壁画，影响了公孙大娘的剑舞，公孙大娘的剑舞不但启迪了张旭、颜真卿的书法，而且在社会上影响非常深远。

十九　董大胡笳

“莫愁前路无知己，天下谁人不识君。”这是唐朝边塞诗人高适《别董大》里的句子，相信大家已经背得滚瓜烂熟了。在这首诗里，高适以开朗的胸襟、豪迈的语调把临别赠言说得激昂慷慨，鼓舞人心，我们也曾经在吟哦之余为之感慨良久。诗中的董大就是董庭兰，他生活的年代约在公元695年到公元765年，因他在家排行老大，故称董大。那么，这个董庭兰到底是怎么样的一个人？他和高适是什么关系？高适为什么写诗赠别他呢？

出生于陇西（今甘肃）的董庭兰，自幼家境十分贫穷。也许家族中从来就没有读书的基因，董庭兰从小就不爱学习，却爱好琴艺，跟在邻村一位会弹琴的艺人屁股后面，整天走街串巷地瞎混。每当村民野夫围着他们要求演艺的时候，董庭兰的心中就升起一股满足感，虽然他只是个拉下手的学徒，可他仍然乐此不疲地做着他认为伟大的事情，他觉得师父的本事很大，自己总算认准了主儿。长期的言传身教、耳濡目染，董庭兰竟然也熏陶出了一身的艺术灵性，他慢慢地摸索出了一点弹琴的门道，以至于也开始在方圆几十里小有名气。

小小的成就激发了董庭兰的艺术情怀，他开始有了自己的梦想。董庭兰想提升自己的艺术高度，他决定投拜名师，精进琴艺。经过多方打听，董庭兰认准了风州（今属陕西宝鸡）陈怀古老师，于是，他不远万里，前往风州，拜在琴师陈怀古参军（相当于现在的县长或区长）的门下，学习弹奏以“沈家声、祝家声”为主的七弦琴，后来，董庭兰的声望已超过了沈、祝两家。这期间，董庭兰还把自己最擅长的《胡笳》整理为《大胡笳》《小胡笳》两曲。董庭兰编写的谱集，得到了韩愈的学生——善赞大夫李翱的称赞，李翱亲自为之作序。另外，《神奇秘谱中》也收录了董庭兰作的《颐真》一曲，其中那明快流畅的曲调，精炼而有特点的小品素材，完整天成的结构，完全超脱世尘。据说此曲是董庭兰隐居山林，过着“寡欲养心，静息养真”的道家生活的反映。百年后，元稹在诗中仍赞道：“哀笳慢指董家本。”

虽然董庭兰这个人在七弦琴界小有名气，声誉还不错，但是七弦琴并非当时社会的时尚，不能当作谋生的手段。仅凭一琴技艺的董庭兰照样没饭吃，这对一个搞音乐的人来说，简直就是扼杀天分。而董庭兰这个人却是个宁要浪漫不要面包的死脑筋的人，长期的艺术情怀养成了他五谷不分、不知稼穑、不事生产的个性。他宁可怀抱“绝艺”，也不肯放下身段做个平凡人，以至于生活一直都没有着落，他穷困潦倒，甚至走到讨饭的份上。

长期的落魄人生，历经冷暖人情，到了知天命的年龄，董庭兰这个榆木疙瘩突然一下子开窍了，他终于活明白了，他觉得自己一生不应该这么没出息地活着，应该干点什么了，给世上留点什么，也不枉来到世上走了一遭。

人这一生就怕活明白。只要活明白了，什么事就都好办了。先前由于痴迷那蕴含丰富文化内涵的七弦琴，致使董庭兰剑走偏锋，七弦琴上知音少。董庭兰终于明白了一个道理：艺术不能脱离群众，否则就会失去生命力。于是，董庭兰走出高雅的古典琴室，开始刻苦钻研起了当时的流行乐器，既然筚篥是唐代宫廷中十部乐中的主要乐器。好！咱就钻研筚篥这门乐器。

筚篥是古代龟兹（今新疆库车）人民发明的一种簧管乐器。由于董庭兰和龟兹人的口音相通，董庭兰很快就和西域筚篥乐师混热乎了，并且得到了西域筚篥乐师的言传身教，再加上他本身有一定的音乐基础，他提高得相当快。时隔不久，董庭兰就能常和他们一起到市井村邑为百姓演出了。在演出中，他从民间艺人中汲取很多艺术营养，从楼馆茶座中感悟名流学士的心声，故技艺大增，很快，董庭兰就跨越了人生的第二个音乐高峰，他成为当时最负盛名的筚篥演奏家。

天宝十五载（公元756年），安史叛军进逼长安，李隆基逃至成都，唐肃宗（李亨）在灵武（今甘肃灵武）称帝，李隆基派大臣房琯和韦见素带了传位的诏书和玉玺到灵武，房琯和韦见素见了李亨后，纵论天下大事，受到李亨的赏识，房琯被任命为宰相。

人只要身怀一技，就会获得别人的尊重。天宝五载，一次偶然的机会，董庭兰的琴艺与才华受到房琯的赏识，他成了房琯的门客。

一次，房琯举行宴会，席间，董庭兰弹奏了一曲《胡笳弄》，宾客们赞不绝口，当时，李颀也在座。李颀，河南颍阳（今河南登封市西）人，唐代诗人。开元十三年中进士，做过新乡县尉，诗歌主要写边塞题材，和王维、王昌龄、高适等交往甚密。李颀很有音乐天赋，他能用文字表达音乐效果。在这次宴会上，李颀听了董庭兰演奏胡笳后，写了一首长诗《听董大弹胡笳兼寄语弄房给事》，诗云：

蔡女昔造胡笳声，一弹一十有八拍。
胡人落泪沾边草，汉使断肠对归客。
古戍苍苍烽火寒，大荒沉沉飞雪白。
先拂商弦后角羽，四郊秋叶惊摵摵。
董夫子，通神明，深山窃听来妖精。
言迟更速皆应手，将往复旋如有情。
空山百鸟散还合，万里浮云阴且晴。
嘶酸雏雁失群夜，断绝胡儿恋母声。
　　川为静其波，鸟亦罢其鸣。
乌孙部落家乡远，逻娑沙尘哀怨生。
幽音变调忽飘洒，长风吹林雨堕瓦。
迸泉飒飒飞木末，野鹿呦呦走堂下。
长安城边东掖垣，凤凰池对青琐门。
高才脱略名与利，日夕望君抱琴至。

在这首诗里，李颀将古今人物的感情结合起来，纵横飘逸、细致而又自然地对董庭兰的演奏技艺加以赞誉。其实，董庭兰此次演奏的《胡笳弄》，是唐朝的流行曲，并不是蔡文姬演奏的《胡笳十八拍》，而是根据胡笳声悲凉的意境另外写的琴曲。还有一位名人也写了该事，谁呢？这个人就是崔判官，即崔珏。他也对董庭兰赋诗赞叹：

七条弦上五音寒，此艺知音自古难。

惟有河南房次律，始终怜得董庭兰。

崔判官的诗里将房琯赏识董庭兰，并把他留作门客的原因告诉了大家：知音难求呀！

眼看着董庭兰的艺术人生渐入佳境，没想到的是，房琯受李适之、韦坚等人牵连，被贬为宜春郡太守，董庭兰也被迫离去。

天宝年间，著名诗人高适在外地遇见了即将离开的董庭兰，高适为他写了两首绝句送行：

其一

千里黄云白日曛，北风吹雁雪纷纷。

莫愁前路无知己，天下谁人不识君。

其二

六翮飘飖私自怜，一离京洛十余年。

丈夫贫贱应未足，今日相逢无酒钱。

高适的第一首诗表达了诗人与这位音乐家的深挚情谊和对他高超技艺的赞美。第二首诗中又道出了董庭兰清贫一生的生活，说他穷得连酒钱都付不出。

薛易简，音乐神童，九岁学琴，十二岁会弹黄钟杂调里三十多部曲子，十七岁弹《大胡笳》《小胡笳》《别鹤》《白雪》等十八首传统琴曲。天宝年间以琴待诏翰林。薛易简评价董庭兰说：“庭兰不事王侯，散发林壑者六十载。”

其实，作为官场中的政治人物，董庭兰是个失败者；作为音乐界的文化名人，董庭兰的精湛琴艺源远流长。董庭兰一生中所教的学生不少，最有名的只有两个：郑宥和杜山人。郑宥听觉非常敏锐，调弦“至切”，擅长演奏沈声、祝声；杜山人擅长弹胡笳。唐代诗人戎昱的《听杜山人弹胡笳》云：

绿琴胡笳谁妙弹，山人杜陵名庭兰。
杜君少与山人友，山人没来今已久。
当时海内求知音，嘱付胡笳入君手。
杜陵攻琴四十年，琴声在音不在弦。
座中为我奏此曲，满堂萧瑟如穷边。
　第一第二拍，泪尽蛾眉没蕃客。
更闻出塞入塞声，穹庐毡帐难为情。
胡天雨雪四时下，五月不曾芳草生。
须臾促轸变宫徵，一声悲兮一声喜。
南看汉月双眼明，却顾胡儿寸心死。
回鹘数年收洛阳，洛阳士女皆驱将。
岂无父母与兄弟，闻此哀情皆断肠。

杜陵先生证此道，沈家祝家皆绝倒。
如今世上雅风衰，若个深知此声好。
世上爱筝不爱琴，则明此调难知音。
今朝促轸为君奏，不向俗流传此心。

诗中一句“杜陵先生证此道，沈家祝家皆绝倒。”表达了戎昱对杜山人的佩服之情。这当然也是清高不群的师父董庭兰教育有方啊！

北宋大文豪苏轼《破琴诗》云：

破琴虽未修，中有琴意足。
谁云十三弦，音节如佩玉。
新琴空高张，弦声不附木。
宛然七弦筝，动与世好逐。
陋矣房次律，因循堕流俗。
悬知董庭兰，不识无弦曲。

在这首诗里，苏轼对董庭兰这位音乐家赞叹不已。

说到最后，人们对一个人、一件事情总是先入为主，相信在我们幼学时代，诗人高适的《别董大》给我们烙下了董庭兰最初的、也是永远的印象，我们不得不对一代琴师誉满天下的一生进行必要的概括。

二十　广运得宝

《管子·牧民》里有这么一句话“仓廪实而知礼节，衣食足而知荣辱。”意思就是说一个人如果他的仓库里有充足的钱粮，那么就会讲究礼节。如果他能吃饱穿暖，那么就会考虑到什么该做什么不该做。

大凡衣食无忧之人，总思量着对社会能做点儿有意义的事情，身为皇帝的李隆基自然也有这样的心思。已经做了30年皇帝的李隆基，经常会半夜起床，在李唐始祖——玄元皇帝画像前焚香祷告，为天下苍生祈福。玄元皇帝是谁呢？他姓李名耳，就是春秋战国时期道家学说的创始人老子。

也许是日有所思，夜有所梦。开元二十九年（公元741年）春天的夜晚，兴庆宫的暖殿里，李隆基做了一个震撼心灵的梦。在梦中，他独自爬上了终南山北麓一座茂林修竹、绿荫蔽天的仙山。那里风光绮丽，景色迷人。到了山顶时，李隆基看见一张石桌，旁边站着一位神采奕奕白头发的老翁，微笑着看着他。李隆基觉得他面熟，就问老翁的尊姓大名。

老翁捋了捋长长的胡须，没有立即回答，慢条斯理地吟诵着：“道可道，非常道。名可名，非常名。无名天地之始；有名万物之母。故常无，欲以观其妙；常有，欲以观其徼。此两者，同出而异名，同谓之玄。玄之又玄，众妙之门。……”这不是《道德经》里的句子吗？李隆基从小就会背这些，莫非眼前的老者是玄元皇帝？李隆基赶紧上前求教，玄元皇帝告诉他：“吾有像在京师西南百余里，汝遣人求之，吾当与汝在兴庆宫相见。”说完，老翁飘然而去。

按照梦的指示，京师西南百余里的地方，正是观星望气的楼观山（位于今陕西周至境内），这不是玄元皇帝曾开坛讲演《道德经》的地方吗？此讲坛名为楼观台，是道家的福地啊！梦醒后，李隆基立即派人前往楼观台，把老子的雕像请回来。这一年的闰四月，李隆基还下达了《令写玄元皇帝真容分送诸道并推恩诏》，按照这座雕像绘制的玄元皇帝标准像送到各州的开元观供置。

开元三十年（公元742年）正月，有一个叫田见秀的官员向李隆基报告了一条喜讯。田见秀说自己那天经过大明宫正门丹凤门时，觉得头顶上有动静，抬头一看，隐约见到玄元皇帝在半空中微笑着俯瞰大地，同时对他说自己在函谷关藏了一块灵符，这块灵符是天下太平、圣上万寿无疆的象征。

李隆基派人去挖，没想到这块白石红字的灵符还真的在函谷关桃林县的田野中被挖了出来。这可真是天降灵符，大臣们一致认为它是天降的宝物（简称天宝），进而认定新年伊始就出现天宝，这充分证明皇上具有了通天的能力，纷纷上书请求皇帝，在皇帝的尊号中加进“天宝”二字。这样一来，李隆基的尊号就成了“开元天宝圣文神武皇帝”。为了纪念灵符的发现，李隆基下令：在长安城和大明宫一墙之隔的大宁坊修建玄元皇帝庙，后又升级为太清宫。于是，“开元”年号改为“天宝”。二月，李隆基正式接受新的尊号，宣布大赦天下，监狱关押的犯人不论罪行轻重一律释放。灵符的出土地——桃林县改名为灵宝县（今河南灵宝市）。

天降宝物虽然足显灵异，毕竟不可能无限制地放大，因为它终究代替不了现实世界，现实世界毕竟不是神仙幻境。当时，由于长安是一个开放的国际大都市，都城规模的空前扩大，人口资源密集（近200万人口），城市消耗实在太大，关中平原虽然号称千里沃野，然而“其土地狭，所出不足以给京师、备水旱，故常转漕东南之粟”（引自《新唐书》）。

唐初，漕运来不及治理，通过京杭大运河上行的物资即使上运到洛阳，由于渭河水运不畅，也不能马上到达长安。长安城多次出现粮食紧缺的状况。据统计贞观年间，长安城的粮食主要依赖关中，每年从山东（崤山以东）转运至关中者不过一二十万石。开元初，每年转运长安的粮食约一百万石。开元二十二年至二十五年，三年转运长安的粮食约七百万石。天宝中，每年转运长安的粮食约二百五十万石。每遇到水旱灾荒，长安就物价飞涨，斗米千钱，老百姓很难生活，连皇帝老子都发愁。李隆基没有办法，也只能效法高宗皇帝，自己以身作则，带领大批官员移驾洛阳办公，因此，就有了“逐粮天子”的称呼。

为解决京城长安浩繁的需费和西北边境兵粮的转运，隋唐的历代皇帝都进行过渭河治理及疏通漕运。特别是隋炀帝杨广，他不惜全国的人力和财力，开凿京杭大运河，以至于落下了永久的骂名。其实，我们今天应该客观地看待京杭大运河的开凿，如果让我们来解决隋唐首都长安的供给，我们该怎么办呢？搞水运其实是中央对地方物资的调配方式。

唐朝的长安城，素称“八水绕长安”，水系众多，水路交通特别发达，特别是渭河水运，可以说是京城长安的命脉。李隆基也对渭河水运极为重视，他多次调拨民工，在三门峡凿石修道，解决渭河水运的困难。然而，由于渭河过于迂回，从长安到黄河短短的历程，河流长度竟达九百余里，且“渭河水力，大小无常，流浅沙深，即成阻阂”（引自《隋书·食货志》）。

天宝元年（公元742年）三月，陕郡太守、水陆转运使韦坚，奏请“于咸阳壅渭水作兴成堰，截灞、浐水傍渭东注，至关西永丰仓下与渭合。”（引自《旧唐书》）对原有的漕运进行大规模的整治，沿路设置粮仓。仅仅两年时间，岁漕关中的粮食最多达到400万石，于是，“关中蓄积羡溢”，“车驾不复幸东都矣”（引自《新唐书·食货志》）。为了庆祝这一伟大的创举，韦坚还在灞河中下游地区——长安城东九里的长乐坡下，设立一个让世人惊叹的货物转运潭，那就是广运潭。广运潭的水域宽广，能够游船行舟，有北国江南的灵秀景色：岸上杨柳堆烟，万里长堤迤逦，急流蓄积深潭，一碧万顷，成了蓄养鱼群、停泊往来船只的泊口。

天宝二年（公元743年）三月，风和日丽，翠柳婆娑，春燕呢喃。长安，这个经过一个冬天寒冷冰封的城市开始活跃起来了，呈现出妩媚动人的一幕：灞上烟柳长堤，偌大的广运潭水面波光粼粼，来往船只络绎不绝……这天，陕郡太守兼水陆转运使韦坚要在这里举行一场漕运码头盛会。

皇帝李隆基携众官员以及杨贵妃等众嫔妃来到了广运潭漕运码头，在广运潭东面的望春楼上，李隆基居高望远，开始检阅漕运的众多船队。那沉寂一个冬天的水域沸腾起来了，广运潭周围挤满了闻讯纷纷涌来的长安百姓，人山人海，有看热闹的，有做商品交易的……

这天，广运港口，柳色如烟，飞絮如雪，潭面波光粼粼，数百彩船，竞相游弋。船头那标志郡县名称的牌匾，高高地悬挂着，特别醒目。船上满载着各个郡县的奇珍异宝：丹棱郡的绫丝缎、浮梁县的青白瓷石、广陵郡的青黄铜器、渤海府的名贵药材……它们都从四面八方缓缓地驶来，纷纷前来向大唐皇帝报告当地的奇珍异藏，夸耀当地的民富沃能。

广运潭四周，早已挤满了京城长安的万千子民，他们笑容满面，衣着鲜亮，人头攒动，成群结队地前来共享大唐的辉煌繁荣。戏台之上，那锣鼓架子齐鸣的声音，震天轰地，将喜庆的热闹传递给广运潭的水域，传递给争相划船的船夫。再瞧那些划船的船夫，他们统一着装，头戴竹笠，身穿宽袖圆领白衫，脚着草履，雄姿英武，情绪高昂，他们将彩船的富足传递给万里无云的朗朗天空。于是，所有的辉煌汇聚在广运潭里产生了同波共振，那共振立即汇集成一股震耳欲聋的惊涛骇浪，瞬间涌出水域，扬起高高的浪花，排山倒海般地向望春楼压将下来……

大自然的热闹总是和人类的感情共鸣，并且升华了人类的感情。那盛世大唐的辉煌气质以长安子民的热情呈现在大自然面前的时候，大自然总是用自己最恰当的和谐与之合拍。今天，大唐子民最饱满的热情沸腾了，大唐广运潭也跟着沸腾了……

当一曲锣鼓架子的欢唱稍歇的时候，广运潭的潭水也沉静下来了，也许，沉静是为了孕育更大的爆发。就在一切安静下来的时候，忽然，远处潭面之上，一声浑厚嘹亮的男高音打破了广运潭水的寂静。回过头去，这才看见一艘彩色大船缓缓地驶来。只见船头站立着一个年轻俊朗的后生，船里坐着一百多个年轻美丽的女子。那年轻后生就是陕县县尉崔成甫，只见他头上缠着一块红布，身上穿着锦绣绿衫，半臂露在外面。船中众多的女子鲜服靓妆，清扫蛾眉。那站立船头的后生，引吭领唱《得宝歌》。其词曰：

得宝弘农野，弘农得宝耶？
潭里船车闹，扬州铜器多。
三郎当殿坐，看唱《得宝歌》。

男高音声如洪钟，船里那百名女子齐声唱和，羯鼓羌笛各部胡乐也随之响起，此时，合唱的歌声浑厚激昂，沿水漂浮，笙箫迭奏，随着彩船飘飘扬扬，直至望春楼头。接着，密密麻麻的船队紧随其后，缓缓而进，齐聚楼下。这些密密麻麻的船队驶向望春楼这里，整整齐齐地排列在望春楼前，接受盛世皇帝李隆基的检阅。如此的天遂人愿，怎能不振奋当朝的皇帝？望着隆重而宏大的场面，李隆基喜得合不上嘴，杨贵妃更是点头称好，众大臣齐声喝彩。那恢宏无比的气势，好似一幕繁荣昌盛的气象啊！

一曲《得宝歌》，唱到了李隆基的心坎里，他心里美滋滋的；一曲《得宝歌》，唱到了众大臣的心里，他们喜笑颜开。一曲《得宝歌》，已经不仅仅是歌唱李隆基的英明，而是歌唱大唐的繁荣与辉煌，歌唱大唐的锦绣前程。《得宝歌》唱罢，那献宝船队衔尾而行，荡桨摇橹，撑篙打碇，锦帆透迤数十里，依次经过望春楼下。

盛世的辉煌自然离不开歌舞乐曲的传唱，而传唱盛世的皇家梨园自然成了前来祝贺与颂扬的主角。梨园魁首李龟年是这场盛会的文艺策划者。崔成甫的《得宝歌》唱罢，李龟年的《渭川曲》接着响起，《渭川曲》也是搅动浐水，翻滚波涛，如天上清歌，使人俗念不生。热闹继续进行，梨园子弟们纷纷拿出各自的绝活，为今天的大唐献歌献舞。最后压轴的是杨玉环的《霓裳羽衣舞》，那美轮美奂的舞曲，更是舞出了今日大唐的风调与雨顺，舞出了今日大唐的盛世与太平，舞出了今日大唐的辉煌与飞扬……想那天上过路的神仙，他们也会驻足俯视，欣赏大唐的万民欢娱。

李隆基实在太高兴了，他不光乐在美妙的歌曲里，他还乐在广运码头的繁忙上。从此，每年漕运，可以由原来每年的一二十万石增至四百万石，甚至高达七百万石，京城长安的粮食问题终于解决了，自己不用再做那“逐粮天子”了。

看来，这真是一个漕运的新纪元，相信明天的太阳会更加灿烂。李隆基幸福极了！望春楼上，山珍海味，极尽了盛世的极品佳肴。奢侈豪华的席间，百官雅士自然免不了作诗吟唱，抒发情感。适逢这样的场面，才高八斗的翰林学士李太白自然是推脱不过的，他挥毫泼墨，即就新诗《春日行》：

深宫高楼入紫清，金作蛟龙盘绣楹。
佳人当窗弄白日，弦将手语弹鸣筝。
春风吹落君王耳，此曲乃是升天行。
因出天池泛蓬瀛，楼船蹙沓波浪惊。
三千双蛾献歌笑，挝钟考鼓宫殿倾，万姓聚舞歌太平。
我无为，人自宁。
三十六帝欲相迎，仙人飘翩下云軿。
帝不去，留镐京。
安能为轩辕，独往入窅冥。

小臣拜献南山寿，陛下万古垂鸿名。

李隆基端起酒杯称好，群臣向李太白敬酒祝贺，李隆基当场赠送了李太白许多笔墨纸砚。那弘农得宝的崔成甫，亦席间歌唱，可惜的是，曲词今已失传了。

总之，这次广运潭水陆交通盛会，展示了大唐商贸的发达和水运的畅通，在大唐漕运史上是前所未有的辉煌，它终将成为大唐帝国繁荣昌盛的象征，永远定格在中华文明的历史中。

二十一　肢解飞升

高考文言文阅读中曾出了韩休的一段事迹，那么这位韩休是什么人呢？韩休（公元673年—公元739年），唐朝大臣，字良士，京兆长安（今西安市长安区）人。

唐玄宗李隆基时期，韩休被任命做门下随从，同平章事（相当于今天的宰相助理之类），因为韩休为人严峻刚直，从不追求名誉权势，所作所为很得民心。后经萧嵩引荐，韩休做了宰相。韩休在做宰相期间，依然持守正道，不去阿谀奉承同僚，连当初引荐他的萧嵩也不买账，萧嵩逐渐也厌恶起他了，宋璟则感叹说：“没想到韩休还如此有能耐！”

李隆基是一个爱玩的人，总是逮着空子乐上一番，大臣们不好说皇帝什么。可是别看李隆基他是一位皇帝，他也有内心怕人的时候。有时，李隆基在宫中宴饮欢乐或在苑中打猎游玩，稍微玩过火了，他就开始担心起来了，常常问身边的大臣：

“今天这件事，韩休知道不知道？”

话刚说完，没想到劝谏的文书就递上来了。李隆基对着劝谏的文书默不作声，身边大臣看到皇帝瓷在那儿，就明白一定又是韩休扫了皇帝的雅兴。这个韩休，他犹如鱼刺一样梗在皇帝的喉咙里，让皇帝难受，大臣们就私下对李隆基说：

“自从韩休做宰相以后，陛下的容貌和以前相比清瘦多了，为什么不罢免他？”

一位堂堂的大唐皇帝，害怕自己的宰相到如此地步，说出来可能是笑话，其实皇帝真的不好当，不是自己想干什么就能干什么，他还得接受他的下属监督啊！

李隆基听了大臣的意见，他叹了一口气说：

“朕的容貌虽然清瘦了许多，可天下应该丰饶了许多。萧嵩为相时，他禀报事情常常顺从朕的旨意，他退下以后，朕却无法安睡。而韩休为相后，经常据理力争，他辞别以后，朕睡得很安稳。朕用韩休是为了国家，不是为朕自己啊。”

看来李隆基这位皇帝确实不错，他心里装着天下百姓，他宁可亏了自己，也让天下人满意。总之，李隆基在位期间，任用了像姚崇、窦怀贞、宋璟、韩休和张九龄等一系列贤才，他们提出一系列鼓励生产、改革弊政的政治措施，使得唐王朝政治安定，国力强盛，百姓富庶，经济文化发展到了顶峰，其中尤其以唐代诗歌最为后人称道，产生了一大批著名诗人。其他如音乐、绘画、书法、雕刻等艺术也都有显著成就。

然而，李隆基也有其短视的时候，当他认为天下太平了，自己该享受享受生活时，就疏于政治了。他不但自己有懒惰思想，而且很能理解大臣的苦衷：每当秋季来临，长安进入雨季，白色的雨布从天而降，遮住了整个天空，而且一下就是十多天的霖雨，咱们长安人形象地称其“白雨天”。适逢这样的季节，松软的黄土经不住这样的蹂躏，被白雨和成黄稠样的泥浆，人只要轻轻一脚，就能踩出一个一尺深的泥窝。还有更可怕的，由于长安的各条街道两旁都设计有排水的水沟，人稍不注意就掉到水沟里，轻者爬起来接着走，重者可不摔折了胳膊腿？面对这样的天气，李隆基也有无奈的一面，他只好对朝中大臣说：“每逢白雨天，朝中官员如果没有非常重要的事情，就不要上朝。”

好事啊！多么体谅下属的皇帝！此后，适逢长安大雨天，朝中官员不用前来朝堂上班了，大家在家歇息，等候天气转好。后来，聪明的京兆尹出了个好主意：利用河沙铺设长安主要交通要道，便于人们大雨天外出行走。这主意好啊！李隆基当即采纳，他开始让有司在长安的一些通衢大街和里坊路面上铺上细沙，将那松软的黄土掩埋。这样一来，长安的路面开始晶莹光滑起来了，那晶莹的沙粒在太阳的照射下熠熠发光，这就是后人常说的“玉堤”了。李隆基对宰相特别恩惠，为了方便宰相白雨天也能上朝议事，他会让有司给宰相从宰相府到朝廷的路上铺设细沙粒。所谓的“沙堤欲到门”，在唐朝就是快要拜相的同义词了。

其实，有时候慵懒是颓废的表现。李隆基有其聪明的一面，他能将无聊的时光编织得美妙无比，他沉醉在诗词、书法、音乐等世界里，沉醉在后宫嫔妃温柔富贵的梦乡里，面对大唐的锦绣河山，李隆基已经开始很少巡幸。天宝三载（公元744年），李隆基对高力士说：“朕不出长安近十年，天下无事，朕欲高居无为，悉以政事委林甫，何如？”

赤胆忠心的高力士一听，心里着急啊！他嫌皇帝年纪轻轻的就想当甩手大爷，把所有的国家大事交给比皇上年纪还大很多的皇叔李林甫经管，而李林甫这位皇叔，根本没有实际本领。一个这么大的大唐帝国，方方面面的事情多如牛毛，各个环节都要很好地规划和把握，可皇上却想撒手不管。高力士想不通，他趁机规劝皇上，答道：

“天下大柄，不可假人；彼威势既成，谁敢复议之者！”

李隆基听高力士这么一说，脸色一板，不高兴了。高力士明白自己激怒龙颜，赶紧顿首请罪，说：“臣狂疾，发妄言，罪当死。”

看着高力士诚惶诚恐的样子，李隆基就为高力士置酒释疑。从此，高力士再也不敢对李隆基推心置腹地谈论天下大事了。

其实，高力士本来是一片忠心，他想提醒李隆基不要太相信李林甫，不要将政权都交给李林甫，并且要注意唐王朝潜伏的危机，可是沉醉在太平盛世的李隆基根本就不想听，还是把国家的政治、经济命脉交给了宰相李林甫、杨国忠，将边防保卫托付给比自己儿子还亲的爱将安禄山。俗话说“知人知面不知心”，这三个人于国于民都是大害。

《周易》云：“日中则昃，月盈则食。”什么意思呢？就是说太阳到了正午就要偏西，月亮圆的时候就要亏缺，比喻事物盛到极点就会衰落。当大唐走向最辉煌的时候，已经显露出了它的弊端。而李隆基对当时社会评估出现了偏差，他被大唐表面的繁华蒙蔽了，忽略了太平盛世表象下潜藏的危机。

然而，年过花甲的李隆基已经没有了励精图治的锐气，他不愿再当挥斥方遒的英雄了，他的思想开始趋于平稳无为、顽固老化，而此时，社会潜伏百年的病灶显露出来了：

首先是李隆基甩手大爷的行为，官员们上行下效的官场作风，即使是中央集权政治，也不能阻止地方官员的权力不断膨胀；

其二是京城长安几百年的首都优势，人口迅速膨胀，资源消耗太大，坐吃山空，而连接长安和经济发达的长江中下游的大运河暴露数千里，维系国脉的运输能力有限，可谓命悬一线；

再次各国臣服颇多，边防节度使等地方自治政策的设置，国家军事重心的外移，造成头小尾大，尾巴离头脑太远之势。特别是北方少数民族形式上的归顺，实际上仍然是地方自治。

还有唐从建立到唐高宗、武则天时，东突厥及契丹各族平定后内徙至河北北部一带，该地胡人杂居，胡化严重，与大唐关系疏离。

……

昔日丰腴的关中平原，面对这么一个强大的帝国，已经显露出它自身的浅薄和贫瘠，虽然它东西南北都可以左右逢源，但是，那是在它渊博与富饶的基础上，如今，它自身的生产能力不足了，供小于求，匮乏严重。除此之外，再加上诸多因素对积习已久的社会弊端的冲击，不想再有所作为的李隆基，已经对大唐这艘不断扩容的大船的驾驭渐感不支了。

领航我们大唐的总舵手李隆基，由于自己的颓废，他已经掌控不了大唐的航行方向了，也最终给我们中华民族留下了历史上的千古遗恨。

一个人，如果身上有了毒瘤自然要切开割除，一个社会，如果有了积习已久的百年诟病会怎么样呢？当然是肢解。

“肢解”即切开、撕开或分离的肢体、器官等，这对人类而言是非常残酷的，而对一个强大的大唐帝国，写下“肢解飞升”这个题目，总让我们的心里灰蒙蒙的，感到很不是滋味，然而，这是我们今天必须面对的事实。

叛乱窃国的千古罪人安禄山，不仅是大唐的叛臣，而且是破坏梨园文化的罪魁祸首。他以擅长胡旋舞蹈和阿谀奉承为能事，骗得了皇帝李隆基的信任，李隆基甚至把安禄山“金鸡帐下养为儿”，任其长期鬼混在长安的宫中。

安禄山，这个体重330斤、腹垂过膝、肥胖无比，连走个路都喘的男人，一旦跳起胡旋舞，却能左旋右转，不知疲倦。为什么呢？他无非是为了博得皇帝李隆基的欢心嘛！其实，安禄山的这些丑恶表演，早被梨园乐师们特别是雷海青等人所鄙视。然而，安禄山平时依然总是以一副愚憨之态示人，尤其在皇帝面前，他可谓挖空心思，极尽谄媚之能事。有一次，这个年近五十的安禄山扎了小辫，戴上肚兜，打扮为“小儿”的模样，跪趴在地上，死皮赖脸地要认美丽的贵妃娘娘做干娘。面对满嘴跑火车的安禄山，杨玉环也是个爱胡闹的活宝，她竟然心安理得地认养这个比自己还大了将近二十岁的男人为养子。

天宝十载（公元751年）正月初一，安禄山的生日，李隆基和杨玉环赐给养子安禄山丰厚的生日礼物。第三天，按照咱们长安的风俗习惯，杨玉环召安禄山进见，替这个“大儿子”举行“洗三”仪式。

“洗三”仪式定在午饭后，主持“洗三”仪式的收生姥姥早已在外厅正面设上香案，供奉碧霞元君、琼霄娘娘、云霄娘娘、催生娘娘、送子娘娘、豆疹娘娘、眼光娘娘等十三位神像。模拟产妇的杨玉环坐在内室里，内室的炕头上摆放着五碗桂花缸炉和用油糕做成的供品，供奉着“炕公、炕母”的神像。一位年老的婆婆上香叩首，收生姥姥亦随之三拜。然后，把盛有用槐条、艾叶熬成汤的铜盆以及一切礼仪用品摆在炕上。这时，收生姥姥等来到外厅，假装抱一抱澡盆里的婴儿安禄山，开始带头往盆里添一小勺清水、一些钱币、大枣、龙眼等，嘴里还说“长流水，聪明伶俐”

等吉祥的祝词，这就是所谓的“添盆”。然而可惜的是安禄山这个“婴儿”实在太大了，只能装进预先做好的大澡盆中撩水洗澡。待洗完澡后，杨玉环又用锦绣丝缎缝制而成的大襁褓包裹住安禄山。这时，宫女们把安禄山放在一辆彩轿上抬着，在后宫的花园中转来转去，杨玉环从旁轻扯襁褓慢拽长纱，娇喘吁吁，边追边喊“禄儿、禄儿”，显然是为了极尽为母者之责。闹剧，简直是一场实实在在的闹剧！简直是一场让人哭笑不得的历史闹剧！

闹剧总是冷静的旁观者眼中的笑话。没有子嗣的杨玉环好不容易才有了一回做母亲的感觉，虽然这个养子比她大了许多。她开始尽情地享受做母亲的情趣，她并没有感到可笑，因为现在，年老的李隆基已经没有足够的精力，来陪着年轻的杨玉环继续热闹，这也许就是老夫少妻的悲哀了。

此时的杨玉环，正是身体和心理的花朵开得正旺盛的时候，她需要一个合适环境来尽情地绽放自己，她需要一个异性同伴陪着她疯狂。可是，七十多岁的李隆基，他早已没有更多的精力和杨玉环一起疯狂了，他掺和不到年轻人激情的游戏里了——用身体和能量作为代价的游戏。李隆基只希望平静而安稳地生活，以求保养身体、颐养性情、修养情操。他已经参悟出了人生真谛，从现在开始，他真的像世外的神仙，只是静坐在那里，微笑着看着年轻人的热闹。

此时，杨玉环三十多岁，风韵绰约，正是女人的好年华，她需要旋转自己的人生，疯狂地旋转。白居易《胡旋舞》诗中云：“左旋右转不知疲，千匝万周无已时。人间物类无可比，奔车轮缓旋风迟。”把胡旋女在音乐声里左旋右旋，不知疲倦，不怕头晕，千圈万周转个不停地情态写活了。这种舞蹈就是因为它的动感才给观者以美的视觉享受，观众因为舞者的飞转而感到心情飞扬。大唐将领安禄山只会跳一种舞，就是这种胡旋舞，别看他肥头大耳的，他跳起胡旋舞来旋转自如，还真是舞场高手。

善舞的杨玉环当然也不示弱，她不但会跳各式各样的舞蹈，她跳起快速多变的胡旋舞来更是无与伦比，倾倒一片。曾经有一次，杨玉环领着一群舞女，身穿华美的服装，头戴丁零作响的玉器，她们在皇上李隆基面前跳起欢快的《胡旋舞》，当她们旋转起来，那柔美的身姿仿佛不沾染一丝杂尘，像仙界的白云飘忽，如水里的漩涡激荡，飘飞的舞衣荡漾着无限的风情，把李隆基撩拨得身心不安，热血直往上蹿，李隆基也忘记了自己的年龄，取过鼓槌，忘情地为杨玉环击鼓和奏，没想到旺盛的激情竟把羯鼓都击破了。

这些疯狂的激情都成了前尘往事，经年之后，古稀之后的李隆基思想已经接近保守，曾经的疯狂激情早已停留在美好的记忆里了。而此时的杨玉环，这个三十出头的女人，她拥有着丰富的情趣，她需要生活得丰富和热闹。在胡旋舞曲里，安禄山成了她绝佳舞伴。在胡旋舞舞蹈艺术上，他们的心灵默契是别人体会不到的，他们以自己年轻的身体旋转着自己的青春热情，领悟艺术至上的境地。那么默契，那么和谐……

杨玉环开始以自己旺盛的生命力在宫里绽放，身体的愉悦替代了思维的理智，她享受着安禄山给自己带来的鲜活乐趣，她需要开始重新审视安禄山这个没脸没皮的小人，她自作聪明地以为自己占尽了安禄山的小便宜，把安禄山当猴耍了，岂不知这个被当猴耍的男人日后要夺取大唐的美好江山。唉!

也许过分的宠爱会使一个人迷失方向，权力的膨胀会使人丧失本性。安禄山在宠爱与权力的世界里变得贪婪了，最终，他发动了一场大暴乱——“安史之乱”，企图夺取大唐的政权。“安史之乱”爆发后，大唐皇帝李隆基这才意识到问题的严重性，他仓促收拾行囊，带着几个人和护卫队从长安落荒西逃，准备入蜀。当李隆基一队人马行至马嵬坡（今陕西兴平市西北二十三里）时，人困马乏，饥渴难耐，疲惫的士兵们开始埋怨起来。在怨恨埋怨中，他们把今日的罪过全部归咎于一个人的身上，那就是杨玉环的哥哥——当朝宰相杨国忠。他们抱怨杨国忠昏庸无能，不会治理国家，以至于落得今天的惨淡结局。终于，这些忠诚的士兵发生了兵变，他们提出了一个响亮的口号——“清君侧”，那就是清除皇帝身边的宰相杨国忠！赐死杨国忠的妹妹——一个红颜祸水的妖孽！

李隆基万万没有想到自己有今天的劫难，他以自己的君子情操善待周围的每个人，没想到最后竟是这样的报应。李隆基的心里像刀割一样疼痛，他万万没有料到几十年来，自己时刻绷紧警惕弦丝把国家大事放在心上，才经营得如此成功的大唐，顷刻间这么肢解了。此刻，李隆基真的不知道该如何面对杨玉环。爱妃杨玉环，这么鲜活的女人竟然要被赐死，这让宽厚仁慈的李隆基情何以堪啊！他该如何割舍这份至爱呢？悔当初，不该不顾寿王面，错把玉环要过来；悔当初，骊山晚照笑幽王，一把烽火戏诸侯；悔当初，沉香亭畔醉牡丹，你方唱罢我方起，白日歌舞夜里箫……

这是一个煎熬的夜晚，李隆基要做出赐死杨玉环的决定，这是多么残忍的决定啊？怪只怪自己沉湎于花前月下而疏忽了国家大事，自己前面种下孽事，现在到了该还债的时候了。李隆基无奈地看着杨玉环，没想到杨玉环很淡定，她反倒劝了李隆基，因为她觉得自己这辈子活得不亏，她已经享受了人间的一切，无论是物质还是精神，最重要的是她升华了自己，把自己的文艺才能发挥到了淋漓尽致的程度，世间的《霓裳羽衣舞》不会因为她的离去而消失，它将成为中国歌舞史上不朽的丰碑。也许，世事就是这么回事，历史的舞台不是专门留给某一个人的，自己的节目演完了，自己就该谢幕了。杨玉环把自己该做的事情做完了，她就该离开了。

也许是前世的因缘，注定了今生最后的相遇。祠堂前的大梨树，静静地际会前世的机缘，现在终于等到了，相遇即是离别。大梨树悲戚地望着屋内的女人，只见她端坐在镜子前，精心地打扮一番。这是一个相当爱美的女人，她活着的时候那么光艳，临死的时候，当然也不允许自己邋遢。杨玉环平静地告别了还在深深自责的李隆基，戴上自己最喜欢的牡丹花，她回想起沉香亭的牡丹花开得是那么艳丽，花丛中的她是那么灿烂，李太白用诗歌赞美过她，李隆基用牡丹招惹过她，她戴着牡丹花在霓裳舞曲中飘转着。那一切的一切都是那么美好，在她要永远地驾鹤远游时，她要把美丽永远地定格在牡丹之乡……

“贵妃殡天了！”

沉寂的世界突然一响，犹如轰雷震耳，李隆基的脸色苍白起来了，他说不出一句话，任凭眼泪如注，他是多么颓然无力啊！高力士看到李隆基这样的无可奈何，他吓怕了，两腿哆哆嗦嗦地站立不稳，呜咽不止。

风雨凄凄，苍山含泪，谁说天地无情？那阴沉沉的苍天莫不是在替人垂泪？那阴沉沉的大地莫不是在替人伤悲？还有祠堂前的大梨树莫不是在低头啜泣？

那被迫缢死的女人，她的形骸停放在佛堂里，经陈玄礼等将士查验后，运至驿站。而垂挂在梨树上的那条三尺白锦，在风中舞出一段难舍难分的情愫。屋内，龙须席上，锦褥未展，最终，这床锦褥被马嵬店附近的一位穷苦的老妇人悄悄地收藏了，日后，成为老妇人演绎爱情故事从而发家致富的看家宝贝了。

人去心空，李隆基的心空荡荡的，也许这一切是他必经的劫难，是谁也代替不了的心灵折磨。人往往就是这样，在不如意的时候，才有了宿命之说。李隆基终究还是回想起了一件事：开元十五年（公元727年），在长安的华严寺，禅师僧一行圆寂前曾留下了一封信给他，说："日后勿用宗子做相，蕃臣做将。"当时的李隆基痛悼禅师四十五岁就谢世。真是岁月如尘，时间让人淡忘了许多前尘往事。李隆基忘了僧一行禅师的临终嘱咐，在朝廷内任用宗子李林甫做相，在朝廷外用蕃臣安禄山做将，最终导致了今天的结果。李隆基真的好后悔啊！直到李隆基听到安禄山死了，这才吐了一口由爱到恨的恶气，他咬牙切齿地说："朕恨不得亲手宰了此贼啊！"此刻，适逢逆境的李隆基，他后悔当初没有听已故的宰相张九龄断言安禄山有反骨的忠言，如果当初听从张九龄的劝谏，何至有今日之祸呢？感念于旧臣的忠言，李隆基亲手写诏，遣使祭拜张九龄墓，又厚待其家属。诏文曰：

> 惟卿昔者曾有说言，谓安禄山反相昭然，不宜宥死，宜亟歼旃。朕听不聪，轻纵巨奸，既宽显戮，更予大藩，酿兹凶祸。追悔从前，卿今若在，朕复何颜！追念老臣，曷胜涕涟。特遣致祭，情以短篇，嘉卿先见，志吾过愆。尚飨。

接着，李隆基又命令朝臣查录一切死难忠臣，申奏新君（儿子李亨），加以恤典，不得遗漏。

这几天，适逢大雨，霖雨绵绵，一路泥泞，在雨中，皇銮之上，铃儿丁零零，隔山相应，甚觉凄凉。恍惚中，李隆基仿佛看见了系着铃儿欢跳胡旋舞的玉环，他的心里一阵抓挠，口水难咽，悲痛夹杂着思念，谱写出一曲哀伤的《雨霖铃》曲谱。

这是一曲山河破碎的殇音，是一曲知音离去的哀叹，是一曲终生遗憾的悲愁……那随行的梨园弟子张野狐，他明白皇上的心思，他默默地替皇上吹奏《雨霖铃》的曲子。当那哀怨缠绵的曲子流向远处的青山时，远处的青山静静地倾听……从此，《雨霖铃》就被历史记住了。这就是《雨霖铃》的由来，《雨霖铃》也写作《雨淋铃》，是个词牌名。

《雨霖铃》寄托了对开元盛世的思念，对伟大功业的思念，对贵妃的思念，李隆基想以泪水洗去国破家亡的耻辱，但他的玉环却永远地离开了，离开了朝朝暮暮的日子，离开了耳鬓厮磨的爱情。

蓦然回首，李隆基越发显得苍老了。也许李隆基的时代真的已经远去了，而我们依旧还是恋恋不舍那大唐的盛世繁华，不舍那大唐皇家的梨园歌舞声乐。很快，李隆基就被儿子李亨尊为太上皇了。公元757年十月，唐肃宗（李亨）派中使啖廷瑶入蜀前去迎接太上皇李隆基返京。返京途中，皇舆经行剑门，虽是初冬时分，但是蜀地风光依旧美丽，流丹的枫叶，积翠的青松，萦绕的山路，丹翠辉映。抬眼望去，山势高耸入云、险峻无比。剑门七十二峰拥挤堆叠，仿佛扇扇闭合的大门。那峭壁中断，两岩相嵌，形似剑门，名副其实。恰似"一夫当关，万夫莫开"的关隘，再看西晋张载的刻石，更是触动情感。李隆基作《幸蜀西至剑门》一诗，表达自己复杂的心情，诗云：

剑阁横云峻，銮舆出狩回。

翠屏千仞合，丹嶂五丁开。

灌木萦旗转，仙云拂马来。

乘时方在德，嗟尔勒铭才。

梨园弟子张野狐又为李隆基制作《还京乐》一曲，并亲自为李隆基演奏。悲伤与失意代替了灵感与敏捷，此时的李隆基能静下心来听一曲音乐已经不容易了，他不敢再对音乐有更多的奢望了，昔日那对音律感悟能力强烈的李隆基，他的听觉开始变得迟缓了，他再也赶不上张野狐了，也赶不上梨园其他弟子了。那么，梨园的其他弟子的状况又是怎样呢？

“安史之乱”爆发后，叛军攻进潼关，李隆基来不及通知文武官员，仓皇西逃入川。梨园魁首李龟年没有来得及追随李隆基前往四川，他决定取道南下，经湖北再去四川。一路上，李龟年历尽艰险，辗转逃到湘潭，谁知，由于战况，他不能前行，只得在此卖艺谋生。公元770 年，因投靠亲友不着，漂泊到湖南的大诗人杜甫，偶然遇到李龟年，感伤之情溢于言表。杜甫抹着一把老泪，给李龟年讲述了公元757 年自己偷偷经过曲江时的万千感慨：“少陵野老吞声哭，春日潜行曲江曲。江头宫殿锁千门，细柳新蒲为谁绿。……明眸皓齿今何在，血污游魂归不得。……”（杜甫《哀江头》）李龟年听了，也是一把鼻涕一把泪。薄酒之后，杜甫写下了充满伤感情绪的七绝《江南逢李龟年》：

岐王宅里寻常见，崔九堂前几度闻。

正是江南好风景，落花时节又逢君。

就是在这年冬天，一层薄雪，还没来得及裹住远处的青山，江面上漂浮着一只毫无遮掩的小船，伟大的“诗圣”——杜甫老先生就病死于这只小船中，时年五十九岁。杜甫老先生虽然走了，可是，他的众多诗文和这首有名的《江南逢李龟年》却永远地流传下来了，在我国唐代的诗坛上熠熠发光。

好朋友一个个离去，不禁让人万般沮丧。听闻杜甫去世，再睹国破家亡的凄惨，李龟年的心里是那么惆怅，也许，从此辉煌真的一去不复返了，这让“乐圣”情何以堪啊！在湘中的一次宴会上，李龟年照例演唱梨园老曲，这次他演唱了王维的两首名作《相思》：“红豆生南国，春来发几枝。愿君多采撷，此物最相思。”和《伊州歌》：“清风明月苦相思，荡子从戎十载馀。征人去日殷勤嘱，归雁来时数附书。”

曲子里，昔日梨园的光景又重现在李龟年的眼前，恍惚中，李龟年又与梨园子弟歌唱盛世的辉煌，那是多么令人怀念的时光啊！李龟年唱罢，伤世哀时，悲恸不已。在座的宾客也不由得遥望成都的李隆基所在的方向，叹息流泪，唏嘘不已。没想到就在此时，李龟年忽然倒地，连呼吸也停止了。人们慌作一团，围着李龟年出谋划策，寻找解救方法。大家都摇头了，有人摸着李龟年的左耳，没想到还有一丝热气，大家认为李龟年可能是气血攻心，一时半会儿气上不来，就不忍心将他装入棺材，让家人把他晾着。过了四天，李龟年居然又醒过来了，对媳妇说：“湘江的水神湘君、湘夫人，召我去教他们的侍女兰苕唱歌，并告诉我，皇上不久将回长安。”

一个臣子，临死的时候都梦想着他的皇帝回归故里，这是多么忠诚的人臣啊！然而最终，李龟年自己是回不去长安了，他得留在湘江，教兰苕唱歌。真可谓“摔破瑶琴凤尾寒，子期不在对谁弹？”由此可见，李隆基和李龟年的君臣之情是何等深厚！李龟年在李隆基落难时，还能如此忠心地对待皇上，可以说他们真的是知音之人。

李龟年走了，带着自己的仙梦走了，把君臣相知相惜的情谊留下了，因此，他被后世者敬仰。“大历十才子”之一的诗人——李端，写《赠李龟年》诗为证：

青春事汉主，白首入秦城。
遍识才人字，多知旧曲名。
风流随故事，语笑合新声。
独有垂杨树，偏伤日暮情。

一代“乐圣”李龟年就这么走了，那么，“天下第一笛手”李谟的状况又怎样呢？

“安史之乱”爆发后，叛军攻陷长安城，李谟被迫离开京城长安。他一路南下，流落江南，投奔越州（今绍兴）刺史皇甫政的帐下。

在一个月色朦胧的夜晚，皇甫政和众僚游览镜湖，游酣之际，李谟吹笛，以助雅兴。笛声悠悠，曲调委婉，搅动那一湖月色颤颤巍巍，像在舞动一样，随行人员个个沉醉其中。待到笛子声歇，湖面上出现了一位白发老翁，他自驾一叶小舟缓缓地驶来，老翁说：

“刚才听到美妙的笛声，忍不住驾舟前来，我也吹上两曲。”

皇甫政一看，来了个懂音律的，就急忙邀请老翁上船演奏，老翁从自己袖中取出一支长笛奏起来。此刻，在这样静谧的夜晚，天空中云散月朗，清风顿息，长笛声起，笛音美妙至极。船上的人都不说话，竖耳静听，那笛声好像在波浪中跳跃，特别震撼。突然，人们发现在官船两侧出现了两条长长的黑影，原来是两条蛟龙游来听曲。

老翁吹完，将笛子递给李谟，让他也吹奏一曲。李谟接过笛子，原来是铁笛，笛子很重，李谟使足劲连吹数下，却吹不出任何声音，只得将笛子还给老翁，老翁随即驾舟消失在夜色中。这就是绍兴城至今流传的“铁笛惊龙”的故事。

乐者的伤感在歌里，文人的伤感在诗中。血性男儿总是把自己的愤恨发泄在敌人的身上。

天宝十五载（公元756年）六月，安禄山攻陷长安，许多来不及走的王宫贵胄被杀害了，数百名梨园弟子也被叛军俘获，安禄山在洛阳伪称皇帝后，命令将俘获的嫔妃与梨园弟子挟持到东都洛阳，梨园弟子雷海青也在其中。在西苑重天门北的凝碧池，安禄山举行了盛大的宴会，尽显抢来的珍宝，以满足其膨胀的心理。宴会上，自然免不了歌舞，梨园弟子被迫奏乐跳舞。

雷海青不愿为叛军演奏，便称病不去，被安禄山派人强押到场。而其他梨园弟子，对叛军的野蛮行径十分不满，想到昔日大唐山河破碎，生灵涂炭，故而人人悲伤，暗自流泪，曲不成调。安禄山看后大怒，派人到乐队中查看，凡有泪痕者，立即推出斩首。

就在这时，雷海青再也忍不住了，挺身而出，对着安禄山，举起琵琶，往地上奋力一摔。这一摔，摔出了自己对屈辱人生的满腔愤懑，摔出了梨园弟子的歌者风骨，摔出了文化艺人的咏者风采。看到一地粉碎的琵琶，雷海青并没有慌乱，他镇静地向李隆基逃难的方向拜了两拜，然后放声痛哭。其他的梨园弟子也一同放声痛哭，哭声顿时连成一片，那悲怆的哭声里，倾诉了皇上的知遇之恩，倾诉了叛国者的罪恶。安禄山气得暴跳如雷，下令立刻将雷海青拖到试马殿前肢解示众。

就这样，一位才华出众的音乐家雷海青，不幸死在了一个窃国的叛贼手上。雷海青怀着对自己国家的忠诚走了，离开了这个颠倒黑白的是非之地。福建的乡亲们听闻此事，不远万里，把雷海青的尸骨运回福建南安坑口乡埋葬。雷海青面对叛军，敢于斗争的精神一直活在人们的心中。相传郭子仪反攻长安叛军时，雷海青显灵助战，天空出现“雷”字旗号，因上半部被云雾所遮，仅见“田”字。郭子仪据此向大唐朝廷请功，唐肃宗李亨（李隆基的儿子）加封雷海青为“田都大元帅”，民间尊其为保国安民的神灵，因他生前原为梨园乐师，死后称其为“天下梨园大总管”，故闽南、潮汕各剧种戏班又奉其为戏神，称“相公爷”。

梨园弟子雷海青不愧是有血性的好男儿，他舍生取义，永留史册；而梨园里另一位弟子黄幡绰，却是“以苦独存”下来的李子，他苟延的目的则是为了再见他的皇帝李隆基。

“安史之乱”后，没来得及离开长安梨园的“滑稽之雄”黄幡绰，被叛贼安禄山抓了，安禄山想让口齿伶俐的黄幡绰为已所用，给自己的皇帝大梦增添美丽而神秘的色彩。一次，安禄山梦见自己衣服袖子很长，一下拖到台阶下面了，他知道这一定是个好梦，就让黄幡绰解梦。没想到黄幡绰果然说“会垂衣而治（即会当皇上）”。好说法！安禄山喜笑颜开了。还有一次，安禄山梦见大殿的阁子倒了，黄幡绰说：“旧的去了，是要盖更新更好的。”类似这样的话实在太多了，安禄山喜欢听。

对于这样一个八面玲珑的“滑稽之雄”，在任何时候都能游刃有余地生存下来，确实也是一种本事。“安史之乱”平定后，黄幡绰自然被李唐朝廷抓住，有人向李隆基报告说：

“黄幡绰这个人不是东西，他曾在贼营中替安禄山解梦，说好话附会安禄山，忘了陛下这么多年的厚恩了。”

李隆基反倒大度地说：

“他等俳优之辈，安能尽如雷海青这般殉节？就算失身贼中，亦不足深责。黄幡绰既然从贼中来，想一定知道雷海青殉节的详细情况，朕正想问他，可便唤来。”

黄幡绰听说李隆基并没有怪罪于他，这才肯前来见李隆基。君臣相见，自然是痛苦万分。黄幡绰说：

“臣不知道皇上大驾蒙尘到了蜀地，我陷在贼营，只能暂且哄着安禄山，好保留性命，今日才能有机遇再见陛下，我给叛贼解梦，其实早就知道那不是好梦。”

李隆基笑了，问道：

“那你说说，那个梦究竟怎么回事？”

黄幡绰说：“安禄山梦见袖子长，是说他不得出手啊；梦见阁子倒了，是说他怎么也得不到了。可我不能在他面前这么说，我知道他要完蛋的。”

李隆基大笑了，知道这个黄幡绰有他自己的生存方式。一代滑稽大师，在艰难的环境中能凭自己的谎话生存下来，这已经不容易了，还要求他怎样呢？李隆基还是眷顾黄幡绰的机灵放了他。

相比于八面玲珑的“滑稽之雄”黄幡绰，“诗佛”王维就没有那么幸运了。

王维，开元九年（公元721年），中进士，任太乐丞，负责朝廷礼乐方面事宜。王维任太乐丞时，有一件事情没有做好，那就是在皇帝李隆基没有在场的情况下，王维允许了艺人演出《黄狮子》，所以被判罪贬济州（今山东济宁）司库参军。舞一场狮子舞就被贬官，这是为什么呢？我们知道狮子有“百兽之王”之誉，它雄伟、威武，象征皇权，受到崇拜。《黄狮子》这种舞蹈，没有皇帝在场就不能演出。直到开元二十三年，张九龄为相期间，王维才被提拔为右拾遗，转监察御史。“安史之乱”发生后，王维也被安禄山的叛军抓获，送至洛阳拘禁到菩提寺。由于王维的名气很大，安禄山还是比较器重诗书画造诣都很高的王维，让王维、郑虔和张通等人为官，虽然他们也许有自己的苦衷，可在伪朝廷做官，毕竟是大家嗤之以鼻的事情。

可怜的王维，满腹才华，却要为一个不学无术的窃国大盗服务，王维自然十分郁闷，尤其是当他听到雷海青死难之事后，王维特别感动，赋一首七绝《菩提寺禁裴迪来相看说逆贼等凝碧池上作乐》，表达自己的感情：

万户伤心生野烟，百官何日再朝天。
秋槐叶落空宫里，凝碧池头奏管弦。

到了唐朝军队收复长安时，李唐朝廷自然把他们几人都关押在宣阳里杨国忠的旧宅院里。当时，辅佐唐肃宗李亨、指挥平息“安史之乱”而功拜中书令的崔圆，在自己的宅第里召见王维等。因爱惜这几个人的才能，崔圆寻找释放他们的理由，就命令他们在自家的墙上画壁画。王维等都认为崔圆的功劳、地位最高，希望得到他的解救，所以都用尽了构思技巧，发挥出所有的绘画才能。后来因为这件事，王维等都被从宽处治了，都贬到了较好的地方。据说现在崇义里窦易直丞相的私宅，就是当年崔圆的旧宅院，壁画还在那里。

一场“安史之乱”，摧毁了大唐帝国的繁荣梦，留给后人一声长叹。

“凤尾龙香拨。自开元、霓裳曲罢，几番风月。最苦浔阳江头客，画舸亭亭待发。记出塞、黄云堆雪。马上离愁三万里，望昭阳、宫殿孤鸿没。弦解语，恨难说。

辽阳驿使音尘绝，琐窗寒、轻拢慢捻，泪珠盈睫。推手含情还却手，一抹梁州哀彻。千古事、云飞烟灭。贺老定场无消息，想沈香亭北繁华歇。弹到此，为呜咽。”

这是宋代辛弃疾《贺新郎· 听琵琶》里的叹息，我这里姑且借来感慨大唐的这场浩劫。唉！自古人间悲剧大多和人类的权欲相连，安禄山为了自己的权欲，致使大唐皇家梨园遭到了毁灭性的灾难，昔日才艺双全的梨园弟子一个个都如雨打梨花般飘落了，但他们在风雨中各自不同的际遇却永远地散落于史册的角角落落……

二十二　回归民间

“安史之乱”后，李隆基的儿子李亨走到了前台称帝，收拾残局，重整山河，并把流亡的李隆基接回了长安，然而，此时的李隆基，虽然人在兴庆宫，魂却随杨玉环飘然而去了。

而此刻，李隆基朝夕相伴的梨园弟子，大部分已经流散到民间了。这些长期追求艺术至境的梨园弟子，经过这场社会变化，他们的生存环境一落千丈，他们的生存能力令人担忧啊！其中很多人以卖唱或教授歌舞为生；有的梨园女子离开梨园之后，顿悟人生，出家为尼；有的梨园女子甚至随意被买卖。以《五牛图》闻名的唐代大画家韩滉（唐代宰相韩休之子）有诗云：“万事伤心对管弦，一身含泪向春烟。黄金用尽教歌舞，留与他人乐少年。”长孙佐辅的《伤故人歌妓》云：“愁脸无红衣满尘，万家门户不容身。”卢纶的《过玉真公主影殿》诗云：“君看白发诵经者，半是宫中歌舞人。”等等，都是对这些梨园弟子生活的真实描写，特别是白居易的《琵琶行》把梨园弟子的人生写得淋漓尽致，成为千古绝唱。

忆往昔，烟花岁月对景舞青春。叹今朝，寂寞日子望月泪衣裳。青春不再有，岁月蹉跎，恰如黄粱梦中。还是从哪来回哪去吧。昔日，李隆基费了九牛二虎之力才从民间笼络了这些梨园弟子，而现在，他们都要回到当初来的民间了。

“安史之乱”暴发后，为了躲避安禄山的迫害，聪明的江南女子许永新，立刻乔装成民女，逃出了宫廷，流落到民间，并嫁给了一个叫文渊的读书人。

曾经以“三代主纶浩，一生能唱歌”而名满长安的杜陵读书人韦青，虽然身为左金吾将军，无奈生不逢时，他不得不隐居避难于广陵（今天的扬州）。在一个月满星稀的夜晚，他凭栏立于河上，忽然听到舟中有清脆悦耳的《水调》歌声。一种久违的感觉袭上心头，那么悠远的歌声，那么熟悉的旋律！莫不是……？韦青急忙登上小舟去看，这才看清原来是宫中的许永新在歌唱，这位曾经被许永新的歌声迷住的歌唱家韦青，颇有几分怜才之意。

白居易诗云：“同是天涯沦落人，相逢何必曾相识。”他们两个人难中相逢，像是见到了亲人，泣不成声，痛哭一场。然而，沉稳的韦青怕给许永新平白招来灾祸，一直不敢公开许永新的身份。但纸终究是包不住火，许永新那百灵般的歌声终究藏不住，不久，广陵的人们都知道了许永新皇宫梨园弟子的身份。一时间广陵的文人骚客争相前来听许永新唱歌，并且广施他们的同情和恩惠，许永新的收入开始增加了，她脸上有了劫后的笑容，因为丈夫的病总算有钱医治了。

然而，任何事物都有好坏两个方面，在这些看客中，其中不乏居心叵测的轻薄之徒，他们听说许永新是皇宫梨园弟子，那可是皇帝身边的红人啊！他们就对许永新进行挑逗和骚扰，逼得她简直没法在广陵待下去。

这种情况被一身正气的韦青看到了，他实在看不下去了，他请求许永新和他一同返回京城长安，然而，重情重义的许永新拒绝了。她选择在民间与丈夫文渊同甘共苦，她不需要回到京城长安去了。无奈，上天终究有不遂人愿的时候，谁知此时，许永新的丈夫文渊却一病不起，后因医治无效，最终还是撒手人寰了。

可怜的许永新，她迫于生计，在走投无路的情形下，沦落风尘，她又成了孤身一人。

“安史之乱”平息后，许永新还是想回到阔别多年的长安城，想回到李隆基创办的梨园中，因为在梨园里，有她的青春与梦想，有她的感动和尊敬。费尽周折，历尽万难，当许永新辗转回到长安时，她第一个愿望就是回到兴庆宫，看望做了太上皇的李隆基。

兴庆宫里，一位白发苍苍的老翁拄着一根高过自己的拐棍，木然地站在院子的大槐树前，他久久地凝视着树上的片片树叶，那一树的风情成了李隆基整个的世界。许永新上前叫他，叫了几次，他才从树的世界中被唤回来，他简单而机械地答应着许永新。那久别重逢的喜悦没有了，那历经磨难的感慨没有了，他仿佛在应付一种程式化的任务，一切都变得木然了！

满怀渴望的许永新失望了，她那百灵般的婉转叫声已经唤不回心目中那个意气风发的皇上李隆基了。李隆基衰老了，他是那么地步态蹒跚，那么老态龙钟，他已经健忘了许多事情，只是对她傻傻地笑着，眼睛里充满了万分恐惧和不信任。

许永新捧出了橙皮、酱姜、蜜糖落苏和酱萝卜这些“和子四珍”的时候，那游动的鲤鱼、飞舞的蝴蝶和美丽的花朵所散发出来的芳香已经引不起李隆基视觉和味觉的共鸣，他咂摸着这些东西，含糊地说了声“好吃”。淡淡地一瞥，微微地一笑，算是给了这些“和子四珍”一个最后的交代。

面对如此衰老而失忆的李隆基，许永新的梦破了，她心里一阵凄凉：太上皇在这场灾祸中受到的打击太沉重了，他不停地忏悔自己对国家大事的甩手行为，埋怨自己对江山社稷的疏忽，他的心开始变小了，已经装不下梨园里的其他人了，装不下天下的百姓了，他沉浸在失去贵妃的悲伤里了。

怀着满腔的失望，许永新离开了兴庆宫，她无望地徘徊在长安的街头。长安城，这个使多少人梦寐以求的地方，昔日辉煌气象不见了，如今一片狼藉，到处都是战争的创伤、百姓的抱怨。眼见国家一天天衰微下去，作为一位曾经为强盛的大唐帝国歌唱的艺术家，许永新又怎能不黯然伤神？一代闻名天下的梨园歌唱家许永新，自此郁郁寡欢，不久，这位气韵绝尘的女艺术家就离开了人间。即使千载之后，还留下芳馨的美名，又有何用呢？

兴庆宫内，孤木萧萧，冰雪皑皑。一位开创大唐皇家梨园艺术的皇帝李隆基，他并不知道许永新的死活，他也无力挽救梨园文艺家的生命，任凭他们自生自灭，而他自己仍然沉浸在自责之中，眼看日头西移，耳听叶落无声。他神情呆滞、麻木，孤独难耐。就在这时，梨园里年龄最大的故人贺怀智来了，贺怀智见到李隆基后，几乎认不出李隆基了，李隆基苍老得异常迅速，像个几近衰竭的老仙翁。看到贺怀智，李隆基的眼睛总算活泛了一些，他想起了棋盘里的世界。睹人思人，李隆基给贺怀智讲述玉环的故事，贺怀智听了也泪眼婆娑，他不忍心再次勾起李隆基的回忆，然而，他的到来，还是勾起了李隆基的伤心回忆。贺怀智见李隆基如此不能释怀，就从怀里取出了一只锦囊，递给李隆基，李隆基慢慢地打开锦囊，发现是一块男人的幞头巾，他已经不去思索贺怀智为什么送他这个的原因了，只是傻愣愣地看着。

“皇上，你闻闻吧！”贺怀智说话了。

李隆基拿起那块幞头巾，放在鼻子上仔细地闻着，好一会儿，才咂摸出了其中的味道，他喃喃地说：

“我闻出来了，这应该是交趾国进贡的龙脑味道啊！这种味道，是玉环的最爱。”说到这里，李隆基的两行清泪流了下来。

“太上皇，好记性啊！这是贵妃娘娘的味道。”贺怀智没有否认，接着，他给李隆基讲起了当初下棋的往事，李隆基像个小学生一样听得那么认真、那么专注，他的眼睛转动着，那么深情地回味着……

乾元元年（公元758年），经过辗转的谢阿蛮、李谟也回到了李隆基身边，还有其他的梨园弟子战乱后也相继回到了李隆基身边。虽然此刻，梨园弟子们还有几人能聚在李隆基的跟前，然而，他们都是经历灾难后再次相逢，自然多了些生活的磨砺，少了些浪漫的成分。

此时的兴庆宫中，殿冷瓦寒，一片凄凉；荒草野蔓，满目凄凄；野猫夜鼠，竞相追逐。寥寥的几个梨园弟子们填充不满偌大的院落。沉香亭边，牡丹的枝蔓东倒西歪。勤政楼前，梨园弟子们的话语暖不热饭桌前的李隆基。往日的繁华景象早已成了过眼云烟，不再年少的谢阿蛮，早已为人师表，很少登台演出了。然而，为了这次重逢，梨园弟子还是倾其所有准备了自己的拿手节目。

望京楼下，一首悲伤至情的曲子拉开了序幕：贺怀智使足浑身的力气拍板定下悲壮的场屋，张野狐敞开喉咙吼出惊天动地的呐喊，李谟用仙翁赠送的短笛如怨如泣地清澈相和……好一曲梨园之殇啊！草木为之含悲，山河为之色变。好一曲《雨霖铃》啊！魂飘万里的仙子可曾听到？……音韵凝固在这里，时间停顿在这里，大家的悲痛也定格在这里。也许，这是梨园弟子们最后的登台，梨园弟子们要将一生的心血喷洒在皇家的舞台上。最后，还是谢阿蛮打破了定格在这里的情绪，她亲自登台献上《凌波曲》舞，那永世难忘的《凌波曲》啊！往事历历在目，一颦一笑间，舞动的是缥缈仙子的衣袂。

面对熟悉的舞曲，面对熟悉的故人，李隆基那颗苍老的心儿得到了少许的安慰，他缓缓地为谢阿蛮打着拍子，一曲舞罢，李隆基四顾凄凉，不觉老泪纵横，其他人也掩面而泣，沉浸在伤心的往事里……这时，强颜欢笑的谢阿蛮走到李隆基跟前，褪下自己手臂上的金粟装臂环递给李隆基。

“太上皇，这是当年贵妃赠给我的金粟装臂环。我一直珍藏在身边，即使战乱，被迫颠沛流离，我也没有舍得变卖。”

李隆基接过金粟装臂环，睹物思人，凄然垂涕说：

“朕今再看见它，更加增添悲念的感情矣！”

歌声还没有结束，远远地听见也有歌唱相和。李隆基静听良久，虽听不出唱些什么，却觉得音声清亮，回顾左右道：

“此歌者莫非也是梨园旧人么？”

左右回答道：

“此或是民间男妇偶然歌唱，未必便是梨园旧人。臣昨闻黄幡绰已病故，梨园旧人供御的，亦渐稀少了。”

李隆基低下了头，那叫一个伤心欲绝啊！每次见到故人，他就诉说自己的错误和悔恨，这事还是被李亨的宰相李辅国知道了。

李辅国这个人是一个贫民暴发户，自幼骨子里有一股卑鄙的成分，所以即使他做了李亨的宰相，他也还有卑鄙的一面。

小人毕竟是小人，当他发达的时候，他就要折磨曾经看轻自己的人。李辅国十分记恨李隆基曾经看轻自己，现在自己稍微得了点势力，就开始落井下石了。公元760年，他对身体一直不好的皇帝李亨说：

“皇上，上皇住在兴庆宫，每天与外人频繁接触，又有陈玄礼和高力士在上皇左右，恐怕对皇上不利。”

李亨听了这话，他几乎要哭，说：“圣皇慈仁，岂容有此！”这是李亨当时的原话了。意思是什么呢？我的父亲慈祥仁慈，他怎么能对自己的儿子不好呢？

“我并不是说圣皇不好，我是说圣皇周围的小人不好啊！皇上，你是天下之主，应当以社稷为重，防患于未然，哪能像匹夫那样只尽孝心不考虑别的？况且，兴庆宫和平民百姓门户相杂，墙又低，不如大内（太极宫）的高墙安全，还可以杜绝小人荧惑圣听，这样，可让上皇舒舒服服地在那里享受晚年生活。”

瞧！李辅国真是替皇帝考虑了，贵为太上皇的李隆基怎么能和贫民百姓做邻居呢？再说了兴庆宫周围地气太重，容易与民同流合污，耳朵根子里难免会听到一些不利于皇上你的言语，不利于皇上你统一思想啊！李辅国说得多么冠冕堂皇呀！其实，他是一肚子坏水。

此时的兴庆宫，本来还配有三百匹马和一些仆人，李辅国矫诏把马拉走了，只给李隆基留下了十匹马。李隆基看到李辅国这样剥夺他的财产，就对高力士说：

“我这个儿子李亨，他被李辅国迷惑着，不得终老啊！”这话不是李隆基在诅咒自己的儿子，而是阅尽人生的李隆基的一种担忧。

这么轻而易举地就夺走了李隆基的财产，这还不够，李辅国这个人做人确实没有底线，他那龌龊的心里又想出更卑劣的行径，他故意让六军将士在李亨面前磕头大哭，希望太上皇李隆基移驾西内（太极宫）甘露殿，最终，备受疾病折磨的李亨还是流着泪死活没答应。

这年秋天，李辅国又假借皇上的旨意，擅自率兵做主，把李隆基幽禁于太极宫，高力士奋起抗争，李辅国将陈玄礼、高力士等人劝退。事后，李辅国只留下十名自己的心腹卫兵把守太极宫，至此，李隆基彻底与人隔绝了。

高墙厚壁的太极宫，阻隔着一个世纪的喧嚣；阴冷潮湿的太极宫，见证了一位老人的伤悲。一位古稀的老人，临老时被人剥夺了自由囚禁起来，囚禁在自己不熟悉的环境里，看不见自己从前的朋友，他心里的落差可想而知了，他心里的孤独又能说给谁呢？

针对李隆基这种不利状况，刑部尚书（相当于现在的中央政法委书记）颜真卿，这位耿直厚道、依仗在“安史之乱”中奋起卫国的功劳，他实在看不惯太上皇所遭遇的不公，就率领百官质问皇上李亨：

“皇上，臣等奏请皇上，为什么这么对待上皇？上皇倾其一生为大唐创立了如此江山，如今上皇年老，是否该顺从上皇的意思，可否依旧住在兴庆宫？”

面对百官的质问，拖着病蔫蔫身体的李亨还和着稀泥说：“感谢各位大臣的好意，太上皇毕竟是朕的父皇，住哪儿还不是住自己的家！”

是啊！“普天之下，莫非王土。”太上皇住哪儿还不是住在自己的家里？李亨的言下之意，太上皇是自己的爹，做儿子的难道不知道心疼自己的爹？你们做臣子的瞎掺和什么呢？这是皇上家的事情，不劳烦你们操心了。

颜真卿等人在皇上李亨那里自讨了个没趣，索然地离开了。躲在背后的李辅国非常憎恨这些人，他背地里向皇上李亨说他们的坏话，结果很快，颜真卿就被贬为蓬州长史（四川营山县长）；高力士也流放到巫州（广西、贵州、四川一带）；其他与之相关的王承恩、魏悦等也遭到贬谪。在巫州，高力士写下了唯一的一首绝句《咏荠》，又叫《感巫州荠菜》（后收录到《全唐诗》中）。《咏荠》云：

两京作斤卖，五溪无人采。

夷夏虽有殊，气味终不改。

诗中高力士以荠菜自喻，阐述了自己昔日在长安、洛阳时的高贵，现在被迫流放巫州，无人理睬，字里行间流露着自己人虽不在主人身边，但忠心和骨气永不会改变。高力士的诗虽然不能和唐朝大诗人的诗歌相媲美，但是每一句中透露了自己的凄凉与忠诚，这是不争的事实。

朝中大臣尚且能够感受到李隆基的凄冷，做儿子的李亨难道铁石心肠？起初，李亨还时常去太极宫看望年老的父亲，然而，随着自己的病体加重和媳妇的阻挡，他已经不能也不敢再去看望他的老父亲了，最后只能委托咸宜公主（这时已经是寡妇了）和万春公主（杨国忠儿子杨咄妻后改嫁杨玉环堂兄杨琦）定期看望。

唐宝应元年（公元762 年）四月初五，活在愧疚与悔恨中的李隆基喃喃地吟诵梁锽的《傀儡吟》：“刻木牵丝作老翁，鸡皮鹤发与真同。须臾弄罢寂无事，还似人生一梦中。”李隆基驾鹤仙游去了，享年七十八岁。走时手里紧紧地攥着杨玉环曾经送给谢阿蛮的金粟装臂环。

五月十六日，拖着病体的李亨呜呼哀哉了，享年五十二岁。李亨的儿子李豫即位，为大唐第九代皇帝——唐代宗。

新皇李豫即位，大赦天下。浮沉中的高力士，见惯了人世冷暖，现逢遇赦而还，高力士的高兴劲别提了，因为他终于可以回到太上皇李隆基身边伺候他了。这个可怜忠诚的仆从，他的心里永远装着他的皇帝李隆基。高力士顾不得收拾行囊急忙往回赶路，到了郎州（今贵州遵义市），他听到太上皇李隆基已驾崩了的消息。犹如晴天霹雳，高力士的天塌了，他再也见不到他的皇上李隆基了。这位竭其一生为主分忧的老忠仆悲伤之至，他坐地号啕大哭，连续七天水米不进，最终因伤心过度，吐血而死。一代忠仆，能为他的主子吐血而死，足见其赤胆忠心。真所谓“从龙文武几人在，丹心事主唯高公”啊！

忠诚而可怜的高力士就这样走了，那些曾经热闹的梨园旧人又去了哪里呢？

梨园弟子胡二姐，一位年轻貌美的姑娘。当梨园被安禄山的乱军践踏，胡二姐也和许永新一样乔装改扮，逃出了梨园。然而，长安大街上，满街都是叛军，一位年轻的姑娘家，走在街上，随时都可能被叛军所掳。胡二姐抹黑自己的脸颊，扮作乞丐模样，东藏西躲，企图逃出长安。

到了城南的一条巷子，胡二姐饥渴难耐，几乎昏厥，这时，一位姓白的青年秀才收留了胡二姐，他们隐瞒身份寓居在京城长安。从此，夫唱妇随，相依为伴，过起了平淡是真的生活。一年后，白秀才偕妻子胡二姐去了杭州西湖，他们前去参拜拥有佛教圣地灵隐寺。在白秀才夫妇游览灵隐寺期间，正好赶上灵武刺史李灵耀设酒宴客，白秀才夫妇应邀参加。宴席之上，免不了笙歌乐舞，诗词曲赋，了却文人的雅兴。当时有一名乐女演奏了一首《何满子》，哀怨之情附着于曲，坐中雅士莫不为之感动。正在大家交头接耳，议论纷纷之时，少不更事的白秀才猛然站起来说：

“我也有一位美丽的乐女，她也擅长歌唱《何满子》，但她的声调与方才的这位乐女唱的相差很多。”

李灵耀为之一动，连忙说：“那就请她来演奏一曲吧！”

藏匿于民间，寄情于山水的胡二姐犹如美玉蒙尘，最终还是被自己的丈夫白秀才推到台前。

众人抬头一看，这位女子，头上盘着整齐的发髻，身上穿着朴素的衣裳。她美丽娴静，完全不似风花雪月场上的艳丽佳人。她少了几分胭脂花香，却多了一份成熟与稳重，自然对她敬重了几分。胡二娘上前调了调琵琶弹奏起来，曲子异常优美动听。在场演奏的人员中，有一位弹琵琶的乐工，当他看到胡二娘所奏的声音韵律，拢、捻、竭、掩等手法和节拍和他自己的没有什么差别，这引起了他的好奇。他禁不住上前仔细观看。白秀才急了，他美丽的妻子何曾被别人如此轻薄过？他也上前，用自己的身体呵护胡二娘。那位乐工觉察到了，不好意思地冲白秀才笑了笑，转身对胡二娘说：

“你可是宫中的胡二姐?”

胡二姐一看，大吃一惊，也问道：

“先生莫非是梨园的骆供奉?”

何满子的悲情世人皆知，而他们的颠沛流离又有几人知晓？颠沛流离的日子是那么煎熬啊！他们两人像两片飘荡的浮萍相遇在一起了。真是异地闻旧音，他乡遇故知。相逢纵有万语千言，也只能诉与不解人情的东风。

西湖边上，琵琶声声，弹奏着国破家亡的哀鸣；白帝城下，野老梦惊，抒写着世事沧桑的情怀。

唐代宗李豫大历二年（公元767年）10月19日，不再年少的“少陵野老”杜甫老先生，他流落到四川白帝城，寄情山水，禽鸟生趣，精心地经营他的草堂。一次，在夔府别驾（官名）元持的家里，杜甫看到一位女艺人在舞《剑器》，见那挥洒自如的作风，一种久违的感觉冲上心头，他想起了一个人，那就是永远美丽的剑器艺人公孙大娘。

杜甫连忙上前打听，一问，才知道这位女艺人是公孙大娘的女弟子李十二娘。提起师父，李十二娘满眼含泪，她告诉杜甫，在“安史之乱”中，她扶着举步维艰的师父公孙大娘逃生，却被行进的马队冲散，从此没了师父的音信，后来听说师父已经去世多年了。

睹舞思人，“诗圣”杜甫的心绪不宁起来，夜不成寐，他的眼前总是浮现出一位年逾花甲的公孙老妪在兵荒马乱中寸步难行的情景。回想起自己小时候在河南郾城观看公孙大娘剑舞的往事，杜甫感慨万分，写了著名的《观公孙大娘弟子舞剑器行并序》：

大历二年（公元767年）十月十九日，夔府别驾元持宅，见临颍李十二娘舞剑器，壮其蔚跂，问其所师，曰：“余公孙大娘弟子也。”开元三载，余尚童稚，记于郾城观公孙氏舞剑器浑脱，浏漓顿挫，独出冠时。自高头宜春、梨园二伎坊内人，洎外供奉，晓是舞者，圣文神武皇帝初，公孙一人而已。玉貌锦衣，况余白首，今兹弟子，亦非盛颜。既辨其由来，知波澜莫二，抚事慷慨，聊为《剑器行》。昔者吴人张旭，善草书书帖，数尝于邺县见公孙大娘舞西河剑器，自此草书长进，豪荡感激，即公孙可知矣。

昔有佳人公孙氏，一舞剑器动四方。
观者如山色沮丧，天地为之久低昂。
霍如羿射九日落，矫如群帝骖龙翔。
来如雷霆收震怒，罢如江海凝清光。
绛唇珠袖两寂寞，晚有弟子传芬芳。
临颍美人在白帝，妙舞此曲神扬扬。
……

杜甫老先生的《观公孙大娘弟子舞剑器行并序》诗表面上是以咏临颍李十二娘，实际上是在思念公孙大娘；表面上是赞美公孙大娘的技艺，实际上是在思念先帝李隆基的时代，思念那开元盛世的辉煌，慨叹当今的衰落与沧桑。

《观公孙大娘弟子舞剑器行并序》和后来白居易的《霓裳羽衣舞歌》，两者放在一起，堪称唐代咏舞诗上的双壁，成为唐代文艺的瑰宝。

社会的变革往往会影响个人的一生，昔日，公孙大娘的剑舞誉满京城，五陵年少争相观看，抛尽了千丝帛绢。“安史之乱”后，谁能想到公孙大娘最终却是流落江湖，忧郁寂寞而去。虽然这样，公孙大娘绝世的技艺却在中国文化史上留下了重重的一笔；也正因为公孙大娘，“草圣”张旭的一幅绝妙的墨宝成为永久的历史记忆；也正因为公孙大娘，我们今天才有幸一览“诗圣”杜甫那慷慨悲壮的《剑器行》。

一个人身怀绝技总是让人赞叹的，赞美公孙大娘剑舞的诗歌除了杜甫外，还有两位诗人：司空图和姚合。

晚唐诗坛上的“耐辱居士”司空图的《剑器》诗云：

楼下公孙昔擅场，空教女子爱军装。
潼关一败吴儿喜，簇马骊山看御汤。

这首诗把当时公孙大娘舞剑时，身着军装的英姿飒爽栩栩如生地刻画出来了。

写《剑器》的还有一位诗人，他就是与贾岛齐名的姚合，他是唐代名相姚崇的曾侄孙。

其一

圣朝能用将，破敌速如神。
掉剑龙缠臂，开旗火满身。
积尸川没岸，流血野无尘。
今日当场舞，应知是战人。
昼渡黄河水，将军险用师。

雪光偏著甲，风力不禁旗。
阵变龙蛇活，军雄鼓角知。
……

可惜今天，我们只能看到姚合的第一首写《剑器》的诗，其他两首，早埋没在历史的流沙里了，再也寻它不着了。

……

长相思，在长安，山川秀美、民风淳朴，那一城文化半城神仙的世界里，大爱无疆、人文荟萃、仙乐轻扬、诗词吟咏、美人翩舞，沉淀了大唐盛世的锦绣繁华……那一树树雪白的梨花啊，开不完梨花的万世风情，写不尽人世的升沉起伏，诉不完梨园弟子的悲苦哀愁。那冰清玉肌的高洁，那情怀四溢的浪漫，那满目破碎的凄凉，构成了一个奇情异彩的艺术世界。从这里，我们不仅领略到大唐皇家梨园艺术家们技艺超群的舞台表演和精美绝伦的迷人风采，而且惊叹于中华古老民族声乐艺术的绚丽多姿和文化辉煌。这些创造绚丽与辉煌的皇家梨园弟子们本来自民间，在他们把各地精湛的艺术带进了皇家梨园之后，随着“安史之乱”的浩劫又漂泊到民间，从而使梨园艺术在民间扎根、发芽、开花和结果。

恍惚中，那一首首美妙的诗歌，那一曲曲优美的乐音，那一个个优美的舞姿，那一次次浪漫的经历，那一个个鲜活的形象，那一段段哀怨的故事，都跳动在中国历史的点点滴滴中了。